魅丽文化 花火工作室

她的悄悄话

Her whisper

锦橙 著

江苏凤凰文艺出版社
JIANGSU PHOENIX LITERATURE AND ART PUBLISHING

图书在版编目（CIP）数据

她的悄悄话 / 锦橙著 . -- 南京 : 江苏凤凰文艺出版社，2020.10
ISBN 978-7-5594-4848-4

Ⅰ . ①她… Ⅱ . ①锦… Ⅲ . ①长篇小说 - 中国 - 当代
Ⅳ . ① I247.5

中国版本图书馆 CIP 数据核字 (2020) 第 077696 号

她的悄悄话

锦橙 著

责任编辑 张　倩
特约编辑 夏　沅　余叮咚
装帧设计 苏　荼
封面绘制 小石头
出版发行 江苏凤凰文艺出版社
南京市中央路 165 号，邮编：210009
网　　址 http://www.jswenyi.com
印　　刷 湖南天闻新华印务有限公司
开　　本 880mm × 1230mm　1/32
印　　张 10
字　　数 278 千字
版　　次 2020 年 10 月第 1 版，2020 年 10 月第 1 次印刷
书　　号 ISBN 978-7-5594-4848-4
定　　价 39.80 元

目录 CONTENTS

目录 CONTENTS

第一章

你能把假发还给我吗

路星鸣，没爱好。
我学习也不是很好，但是我头发很多。

八月末，气温舒服。

报到时间临近截止，诚南的学生们依旧不死心地驻守在校门口，三五成群，校服敞开。

诚南本来是私立男子学校，直到这学期才改成男女混合高中。

他们阳盛阴衰惯了，如今一听会有妹子过来，个个和打了鸡血一样，七天内时刻坚守前线，只为第一时间目睹女生的真容，可惜的是，到目前为止，连女孩的头发丝儿都没见到一根。

八点，长久飘浮在半空中的乌云开始散去，晨光穿透云层，丝丝缕缕地洒向大地。

一辆黑色轿车在路边停下，后车门打开，一双修长的腿迈了下来。

路边或站或蹲的男同学全身一颤，两眼放光，激动地看过去，见是男人的球鞋后，便兴致缺缺地收了视线。

“韩厉，你小姑姑人生地不熟的，在学校你可要好好照顾她。”

车内女性的声线柔和，带着不容抗拒的命令意味。

“知道了。”韩厉不耐烦，敷衍地回了一句。

他身高腿长，微微倚着车门，长臂懒散地搭在车顶，垂眸催促：“下车，等我抱你啊？”

“韩厉！”韩母呵斥，“不准这样和你小姑姑说话。”

韩厉翻了个白眼，打开后备厢，把里面沉甸甸的行李箱拿了下来。

“快点。”他又朝里面催了一声。

车内的女孩总算背好了书包，着急忙慌地从里头钻了出来，不慎绊了一下脚，好半天才稳住身形，呆头呆脑的模样，让韩厉的白眼快要翻上天。

凌城昨夜才经历过一场强降雨，脚下道路湿滑，空气中混着青草的香气。云知白嫩的十指紧紧地扯着粉红色的背包肩带，杏眼好奇又小心地打量着四周。

高楼林立，街景繁华，“诚南私立高中”几个字烫了金，恢弘大气。

校门口的两人格外引人瞩目，很快吸引了他人的注意。

“那是东校区的韩厉吧？”

“真的是他！”

韩厉个头高，长得帅，贴在额头上的创可贴还没有撕下，一双不羁的桃花眼，很是显眼好认。

“他旁边的是谁啊？”一群人很快发现了跟在韩厉身旁的云知。

阳光明亮柔和，勾勒得她身形纤细。她的衬衫扣子扣得一丝不苟，黑发乖巧地贴在胸前，露出的脸蛋又白又小，一双眼很大，黑白分明，泛着莹莹的水光，看着就乖。

有人嗤笑了一声：“韩厉，难得见你带女孩子上学，这是谁啊？”

韩厉朝后望了一眼，见车影远去，毫不犹豫地大骂：“关你们什么事，滚！”

“啧！我们厉少还害羞了，难得一见。”一群人又笑了几声，拍拍屁股滚回了校区。

云知仰头看了看他的侧脸，小手轻轻拉了一下他的袖子：“韩厉，不要骂人。”

她声线温软，带着几分微甜的乡音。

韩厉拧着眉，把箱子丢到了云知的跟前，双手插兜，冷冷地开口：“你自己去公寓吧，就在街对面那个小区，放下东西再来学校报到。”

云知眨了一下眼，很是不安：“那、那你呢？”

面对着小姑娘茫然无措的眼神，他只说了一个字：“忙。”说完，他转身离开，三两步便消失在了云知的视野内。

云知呆立了片刻，弯腰拎起行李箱向马路对面走去。

她走走停停，一双眼始终没有停止过打量。

城市里的景色和山里的完全不同，繁华陌生，单是接连不断的车辆就让云知一阵心惊肉跳。

云知刚过十七岁，从小生活在近乎与世隔绝的大山深处。

捡她回来的师父说，她那时不过刚刚满月，本想着给对面的尼姑庵照顾，结果尼姑庵也穷，没人愿意再多一张嘴。师父又连夜下山找村民，想寻寻是谁家丢了孩子，村子小，多是留守的孤寡老人，养不起小孩，也都一一拒绝了。

老人家又想去镇上找警察，然而大山封闭，山路艰险，他一个腿脚不好的守山人哪那么容易走过去，最终，师父亲自收养了她，取名云知，寓意为“只有云知道她的来处”。

按照韩厉指定的路线，云知找到了街对面的学生公寓楼。

公寓楼共十层高，四周环绕着花草树木，清湖绿景，附近的街道也是纵横交错，颇为复杂。

她空出一只手从口袋里掏出小字条——学生公寓楼A区1栋602——就在前面。

云知拖着大包小包走到了单元门的门口，拉了拉门把手，纹丝未动，她怔了片刻，咬紧牙关使了七成力气，门依旧没开。

这城里的门这么牢实吗？

恍惚中，一只手从她的后面伸出来。那只手非常赏心悦目，骨肉匀称，指节分明，看着素净又有力，他手上黑色的磁卡贴着大门上面一刷，门开了。

云知愣愣地抬起了头，少年很高，比绝大部分同龄人都高。一身黑色运动服，双腿修长，脊梁笔直，他双手插着兜，模样散漫。他路过云知的身侧时，还飘来一股好闻的薄荷香。

云知从小生活在山里，山里的男孩黝黑黝黑的，哪有他这么白净好看，当下她的目光随他而去，出神良久。

少年走进单元门，已进了电梯，眼看电梯门要合拢，云知像条小尾巴一样钻了进去。

狭小的空间内，他按了楼层的按钮后，便静立在角落，云知小心地瞄了一眼，和她一样是六楼。

幽闭的环境中，那股薄荷香更浓，惹得云知不由得抬眸去打量。

这一看，云知就有些移不开眼了。

站在她身侧的少年侧脸带伤，仍不掩俊朗，碎发下两条浓眉，眼窝深，眼皮子懒懒散散地耷拉着，睫毛不算卷翘，可又长又浓，正半遮着一双黝黑的眼眸。

他抿着唇，一脸难挡的戾气。

云知的眼神太过炽热，到了让人无法忽视的地步，一直缄默的少年抬眼，视线直直地投了过来。

他拧着眉，眼睛一眨不眨。

被抓包的云知羞赧，迅速低头看着脚尖。她的耳朵尖已经红透了，那抹红正以肉眼可见的速度蔓延至脸颊、脖子。身旁传来一声轻哼，感觉那双目光不在她的身上后，她狂乱的心跳逐渐平稳。

叮。

六楼到了。

云知抓着东西抢先一步冲出电梯。

路星鸣被用力一撞，向前一个趔趄，肩膀不慎磕在电梯门上，好巧不巧地撞到了尚未痊愈的伤口。

路星鸣闷哼一声，暗骂了一句。同时，有东西从云知的脑袋顶脱离，直直地坠落到他的脚边，他驻足了。

云知慌忙停下，静了几秒后，朝脑袋瓜子上一摸，神情僵住。

她僵硬地扭头，身后，路星鸣正盯着脚边的东西一脸深沉。

她的心猛地一跳，忘了反应。

沉默片刻，路星鸣弯腰捡起假发，盯着看了一会儿后，眼神缓缓地移动到云知的身上。他表情难测，但她知道他心里一定是在暗暗取笑她的。

云知鼻尖泛红，咬咬唇，声音小小的："学、学长，你能把假发还给我吗？"

他看起来比她大很多，叫他学长应该……应该不会冒犯到？

云知更是忐忑，眼睛里的水雾重了几分。

路星鸣眯了一下眼，目光流转，修长的指尖轻轻摆弄着那顶假发，灼灼的视线停留在她亮到反光的脑门上。

路星鸣微微晃了一下手腕，假发随着动作向两边轻晃，他抬起胳膊，声音沙哑："你的？"

云知摸了摸小光头，慢吞吞地说："除了我，还能是谁的呢……"

"啧。"他没再细想，大手一挥，随意地把假发丢了过去。

接住假发的云知松了口气，匆匆把假发戴好，也没注意歪没歪，拎着东西一溜烟地跑到了 602 室的门前。

她最后小心地瞟了眼路星鸣，从粉红色的小包包里翻出房卡，学着路星鸣的操作，对着刷了一下，门没有反应。

路星鸣走到了对面，开门，头也未回，只留下轻飘飘的两个字："反了。"

云知窘迫，将卡翻了个面刷卡进屋。

贵族学校的学生公寓楼，装修方面自然是没话说的，客厅敞亮，家具一应俱全。

云知无暇欣赏，扯下假发，瘫坐在沙发上发呆。

她自幼生活在山林里，她的师父是守山人，祖祖辈辈守着那座山，守着那座森林。师父曾生过重病，从那以后，便没再蓄发。她疼惜师父，于是也跟着剃了头，倒是变得方便清爽了，索性就一直保持着光头的模样。

直到一个月前，韩家过来接人。

师父觉着女孩子光着头会被城里人欺负，也不好看，于是送她到镇子时，顺便买了一顶仿真假发。

这顶假发花了他小半年的存款，云知很感动，就是不太稳当，老是掉。

那人肯定会取笑她的小光头的。

云知捂着脑袋，深深地郁闷了。

对面，路星鸣脱去上衣，赤着上半身从冰箱拿出一瓶冰水，仰头猛灌几口后，把自己甩到了沙发上，大大咧咧地坐着。他拿起手机，编辑朋友圈发送。

路星鸣：今天见到了个小光头，女的，和小电灯泡一样。

下面很快有了回复。

同学 A: 有图吗？给我们见识见识啊。

同学 B：老大，你出院了？

同学 C：老大，我和你说，韩厉那孙子带来个妹子！长得真萌！

同学 D：是啊，老大，你不能输啊，啥时候给我们带来个妹子？

路星鸣瞄了一眼，冷哼一声，回复：滚。

韩厉带不带妹子，和他有什么关系！

诚南高中分为两个区，东区为老校区，西区是刚建没几年的新校区，两个校区之间只隔了一堵墙。平常两边的学生有事没事翻墙“串门”，校方对这方面的管制相对宽松，只要他们不打架斗殴，对此都是睁一只眼、闭一只眼。

回了学校，云知跟着韩厉去教务处报到。

今天是报到的最后一天，人非常多，人群里零星有几张女孩子的面孔，都是刚升入高一的新生。当韩厉带着云知出现在西校区时，他们瞬间收获大批视线，成为人中焦点。

韩厉早已习惯了受万众瞩目，神色未变丝毫。

倒是云知觉得稀奇，小跑上前，小手轻轻扯了扯韩厉的袖子：“侄儿，他们都在看你欸。”

一声“侄儿”叫得韩厉脚底打滑，他翻了个白眼，一把扯上了云知纤细的手腕。云知茫然地由他牵引着。

到了一个角落，见四下无人，韩厉把她圈在自己的身影之下，垂眼看她：“我说……”

云知半仰着头，很认真地听着他说话。

韩厉皱眉掏了掏耳朵，强忍着不耐烦：“第一，在学校不准叫我侄儿，不能告诉任何人我们的关系；第二，不管有事没事，都不要来找我，不要打扰到我；第三，我现在送你去报到，报到完了，你该干吗干吗，反正不要跟着我，就当我们不认识，懂？”

韩家老爷子是个风流鬼，一把年纪在外面有了个女儿。孩子的妈妈也是个狠心的人，得不到韩老爷子的好处，就坐着火车把十月怀胎生下的姑娘丢到了深山，以此报复老爷子的薄情寡义。

韩老对这件事一直耿耿于怀，用了十几年的时间去找寻失散女儿的下落，直到三个月前，他快咽气，才得知女儿的消息。

老爷子知道此生没法再见亲生女儿一面，又怕孩子在外面没人照顾，于是立了遗嘱，谁能接韩云知回来照顾三年，他名下的财产就归谁。可是，韩老一生挥霍，大半家产早被他糟蹋没了，只剩下两栋老房子在凌城。韩家儿女各自混得风生水起，不是商人，即是政客，日子过得殷实富贵，哪会为了两套房子惹上这么大一个麻烦。

只有韩厉的父亲心软，答应了，不顾韩母和韩家奶奶的反对，把韩云知接了回来，没能见上韩老爷子最后一面。

就这样，韩厉多了一个小他三个月的姑姑。

一想到这事儿，韩厉就忍不住在心底大骂。

云知眨了眨眼：“那、那放学……”

“放学也不行！”韩厉咬牙打断，“总之，一句话，你走你的阳关道，我过我的独木桥，我们各过各的。”

他本就戾气重，凶起来时更甚，云知不敢多说什么，颔了一下首，抱着书包畏畏缩缩地跟在他后面走。

到了教务处，韩厉从桌上抽出一张登记表格，拿起一支黑笔帮她填写：“你的生日是什么时候？”

云知被问得怔了一下，摇头：“我不过生日。”

韩厉笔尖一顿，微眯了一下眼，语调如常：“那你看看你身份证上的日期。”

云知哦了一声，手忙脚乱地拉开背包在里面翻找新办理好的身份证。她慌里慌张的，一不留神，东西从背包里掉出一大半。

韩厉深吸一口气，极力克制着想要发火的冲动。

“抱歉……”云知咬咬唇，蹲下身去捡，突然一片阴影覆在了身上。她眼睛半抬，一双白色球鞋映入眼底，运动裤看起来格外眼熟。

云知攥着刚捡起来的纸巾，缓缓扬起了下巴。

少年居高临下地看着她，黑色的眼眸幽深。他弯腰，薄薄的身份证夹在了他两指之间。

“我的……”云知伸了伸手，就是不敢去拿。

路星鸣不动声色地扫了眼身份证上的信息，把东西还给云知后，长指曲起，叩击桌面，声音不紧不慢：“我来拿书库的钥匙。”

老师正忙着其他的事，手往边上一指：“桌上那串，领完书，记得还回来。”

路星鸣绕过云知，拿起钥匙转头就走。

韩厉轻轻嗤笑，暗骂：“浑蛋。”

路星鸣停步，回看一眼：“放学，后街。”

两人你来我往，直到路星鸣走了，忙碌的后勤老师才舍得抬头，盯着韩厉看了一会儿，总算意识到了不对：“你不是东校区的吗？怎么来这儿了？”

韩厉继续填着表格：“我带人来的。”

老师的视线缓缓移动到了云知的身上，一阵发蒙。

韩厉低头继续填写入学表格：“你原来的学校叫什么？”

云知一直顾着想别的，听到问话，不确定地指了指自己：“我？”

韩厉的好脾气被磨光了，反问：“不然是那头牲口吗？”

云知低声说：“怀月镇明天中学。”

“什么鬼学校。”韩厉说着，在上面龙飞凤舞地写上。

“是慈善家投资的学校……”云知轻声解释，“不是鬼学校。”

镇子上只有那一所学校，初中和高中都有。

韩厉懒得理她，将入学表格交给老师盖章，出门后长舒一口气：“行了，你一个人去班级吧。”说罢，他便要扬长而去。

云知停滞片刻，隐隐意识到了不对："侄……韩厉，可是嫂嫂不是说，我和你是一个校区的吗？"

韩厉脚下一个踉跄，想起自己那暗戳戳的行为，难免心虚了几秒。他咬咬牙，恶狠狠地盯了云知几秒："都一样，你要是有事，过了那道门，就可以找我了。"

云知问："可你不是说有事没事都不要找你吗？"

韩厉：我死了算了！

韩厉离开后，云知跟着班主任去了高二十班。

现在学生差不多都报到了，教室里叽叽喳喳，一片吵闹。

看着一脸乖巧的云知，班主任忍不住叹了口气，要说高二哪个班最难管教，要属东区的十五班和西区的十班，一个班有韩厉，一个班有路星鸣，两个都是家境殷实、唯我独尊的主儿，学生们对这两人又敬又畏，有时候他们说一句话，比老师说十句还管用。

班主任无奈地摇摇头，现在只希望那群小伙子看在她是全年级唯一的女生的分上对她温柔点。班主任推开房门，教室里安静了两秒，很快又恢复吵闹，不过，比起先前收敛了许多。

班主任侧开身："进来吧。"

云知扯着书包带进入教室。

在她出现的一瞬间，全班齐齐倒吸一口凉气——

"我的天！女生！"

"女的！活的！"

"妈妈，我又可以了！"

满教室四十个男生目不转睛地紧盯着云知。

她骨架小，身形单薄纤细，白衬衫，百褶裙，白袜子裹着纤细的脚腕，往那儿一站，活像是从漫画里走出来的乖巧美少女。再看她皮肤白皙细嫩，不是一般漂亮，全班的男生都热血沸腾了。

云知局促，热着耳根不敢说话。

“哎哟，她害羞了！”一群人盯着她通红的脸又开始乐。

云知：没害羞。

云知天生皮肤薄，又白，非常容易脸红，不管是被异性注视，还是自己紧张，经常脸烫得像发烧一样。就像现在，她其实是在紧张。

“韩云知。”老师轻推了她一把，“你先随便找个地方坐。”

云知环顾一圈，抱着书包快步找了个角落坐下。

她的屁股刚挨上椅子，有人阴森森地笑了两声，紧接着说：“同学，趁着路哥没来，你快换座位吧。”

云知嘴巴嚅动，还没来得及问路哥是谁，门就被打开了，三四个拎着书的男生接连进门。

末尾的少年很高，拎着厚厚的两捆书也不见吃力。他将书放下，一双凤眼准确无误地捕捉到了云知，眼梢一垂，表情变得冷凝。

云知心里一个咯噔，她好像知道路哥是谁了。抿了抿唇，她不动声色地拎起包，缩着脖子坐到了另外一排的最后方。

“同学，那是我的座位欸。”

再次抢占了别人座位的云知快速让开，站到后排垃圾桶边上，不敢坐了。

路星鸣收敛目光，冷声和老师说：“书全搬来了。”

“辛苦你们了，先回座位吧。”

“嗯。”路星鸣迈开长腿，坐到属于自己的位子上。

班主任盯着看起来可怜兮兮的云知，突然觉得有些难办。正当她想如何安置云知时，路星鸣一只手托腮，另一只手指了指正前方：“那儿。”这话他是对云知说的。

她有些犹豫。

路星鸣靠着椅背：“那个座位是空的，没人坐。”

云知抓紧背包，这才小步移过来，背对着路星鸣说了声“谢谢”。

路星鸣未语，只是盯着她脑袋上油光发亮的假发缄默，指尖动了动，而后别开头看向了窗外。

座位分好，将书本派发下去后，班主任让同学们逐个做自我介绍。他们已经做了一年同学，每个人都彼此认识，这次做介绍完全是为了让新生，也就是云知熟悉。

“我叫刘彪虎，又彪又虎。”

“我叫武晓松，就爱打老虎。”

一片哄笑声中，刘彪虎和武晓松打成一团，直到班主任喊了“停”才住手。

很快到了云知，教室陷入静寂。

她起身，腰板挺得笔直，规规矩矩地做着介绍：“我叫韩云知，刚从怀月镇转过来的，我学习不是很好，但是我力气很大。”

众人笑了笑，都没把她的话放在心上。

她坐下后，身后传来少年慵懒浅淡的声线：“路星鸣，没爱好。”他抬了抬眼，突然说，“我学习也不是很好，但是我头发很多。”

云知不由得朝后看他，他发量惊人，光泽乌黑，的确……很多。她趴在桌上，捂着自己脑袋上的假发开始自闭。

班主任交代了几句开学的注意事项后，便遣散了全班，男生们手拎书包，作鸟兽散。

云知坐在位子上慢吞吞地收拾着，等班上的同学都离开后，才起身把凌乱的桌椅摆放整齐，又拿起扫把扫着地上的瓜子壳，还有果皮。

低头干活的云知稍一抬眼，看到身前有人挡住。

“让让。”头顶少年的声音微哑又冰冷。

云知一愣，急忙侧身让开。

路星鸣目不斜视，从书桌抽屉里掏出落下的东西后，看都不看云知，就径直离开。

云知松了口气，见差不多都打扫干净了，背着书包走出教室。她肚子有点饿，扯着书包带子优哉游哉地沿路走着，一双眼四处寻觅有没有卖吃的东西的地儿。

很快，她来到了学校后街，这是一条不入流的娱乐街，有卖东西的、开馆子的、唱歌的、文身的，还有过来拍短视频的，鱼龙混杂。平常老师总是叮嘱学生们没事不要来这儿，就怕他们不留神惹上什么祸端，然而，这话对学校的坏学生们起不到任何作用。

这会儿正是高峰期，街道两旁摆满了小食摊，云知张望一番，就近来到了一辆小吃车前。

“小姑娘要点什么？”师傅用一双筷子搅着油锅里的臭豆腐，油点子乱溅。

上面写着“烤肠五元一根，臭豆腐十元一盒”，还有一些字被油污挡住，看不清楚。

云知摸了摸口袋，从里面掏出皱皱巴巴的一块钱。

师傅龇着牙乐了，说：“扫码付款也行。”他空出一只手，指了指贴在车玻璃上的二维码。

云知张嘴正要说话，听到旁边等候的两个男生议论。

“看，诚南东区的厉少。”

“他不是刚和路星鸣干过架，这么快就出院了？”

“啧，谁知道呢，我们赶紧走吧，这热闹还是别看了。”

说话间，两人付了款，一人捧着一盒臭豆腐离开了。

云知扭头看了过去，不远处走来的一队人马气势汹汹，年纪都不大，身上还穿着校服，为首的飞扬跋扈，脸上写满了“嚣张”二字。

这人云知认识，是她侄子。

云知抬手挥了挥，热情无比地喊出了那个名字：“韩厉！”

刚才还嘚瑟的韩厉脸色一变，脚下一顿，神色复杂地看了过来。

云知笑得灿烂，手挥得更凶。

没错，这就是他的“便宜”姑姑。

韩厉眼皮一跳，忍不住在心里暗骂：好好的，怎么哪都能撞上你？

“厉哥，你认识她？”身后的男生齐齐地看向云知。

她的手抬得太高，衣摆被往上带了带，露出一小截又嫩又白的小蛮腰，明晃晃得勾人。

男生们都看呆了：“哥，真带劲儿。”

“带个鬼！”韩厉有气没处撒，索性一脚踹向了说话的男生，众人立刻噤声。

韩厉叹了一口气，皱着眉向云知走来。

云知热情道：“韩厉，你来这儿逛街呀？”

“我今天和你说什么了？”韩厉居高临下地看着她，质问。

云知脸上的笑容僵住，小手慢悠悠地垂下，背在后面，像被教训的小学生一样。她嘟嘟囔囔：“可、可现在是在校外。”

韩厉冷声低吼：“我说过，在校外也不行。”

说话间，七八个少年从另一端走来，来者不善，狭路相逢，瞬间挤满了略显狭窄的街区。云知被韩厉挡着，她微微抬起眼眸去看，顿时愣住。

路星鸣双手揣在兜里，闲散地站着，眼梢微垂，一副似笑非笑的表情，正远远地蔑视着韩厉。韩厉那队人开始摩拳擦掌，迫不及待，只等韩厉的一声令下。

结果——

“休战五分钟。”

路星鸣那边的人开始取笑了：“不是吧？韩厉，你是不是怕了？”

路星鸣嗤笑一声：“叫我一声‘爷爷’，今天就放过你。”

“我……”韩厉的脏话说了一半，瞥见一旁云知瓷白的小脸，喉结动了动，硬生生地把接下来的粗鄙之语全咽了回去。

“等会儿，现在没空搭理你们。”韩厉拉住云知，对着小吃车上的菜单一扫，“吃这个吗？”云知轻轻咬了咬唇，小声地说：“我没钱。”

韩厉睨过去，害怕身后的人听到他们的交谈，将声音压得极低：“我爸不是给你钱了？”

云知说：“手机里呢，我不会什么扫码付……”

他服了。他摊开手心：“手机。”

云知在口袋里摸了摸，把带有粉红色外壳的手机递到了韩厉的手上。

“密码。”

“你、你把屏幕对着我。”

韩厉有些莫名其妙，但还是把屏幕对准了云知的脸，只见她对着摄像头一眨眼睛，叮的一声解开了锁。

她挠挠脸蛋，笑得格外不好意思：“看，这样就开了。”

到底是从哪里来的土包子？！

“喂，我说……”路星鸣声线慵懒，和女人磨磨叽叽半天的死对头令他颇为烦躁，不禁催促，“我没空和你耗。”

“催命啊你，等会儿。”韩厉唾骂一句，将屏幕凑到云知的眼前，“点这个微信，然后扫一扫，把二维码对准这个小窗口，然后输入金额，不要弄错，懂了吗？”

路星鸣眼角余光一转，忽见云知侧颜明媚，他长眸一眯，抿唇未语，打了个手势后，领着同学们暂时离开了街区。

云知没有注意到路星鸣的离开，偷偷在心里默念一遍后，乖乖点头，冲韩厉露出一个清甜的笑容：“懂了，谢谢韩厉。”

她笑时有梨涡，还有小小的虎牙，看起来干净无害又清纯可人。

——真像个傻姑。

韩厉思绪停滞了一下，垂眼，耐心多了几分：“你微信上面绑银行卡了吗？”

云知一脸茫然，韩厉深吸一口气，他就知道。

韩厉掏出钱包，从里面翻找出几张零钱，冲老板吆喝：“给我拿十串烤鱿鱼。”

云知急忙道：“我不吃鱼。”

韩厉改口：“给我拿十串炸芋丸。”

云知急急地说：“我、我、我不吃鱼。”

身后偷听的少年们爆发出一阵哄笑，韩厉咬咬牙，盯着她那双湿漉漉的眼睛，一字一句道：“芋丸是丸，不、是、鱼。”

云知看出了韩厉的脾气忍到了顶点，当下闭嘴。

韩厉付了款，将小贩找的钱塞到云知的书包的侧边口袋：“你听话，吃完就回去，不够吃就拿着这些钱去下馆子。”最后，他又补了句，“别跟着我，懂？”

打发了云知后，韩厉招呼着同学继续去找路星鸣。

她扭头，眼巴巴地瞅着韩厉离去。

师傅很快炸好了十串芋丸，云知左右手各拿了五串，边走边嚼着香香糯糯的丸子，怎么寻思，怎么不对。韩厉是不是要去打架啊？

云知心里难安，抓着炸芋丸追了过去。

很快，云知在某条无人的巷子里看到了准备干仗的两队人马。

云知大喘了两口气，在巷口处大喊：“韩厉，不可以打架！”

剑拔弩张的十几个人齐齐地将视线投了过来，云知被盯得心里发慌，怯生生地缩了缩脖子：“不能打架。”

她的声音似裹了味道清甜的水果糖霜，起不到一点威慑的作用。

“呵，你朋友管得还挺宽。”路星鸣倚靠着墙，语调不咸不淡。

韩厉的脸都快被丢尽了，他三步并作两步走过来，紧紧地拉住云知的手腕，低头：“你是理解能力有问题，还是听不懂普通话？我不是让你别跟着我吗？”

“可是……”云知嘴巴嚅动，“不能打架，打架不好的。”

“我没打架。”韩厉俊眉紧蹙，敷衍着，“你快回去吧。”

“哦。”她不情不愿地应下，走了两步，又折返回来，将手上的丸子递到韩厉的嘴边，兴冲冲地说，“这个可好吃了，韩厉，你尝尝。”后面一片偷笑声。

韩厉面子上挂不住，回头警示性地瞪了同学们一眼后，面目狰狞地拒绝着云知的接近：“我不吃！”

“你就吃一口，我之前没吃过这种小吃，真的很好吃。”她不断地往韩厉的嘴边送，韩厉抓着她的手，心不甘、情不愿地咬下一颗小丸子，别说，这芋丸炸得的确不错，“好吃”就两个字。

云知给自己留了一串，把剩下的全塞到韩厉的手上：“给你朋友吃。”

拿着两大串芋丸的韩厉静默了一会儿。

云知一本正经地叮嘱：“你对面那个高高的、很好看的男孩是我同学，他人挺好的。韩厉，你不要欺负人家。”

这傻姑眼睛是不是瞎了？那路星鸣能有他好看？

“那我回啦。”云知想了想，又说，“韩厉，你晚上想吃什么？我现在去买菜给你做。”

韩厉抿着薄唇不语，显然还在思考云知先前的那段话。

“那我给你煮面条。”云知抓紧书包，不放心地看了他一眼后，慢吞吞地走出了巷子。

韩厉疲惫地叹息，抓着芋丸重返战场。窄小的深巷，男生们蹲坐在垃圾桶旁激情“开黑”，韩厉环视周遭，挑眉，上前踹了踹其中一人：“路星鸣呢？临阵脱逃了？”

蹲在地上的小胖子摇摇头，手指在屏幕上飞快地滑动：“他说不和‘妻管严’打。”

韩厉神情呆滞，俯身凑近：“啥玩意？”

小胖子抬起头，剩余几人也看了过来，贱兮兮地笑了几声：“厉少，老实说，你和那个女生是什么关系？虽然我们今天没打成架，但在情感方面，你是赢了的，他路星鸣望尘莫及，不亏，不亏。”

韩厉默然，烦躁地看了眼手上凉掉的芋丸，将它们全分给男生后，转身离开。

黄昏，路星鸣趴在天台栏杆上向下看着，暖色夕阳为建筑蒙上一层薄纱。

身旁留了小辫子的少年撞了一下路星鸣：“我才想起，今儿那个妹子不是我们班的转学生吗？”

“她不是认识韩厉吗？转来我们西区干吗？”

“谁知道呢。”小辫子哼唧两声，“说不定人家想尝试一把‘两地分居’。”

路星鸣捡起地上的书包，默然转身。

“路哥，你去哪儿？”

他慵懒的声线很快在楼道消散：“回公寓。”

云知在天黑时才买好菜返回公寓。

本来耽误不了这么久时间，但她找菜市场花费了一番工夫，超市的菜对她来说太贵了，一包白菜的价格就让人暗暗咂舌。

小区里的路灯映照得道路通明，她肩上背着书包，左右手各拎着两个袋子，来到公寓楼的大门前，正要空出手取卡开门时，有两个少年从里面走出来。

他们看起来比云知大两三岁，穿得怪异，头发染成了亮眼的红色。

瞥见云知时，两人都愣了一下，侧身挡住：“妹妹，这是男校公寓，你是不是走错了？”

两人都是诚南刚毕业的学生，以前都住这儿。

诚南是私立的贵族学校，多数学生有车接送，但也有小部分不方便回家。为了这部分学生，校方斥巨资在这小区买下了两栋楼用作他们的学生宿舍。在这儿住了这么久，他们还没见过有女生过来的。

云知正要解释，一道清冽的声线从楼道处传来：“她刚搬来的，让她进来。”

云知侧了一下头，看见了两人身后的身影。

他斜靠着墙，运动衫的袖子卷到手肘处，小臂的线条结实又漂亮，浓密的发丝上笼罩着一层光晕，更显得头发黑亮。

——路星鸣。

那两人对视一眼，忽地凑近云知，笑得意味深长：“那你可惨了，妹妹，这楼里现在住的几户可都不好惹啊。”

陌生的气息令人不适，云知提着东西往后退了一点拉开距离。

他们正要继续调侃，一双骨节分明的手从后伸来，一左一右拎着两人的袖口丢出门外，路星鸣居高临下地看着台阶下的两人：“快滚。”

二人满不在乎地耸耸肩，笑了一下：“那我们走了，下次再一起涮火锅。”说完，他们转身离去。

火锅？

云知鼻子动了动，这才闻见路星鸣身上飘来一股辣辣的食物的味道。她也不敢问火锅是什么，默默地跟着他进了电梯。在电梯缓慢上升中，她一直盯着红色的数字键出神。寂静中，她听到旁边传来一道声线：“他们吓你的。”

云知看了过去，不明所以。

路星鸣揉乱了发丝，眉心处竖起两道浅浅的沟壑，他不看云知的眼睛，淡声解释：“这栋楼没几个人住。”

来诚南上学的有几个是家里穷的，大部分是家族企业未来的接班人，家长们恨不得一天二十四小时盯着，哪里放心让他们在外居住。校方买来的这两栋楼里，另一栋楼已经住满，那栋多是特招生和外地过来上学的学生；而这栋楼只住了二三十户，其余房间都空着，甚至还没配备家具，不过，今年改了制度，校方应该也会重新考虑男女生分开住宿的情况。

云知顿了顿，问：“你知道韩厉住在哪儿？”

只是一瞬间，云知敏感地觉察到空气变得凝固，他身上的低气压让时间流动的速度都慢了几分。

“不知道。”他的回答伴随着电梯门开启的声音，紧接着长腿迈出，目不斜视地离开电梯，直接回了自己的房间。

云知盯着那紧闭的房门看了三秒钟后，搁下东西刷卡进屋。

现在已经很晚了，她一天下来没怎么吃东西，如今腹中空空，早就饿得不行。她摘了假发，换了拖鞋，迫不及待地去了厨房，结果，等她进去的时候就傻眼了，厨房里空空荡荡，连个电源插座都没有。

正中的柜子上贴了一行字：学生公寓不得用火，定期检查，发现严办。

云知看了看手上大包小包的新鲜蔬菜，又看了看上面的字，沉默。她苦恼地挠了挠小光头，正犯难时，突然有了主意。

云知拿着房卡，敲响了对面的门。

没动静。

她又敲了两下。

脚步声从里面传来，片刻后，白色安全门被拉开一条小小的缝隙。云知探头探脑地向缝隙里张望，漆黑一片。

啪，门被完全拉开，云知惊得向后一跳，仰头看他。

路星鸣刚洗过澡，也换了干净的衣服，宽大的T恤衫下的年轻躯体富有张力。他用长臂抵着门，黑发湿漉漉的，不住地往下滴着水滴。

也许是才从浴室出来的原因，他脖子处的肤色微红，更衬得面容冷淡。他的眼眸黝黑，高挺的鼻梁下的唇瓣线条性感，云知怔了半天没出声。

路星鸣的视线正对着云知的光头——剃得干干净净，只剩下一点青色发根，配上那大眼睛、圆脑门，更显得滑稽可笑。

他缓了一下神，轻咳一声，又瞥见她脚上的拖鞋，上面还有两个粉嫩嫩的兔耳朵。

路星鸣缄默一会儿："有事？"

云知脚尖并拢，特别局促地问："我能借一下你们家的火锅吗？"

这可把路星鸣弄蒙了，火锅这玩意还能借？但是，看着小姑娘不太安生的样子，他还是说："吃完了。"

云知眼睛一下子瞪大，特别震惊地说："不……不能吧？"

三个大男人吃那么一点东西，有什么不能的。路星鸣不耐烦了，准备直接关门，可是就在这时，他猛然意识到了不对，关门的手就那样停在了半空。

路星鸣舔了一下唇，笑得玩味："你不会以为火锅是锅吧？"

云知很诚实地轻点了一下头。

路星鸣鼻腔溢出一丝哼笑，上下打量云知几眼，转移了话题："你想做饭？"

云知再次点了点头。

“学校明令禁止学生在公寓开伙，韩厉没和你说？”

云知不说话了。

韩厉还真的没和她说，要是早知道，她肯定不会买那么多东西，不过……

她大着胆子看向他：“可是，你这里为什么能做饭？”

路星鸣挑眉：“我和别人不一样。”

这整个小区都是他们家盖的，学校也是他们家投资的，别说做饭，就算他开个饭店，学校都不会有什么意见。

云知眼睫毛颤了颤：“那……”她顿了一下，“我能用一下你的锅吗？”

“不能。”路星鸣刚说完，云知的肚子就响了一声。

楼道里没什么动静，她这一声直接引起了路星鸣的注意。

“不能就算了。”云知也不喜欢强求别人，就是有些可惜那些买来的菜，都是新鲜的，要是过了今晚，肯定就不好吃了。

她垂头耸肩正要离开，路星鸣叫住她：“喂，小假发。”

嗯？

云知扭头，疑惑地看着他：“我不叫小假发。”

路星鸣不语，下巴微扬，向她示意，她没领会他的意思，表情茫然。

……烦人。

路星鸣侧身，敛目不耐道：“我让你进来。”

云知双目放光，脸上顿时绽放出笑容，她神色激动：“你先等我一下！”说着，她跑回了屋，再出来时，那两袋食品重新回到了她的手上。

云知不好意思地冲路星鸣笑笑，拎着东西进了他的屋。

路星鸣的公寓明显比她的房间大，装修也更全，玻璃窗前放着健身器材，墙壁上贴满了海报，上面的洋人，她一个都不认识。

云知的视线不敢在别人的地盘上多做停留，站在原地问：“在哪儿做呀？”

路星鸣抬手一指："那边。"

"谢谢。"云知顺着他的指引去了厨房。

路星鸣双臂环抱，慢悠悠地晃荡进来，如同他所猜测的那样，小姑娘并不会用这些家电，此时正站在那边对着智能电磁灶干瞪眼。

他看了一会儿好戏，上前几步，垂眼："这边是开关，这边调火的大小，水从旁边的水池接，会了吗？"

云知在心里默念了一遍他说的话后，乖巧地点点头："会啦，谢谢路……学长。"

她的声线极软，又不会过于嗲，就像夏天里的苹果冰棒，清凉中带着一抹酸甜。

路星鸣皱眉，淡声说："我不是你学长。"

"我知道。"云知轻轻颔首，声音小了一些，"可是，学长的称呼很适合你。"

路星鸣看起来很可靠，就像大哥哥那样。

路星鸣沉了沉心神，没再说话，静默地让出空间，独自站在她的身后观察。

云知学习能力很快，他只说了一遍，她就记住了，开始洗菜、切菜、下面，动作利落，一丝不苟。

路星鸣这才注意到她的手掌虽小，可骨节比其他同龄女生的偏大一些，指腹上有一层茧子，白皙的手指头上遍布着小小的伤痕。

他又去盯云知的脸，小姑娘生了一张小小的鹅蛋脸，皮肤又白又嫩，和那双手形成鲜明的对比。她还有些婴儿肥，衬着一双圆润的杏眼越发显得乖巧、娇憨。

韩厉竟然会带着这样呆头呆脑的女生来上学，路星鸣的眼睛向上瞥了一下，还是个没头发的。

云知觉察到了路星鸣的目光，挠挠腮帮，疑惑道："我脸上有东西？"

路星鸣收起目光，隔了一会儿后，又偷偷向她的头顶瞟，再次确定，韩厉的眼光可能出现了一些问题。不过，也正常，毕竟韩厉整个人都有问题。

她没多问，继续手上的动作。

云知从五岁起就开始帮衬着师父干活儿，挑水、洗衣、做饭，这些都是她打小会的。

那会儿，她个子太小，做饭的时候需要踩着凳子才能够到灶台，最麻烦的还是生火，有时候下过雨，木头太潮，点不着火，等生好火、做好饭，已经耽误了不少时间。看着锅里很快烧开的水，她决定回去就给师父换一个这样的灶台。

云知已经煮好了面条，还用剩下的菜拌了一道清爽可口的小凉菜。正要盛面时，她才想起自己的公寓里没有碗，于是又看向路星鸣。

小姑娘眼巴巴地瞅着，路星鸣抿着薄唇，想到韩厉可能会用他的碗筷后，恶寒至极，当下拒绝："不借。"他的目光闪了两下，"你把锅端走，不用还了。"说着，他弯腰从橱柜里取出一把一次性筷子塞给她。

拿了一把筷子的云知突然感觉路星鸣真是个大善人。

云知端着一锅面条回自己家后，房门被粗暴地敲响。

她匆匆开门，门外的韩厉一脸阴沉，眉皱着，表情凝重，像是谁抢了他的钱一样。

他挤开云知进了屋，立马闻见一股香味儿，用鼻子嗅嗅："你叫外卖了？"

不应该吧？这小傻姑可是连手机都不怎么会使。

韩厉视线一转，看到桌上放着锅，锅里有面条，煮着各种菜，一点油花都没有，看着就没食欲。他扭过头："你做的？"

云知回答："晚餐。"

他拆开筷子挑起几根面条吸溜入嘴，味道太淡，清汤寡水的。他吃不来，当下撂了筷子，拉开椅子，整个人坐在上面。

"你不吃吗？"

"太淡了，小爷又不是兔子。"说着，韩厉从口袋里掏出一块口香糖放在嘴里嚼。

云知觉得有些可惜，她手艺不差，村里的阿婆都夸她是大厨子呢。不过，也不意外，韩厉是在城里长大的，山珍海味都吃遍了，不爱吃这个也情有可原。

云知不强求，把锅端到面前，拆开一双一次性筷子，小口小口地吃了起来。

她虽说是山里头长大的，但并不粗鲁，吃得又慢又小心，和仓鼠啃果子一样。

韩厉嚼着口香糖，桃花眼眯了一下，手肘撑在桌沿上，轻喊了一声："喂。"

云知抬起眼皮，面条还没来得及吸溜完。

"这一点油花都没有，你也能咽下去啊？"之前在家的时候，韩厉就注意到了，这傻姑每次和他们吃饭都拣着面前的菜吃，每次就吃一点，也不知是不敢吃，还是菜不合胃口。

云知咽下面条，轻轻解释："我吃素。"

韩厉瞥了眼她光滑的脑门，扬起一边的眉毛。之前好像听说她是在深山里过着闲云野鹤的生活，他也没多问，这会儿倒是有了一些兴趣："你为什么吃素？"

云知一边吃，一边说："我师父吃素。"

韩厉上半身前倾："你师父为什么吃素？"

"我师父是守山人，守山人有一条规矩是保护深山与生灵，不能吃肉。"规矩是老规矩，师父却一直遵守着，于是云知跟着一起遵守。

韩厉一下子觉得没劲儿了，摇摇头说："圣父。"

云知狐疑："圣父？"

韩厉："就是虚伪。"

云知懒得和他争，她师父是好人，才不虚伪。师父自小守护着那座山，那是伟大；师父保护着动物，那是善意。

云知想好了，她要好好学习，挣大钱，只要有了钱，就能修好山上的房子，铺好山路，让师父不过得那么苦。

韩厉啪的一声吹破一个泡泡，此时那锅面已经被云知消灭干净了，就连汤也没剩下。韩厉咂舌，不禁腹诽：这也太能吃了。

结果，他不小心说出了自己的心声，惹得小姑娘通红着脸辩解："浪费不好……"

她擦擦嘴，端着锅去洗。

韩厉跟着过去，余光掠过橱柜上贴着的字，才想起学生公寓不能做饭这个硬核规定。他忍不住问："你这锅从哪儿弄来的？"

云知也不隐瞒："路学长借给我的，他真是个善人。"

"啥玩意儿？路学长是个啥玩意儿？"

云知睨了他一眼："就是今天和你一起的呀，他借给我锅，还让我在他那边做饭，人真好。"

"他好什么呀！"韩厉额头青筋暴突，情绪彻底失控，"我警告你，你离路星鸣远点，那家伙不是什么好人。"

韩厉五岁起就和路星鸣认识了，第一次见面，两人就从屋里打到屋外，他还磕掉了一颗门牙。不过，路星鸣也没好过多少，身上到现在还有他当时留下的门牙印呢。

也许是天生的敌人，两人从幼儿园到高中都上的一个学校，他人评价二人的关系是"王不见王"。现在倒好，这傻姑刚转来就向着他的仇敌。

她这样，对得起他那颗门牙吗！

发泄完，韩厉长呼一口气："对了，我妈让你每天给她打个视频电话，现在我教你一次，回头，你放学自己给她打。"

"哦。"韩厉刚才把她吼蒙了，现在才反应过来。

洗好锅的云知把锅放好，洗净手后乖巧地坐到了韩厉的身边。

"手机给我。"

云知掏出手机递了过去，韩厉接过，屏幕对着云知一闪，熟练地解锁后，登录微信："我先给你把银行卡绑定，你的银行卡呢？"

云知又去找银行卡，韩厉默不作声地在手机上操作。云知伸长脖子去看，她也看不懂，也不敢问，就怕打扰到他。绑好卡，他查了一下账户余额，眉头一下子皱了起来，看向她："我爸不是给了你五万吗？"

云知蒙了一下："我不知道……"

那天，大哥给了她一张卡，说里面是这个月的零花钱，具体多少，她也没问。

韩厉对着五百元的余额沉默，不用想也知道，肯定是他奶奶趁着他爸不注意，把卡调包了。

"里面就五百了。"韩厉把屏幕凑近，让云知看了一眼，"你先花着，一般午饭都是在学校吃，晚上饭钱不够，就来找我，但是，你别告诉我妈你卡里的余额啊。"

他妈妈本来就和他奶奶不和，要是知道这事儿，她俩还不得吵翻天。

云知懂事地附和："我不说，钱也够。"她节省惯了，五百块花一个月都不成问题。

韩厉睨了她一眼，重新切换到微信主界面，找到他妈妈的头像："这是我妈，都备注好了，点进去，找到视频通话，用手点一下就行。要是发语音，就点这个，按住说话，说完松手。"

韩厉嘴上像是安了加速器一样，语速特别快。

云知听了个一知半解，还没来得及细问，他就点了"视频"，很快，一直等着电话的韩母出现在了手机屏幕上。

云知的手机没有美颜功能，能看出韩母的真实状态非常好，发微卷，盘起，一身黑裙，风韵犹存，韩厉的桃花眼和她如出一辙。

看着视频里的韩母，云知甜甜地一笑："嫂嫂好。"

"欸。"韩母应下，看到旁边低头玩手机的韩厉，脸色又是一沉，"韩厉没欺负你吧？"

云知摇摇头。

"韩厉。"韩母朝着韩厉喝道，"你照顾着小姑姑一点儿，也知会你朋友一声，可别让她受欺负了。"

"知道了。"韩厉的语调懒懒散散的，很是敷衍。

韩母又多交代了几句，最后挂断了视频。

见视频电话打完了，韩厉拍拍屁股，起身走人。

“韩厉。”云知匆匆追上，“你住在哪呀？”

“我？”韩厉上下扫了云知几眼，鼻腔里发出一声轻轻的嗤笑，“不关你的事。”

他出门了，随手把吐出的口香糖抹在了对面的房门上，双手插兜，吹着口哨进了电梯。

云知扒在门缝上鬼头鬼脑地张望着，见韩厉走了后，转身拿了张纸巾，细心擦拭掉他留下的罪证，确定“毁尸灭迹”后，她又返回了屋，再出来，手上多了个洗干净的锅。

当当当。

没人应答。

当当当。

还是没人应答。

云知正要继续敲，门被暴力拉开。

屋里，路星鸣眼皮子耷拉，像是刚睡着，睡眼惺忪，还带有一股被人吵醒的戾气。

见是云知，还有那口不准备要的锅，路星鸣二话不说把门关严。

“学长，你的锅……”

“不要了。”

第二章

你不要被骗了

路星鸣：
这真是兔子变的吧！

晴天的晨风还带着少许冷意，阳光细碎，斑驳地落在肩头。

路星鸣一身黑色运动服，耳机里的摇滚乐轰鸣，他跑得不快不慢，额前的黑发随着步伐缓缓地跳跃。

现在不过六点，大多数人还在熟睡，只有他在这小路上独享清静。

不料——

“路学长，早上好。”一道细细的、小小的声音透过耳机直入耳朵。

路星鸣拧了一下眉，以为自己听错了。可是下一秒，一道身影进入余光之中。

——的确是云知。她没戴假发，只戴了一顶帽子，穿着一身抹茶绿的运动服。

娇娇小小的躯体，黑瞳光芒闪烁，阳光在她的眼睫上跳跃，将那黑染成了薄薄的金。运动令她白皙的皮肤透出一丝粉红，带着婴儿肥的脸颊在此刻更像是熟透的蜜桃，惹得路星鸣多看了一眼。

但是很快，路星鸣收回视线，调高耳机的音量，加快了跑步速度。

看着拉开距离的路星鸣，云知歪了歪头，紧跟了过去。

路星鸣睨她一眼后，再次加快速度。

云知眨眨眼，又跟了上去。

路星鸣跑得快。

云知跟上。

路星鸣跑得很快。

云知很快地跟上。

路星鸣一脸问号。

烦人。

路星鸣磨了磨后槽牙，索性拿出了参加长跑的那股气势去甩开云知。

他今年还没满十八岁，个头却蹿到了一米八五，两条大长腿，又长又有力，加上每天锻炼，不管是耐力还是速度，都是最优秀的。

就那小电灯泡，两条小短腿还想追上他？她还能追上吗？那小电灯泡要是能追上，他当场倒立吞耳机！

不过，当然是不可能的。

“路学长。”

突然响起的声音让路星鸣脚下一个踉跄，腿肚子直接抽筋，疼得他心跳加快，汗液不断地往外冒。

从一开始就没怎么说过话的云知挡在他的面前，大眼睛里带着不加掩饰的担忧：“你这样跑会伤身体的。”托这小电灯泡的福，他已经伤身体了。

路星鸣微微喘着气，呼吸彻底失了节奏，更难受的还是腿肚子，一抽一抽地疼。

他烦躁地扯下耳机，目光灼灼：“你……”

云知瞪大眼睛。

“你……”路星鸣喉咙里似是有东西卡着一样，说一个字就要停顿半晌喘一口气。

“你坐着歇会儿，我去给你买瓶水。”看把孩子累的，话都说不利索了。

云知拉着路星鸣到一旁的木椅上坐下，还没给他回应的机会，便一溜烟地跑到了马路对面的小卖部里。

看着云知飞快蹿出去的小身体，路星鸣不冷静了。这是兔子变的吧？

“给！”小姑娘很快买了一杯热豆浆回来，递给路星鸣，小脸蛋红扑扑的，“你慢些喝。”

路星鸣接过豆浆，没有动。

云知扯着衣角略有一丝局促地解释：“那水都是冷的，大早上喝，对身体不好，我就去旁边的早点铺买了豆浆……”

豆浆还热乎着，温度透过纸杯传到掌心，连着他的心都跟着暖了不少。

路星鸣不爱吃豆制品，更讨厌味道发甜的饮品，可以说，豆浆是他最不喜欢的东西。他抬了一下眼，直接把豆浆还了回去：“不用。”他微哑的嗓音宛如含了细沙，更多的是清冷，“我不爱喝这个。”

云知肩膀一下子耷拉了下去，失落地“哦”了一声，小手接过豆浆捧在怀中，小心翼翼地偷偷瞥着路星鸣。他已经重新戴上了耳机，看样子是要走了。

云知也不敢再过去搭话，小步小步地跟在他的后边走，想了想，说：“你……你要是不想看见我，我明天更早一点出来，这样就能避开。”

在山里的时候，云知一般五点就起床了，因为她要上山砍柴、采药，还要去照顾山下生病的阿婆们。现在到了城市，她这个习惯还是没有改变。

云知感觉路星鸣不是很喜欢她，甚至有些烦她。

路星鸣是第一个帮助她的善人，她不想让他讨厌。她仔细想想，四点起来也不是什么难事儿，之前师父也都是四点起的。

打定主意后，云知往前跑几步，一把将豆浆塞到路星鸣的怀里：“这个你留下，跑完步不补充水分不好的。”她顿了一下，“还有，谢谢你的锅。”说完，她撒丫子跑进了公寓楼，没一会儿便消失在了他的视野里。

拿着豆浆、腿还在抽筋的路星鸣：这真是兔子变的吧！

早上七点，学生们三两相伴，已全部到校。

今天要举行开学典礼，偏偏高二十班的学生和高二九班的学生发生了冲突，两个班级的学生一同被教导主任罚绕着操场跑三圈。

三圈对十几岁的小伙子来说完全是小问题，可是，对路星鸣来说就非常有问题了。

他单手扶着腰，跑得比走路还慢。一起玩的兄弟凑到他的身边打趣：“路哥，你今儿不行了啊。”

路星鸣眼刀犀利：“滚。”说话间，脸颊边滑过风声，同时还有一晃而过的白色碎影。

刘彪虎啧了两声：“新同学体力不赖啊。”

路星鸣轻哼：“兔子变的，可不不赖。”

刘彪虎诧异地看了他一眼：“啥？”

路星鸣没说话，微喘着走出跑道，在一边的树下歇息。

没一会儿，其他人也都围了过来，教导主任早就去校长办公室开会了，其他老师也都不在，就算他们光明正大在这儿“摸鱼”也不带怕的。

如今只有云知一个老实人在跑剩下的一圈。

诚南虽然开放了招收女生，可招生率远没达到他们的期盼值，刚入学的高一新生里还有几个女生的面孔，到了高二、高三就只有云知一个半路转来的妹子。她长得不差，容貌、身材可以说是上乘，自然吸引了广大男同胞的注意。

刘彪虎蹲在路星鸣的跟前，眼珠子跟着云知移动，咕噜一声咽了口唾沫：“欸，你们说，我要到新同学的联系方式的概率有多少？”

“你快醒醒吧。”武晓松白了他一眼，“如果没猜错，这妹子应该和韩厉的关系不错。”

刘彪虎惊得瞪大眼：“不是吧？”

武晓松说：“怎么不是，昨天就听说韩厉带这个妹子过来报名，昨晚我亲眼看见韩厉给这姑娘买了芋丸，啧，韩厉那浑蛋也是铁汉柔情啊。”

刺激。

真刺激。

“走了。”一直静默不语的路星鸣突然站起，踹了踹两人的屁股后，双手插兜，去学校操场集合。

开学典礼是两个校区一起举办的，地点定在了老校区——东校区。

升旗仪式后，校长上台致辞，他那“简单讲两句”格外漫长，接着是老师讲话，新生代表讲话，最后是高年级学生代表讲话。

作为刚转学到城里的云知从没见过这等阵仗，她在镇子里上学时，老师也会讲话，但不会讲这么多话。

有些烦，但她还是很乖地认真听。

人群中的云知双腿站得笔直，脊梁没有一点弯曲的意思，雪白的天鹅颈，落在别人眼中是如此显眼。男生们哪还有空听致辞，全程盯着她的脸蛋发呆。

开学典礼一直到十点多才结束，学生们站了大半个上午，早就累了，很快作鸟兽散，各自回了班级。

今天天气很好，无风，温度也刚刚好。

“喂，韩云知。”

云知听到有人在叫她，左右看看后，也没找到人，正要提脚走，又是一声：“叫你呢。”

身后，韩厉衣衫不整，斜斜地站着。

云知看了他两秒后，选择了无视。

韩厉大步上前，一把抓住她的手腕：“老……我叫你呢！你干吗不理我？”他微微撇了一下嘴，不满。

云知委委屈屈，小声地嘟囔：“你不是说我在学校里要装作不认识你吗……

“所以你叫我，我也要装作没听见呀。”她很是理所应当。

韩厉呼吸一顿，被噎得半天没吭声。他是这样说过，但……

韩厉烦躁地揉了揉蓬松的头发，不想说太多废话，拉着云知到一棵树下后，从钱包里取出一张卡揣到了她的衣服口袋里：“喏，拿着。”

云知不解：“这是什么？”

左右无人注意，韩厉压着语气里的烦躁：“饭卡。”

小姑娘眼眸晶莹：“你把饭卡给我了？”

“这个卡两个校区通用，你先用着，你的饭卡过两天才能办下来，到时候再还给我。”

“那……”云知细眉微皱，“那你给我了，你怎么办呀？”

“让你用，你就用，问来问去烦不烦啊！”韩厉别过头，见有人注意到这边后，当下加快了语速，“行了，还饭卡的时候不用特意来学校找我，发条信息或语音就可以了。”

最后一个字音还没落下，他便要转身离去。

“等一下。”倏地，韩厉的衣角被拽住。

下一秒，云知半蹲在了他的脚边。

“鞋带不系好，会摔跤的。”她纤细的手指头扯着球鞋的带子，没一会儿便系了一个漂亮的结，“好啦。”

她仰起头，将垂落下来的一缕发别在耳后，面对着韩厉，笑容温柔又……慈爱。

活这么大就连他妈妈都没给他系过鞋带的韩厉突然心情复杂。这种被长辈宠爱的感觉是怎么回事？怎么总觉得怪怪的？

“韩厉在学校要听话，不能打架。”云知起身后，又整理了一下他身上凌乱的校服。

韩厉皱皱眉，越来越感觉怪异，一把挥开云知的手，骂骂咧咧地走远。

他的背影很快远去，云知歪着头有些苦恼，侄儿是不是不喜欢她这样？正叹息着，她感觉一道锐利的视线从身后投来。

云知不由得扭头看去，明亮的日光下，身形颀长的少年站姿慵懒，凤眼幽邃，表情晦暗不明。

云知总觉得……路学长好像有些不开心。

午餐时间，学校食堂早已人满为患。

云知乖乖地在队伍后面排队，眼巴巴地瞅着打饭菜的阿姨，一心想着吃，也没注意到从四面八方投过来的视线。

很快轮到了她，云知探头向里面张望，好多精致的菜品和甜点，她叫不出名字，一时间也不知道点什么。

“同学，吃这个清汆肉丸吗？这学期的新菜，卖得特别好。”

云知摇摇头：“阿姨，我不吃肉。”

食堂大妈上下打量她几眼，对着那小胳膊、小腿儿无奈地喟叹：“你这才多大啊，就减肥，小心身体不好喽。”

云知耐心地解释：“阿姨，我不吃荤，我身体很好，力气很大。”

话音刚落，排在她后面的学生齐齐爆发出一片笑声，就连食堂大妈的眼神都变得诡异不少。

云知鼓了一下腮帮，她又没说谎，她真的不吃荤。

随便点好几个素菜后，云知端着餐盘去找位子。

现在是吃饭高峰期，一楼的座位几乎被人坐满了。她向二楼找去，环视一圈，依旧满满当当，最后目光停留在角落，那里坐着路星鸣，还有他的朋友，旁边还有一张四人桌是空着的，明显是其他人忌惮他们，不敢过去。

云知犹豫几秒，慢吞吞地移过去，轻轻地放下餐盘，轻轻地坐下，生怕发出动静引起路星鸣注意。

然而，旁边的人还是注意到她了，除了路星鸣外的三人交换了一个眼神，就近的刘彪虎起身坐到了云知的对面。

云知没说话，大眼睛看着他。

小姑娘眼睛生得极其动人，又大又有神，自带黑色眼线，眼梢向上挑起一点，笑时明亮清纯，不笑时又有三分猫儿般的妩媚。

刘彪虎耳根子腾的一下红了，整个人都跟着正经不少："同学，我们那儿还有个空位，过去一起吃呗。"

云知不由得向路星鸣的脸上瞟了一眼，他沉默不语地吃着餐盘里的东西，没有任何表示。想到今天早上他的态度和之前的眼神，她脑袋摇得和拨浪鼓一样："不了，不了，不打扰你们。"

刘彪虎嘿嘿一笑："哪儿是打扰啊，你看现在餐位紧缺，你一个人坐在这儿不是浪费资源吗，何况我们都是一个班级的，就算一起吃，也没事儿啊。"

不由分说，刘彪虎就把餐盘端到了旁边的座位，剩余两人识相地往里面挤了挤。刘彪虎拉起云知过来坐下，还细心地把没拆开的果汁放到了她的面前："同学，你喝，别客气。"

对方这么殷勤，云知紧张得小手都不知道往哪里放了，她一紧张就脸红的毛病一犯，其他人又开始逗弄她。

"别怕，别怕，我们不是什么好人，啊，呸，我们不是坏人。"刘彪虎笑嘻嘻的，"同学，我再给你介绍一下，我叫刘彪虎，旁边这个叫武晓松，挨着路哥的叫吴征，你不用理他。”

云知朝吴征看去，正好对上对方的眼神，他眼珠上下动动，好像不屑地哼了一声。

刘彪虎撞了撞云知的手肘，挤眉弄眼：“至于我们老大，就不用介绍了吧。”

“嗯。”云知应了一声，又抬眼看了一下路星鸣，小心地拿起筷子吃饭。

武晓松戳了一下刘彪虎的腰，他立马会意，笑眯眯地问：“云知同学，能问你一个问题吗？”没等云知说，他便道，“你是韩厉派过来的间谍吗？”

听见没，这就叫“说话的艺术”。

如果两人真有关系，那对方会愣一下再给答案，然后他就可以顺势问出关系。

如同他二人预料到的那样，云知真的愣了一下：“间谍？”

刘彪虎意识到这种文雅的说法对小姑娘可能不是那么容易理解，于是换了说辞：“你和韩厉有什么不可告人的关系。”

云知蒙了：不可告人的……关系？

云知着急忙慌地摆手辩解：“我们没有关系，没有关系的。”

韩厉特意叮嘱她不能让别人知道他们是亲戚，她……她是不会说的！

云知的唇抿着，耳根子红得像要滴血一样。

一旁的路星鸣已经吃完了饭，他放下筷子，捧着水杯一边喝，一边往云知的脸上瞄。

小姑娘这等急切辩解的模样落在别人眼里就成了害羞，他们更加确定两人关系非同一般。

“没事，妹妹，你就说了吧，你是韩厉派过来的吧？”

他们越说越离谱，云知的脑袋已经乱成了糨糊。

真是“不见棺材不落泪”，武晓松摇了摇头，取出手机登录学校的BBS，点开飘红的一个帖子，把手机递给了云知：“你自己看，现在两个校区都知道你们的事儿了。”

云知茫然地接过手机，看到上面的内容后，整个人都不好了。

不知道哪个有心人拍下了云知蹲下身为韩厉系鞋带的画面。树下面的少女细肩软腰，脸蛋干净美好。她垂着眸，表情温柔又有耐心；反观韩厉，身高腿长的男孩双臂环抱，高高地睥睨着她，俊脸上写满厌烦。

云知又往下翻了翻，下面还有云知给韩厉整理衣服的、韩厉凑近说话的、递饭卡的，全被拍照发了上去。

楼主：今天无意间拍到的，这个就是昨天东校区的厉少带来的姑娘，长得真漂亮，也不知是哪个家族的小姐，现在落到给人系鞋带的下场了。叹息。

1L：这不是西校区高二十班的转学生吗？

2L：世界玄幻了，韩厉把自己的人放到高二十班是什么意思？

……

101L：大家是不是谍战片看多了？

讨论还在热火朝天地持续着，各种阴谋论层出不穷。

云知忍了忍情绪，声线无力，听起来软绵绵的：“我和韩厉不是上面写的那样，能不能让他删掉？”

“啊？那你们是什么关系啊？”总不能是兄妹吧？可是，他们也没听说过韩厉还有一个妹妹。

除了女朋友和妈，谁还会蹲下来给他系鞋带？难不成真是……妈？

不能，不能，刘彪虎摇摇头，他又不是傻，谁年纪轻轻有那么大一个儿子。

云知咬唇，脑袋低了下去。韩厉再三警告她不能告诉别人他们间的关系，可要是不说，外面的人又会误会，她一时间找不到别的办法解释。

正在云知左右为难时，一片阴影覆盖而下，她仰头，面前的少年面容冷清，离去得潇洒。

剩下三人见路星鸣走了，扭头看了看云知，也没再逗留，匆匆地跟了上去。

晌午的阳光炽热，四人慢走在小道上，路星鸣突然驻足：“找老李把帖子删了。”

老李是学生会的会长，有论坛的管理权限，平时和路星鸣交好。

武晓松怔了一下：“为啥？”

路星鸣半眯着眼：“八字没一撇的事儿，传来传去，对姑娘的名声不好。”

这不是见鬼了，心狠手辣的路星鸣竟然会担心姑娘的名声，尤其那姑娘还和他的死对头有关系。

武晓松和刘彪虎都觉得这里头有不可告人的秘密，但他们没有证据。

就这样闹腾着过了几天，第一个周末到了。

周五刚放学，云知就收到了韩厉催促的短信。她匆匆回宿舍收拾好东西，背着厚重的书包去找轿车所在的位置。

云知转悠了一圈，才在小区右侧的街道看到那辆熟悉的车。

车内，韩厉长腿跷起，懒懒地倚靠着，他双手捧着手机，对云知的到来不闻不问。

车子发动，云知将书包放在了右侧，探过头去看韩厉的手机屏幕。

花里胡哨的，她看不懂：“韩厉，你在玩什么呀？”

韩厉头也未抬，懒散地回应：“游戏。”

“什么游戏呀？”

“说了，你也不懂。”他手指飞快地移动，在拿下“五杀”的同时，听到水晶炸裂的声音，是敌方小兵“偷了家”。

“就你们这些废物，只配玩消消乐。”暴躁地骂了一句后，韩厉在游戏界面截了图，切换到微信群发送，继续和狐朋狗友们吹牛扯皮。

正准备玩消消乐的云知默默地把刚打开的消消乐关闭。

韩家坐落在富城别苑，从小区的名字就知道这不是普通人家住得起的。

事实上，韩家的确有钱，可以称之为“豪门”，家里做的是出口贸易，经营的几个品牌更是赫赫有名。

除云知外，韩老还育有三子一女，韩厉的父亲是韩老的第二个孩子。其中大儿子移民国外，已不再和家里联系，小女儿嫁人后也很少再回韩家。最惨的还是韩家老三，本是青年才俊，夫妻俩却遭遇车祸身亡，只留下年幼的女儿韩祝祝给韩奶奶照顾。

韩厉的父亲是个孝子，哪忍心让老太太一个人带孩子，于是就将韩奶奶和侄女一同接到了家里，现在又加上云知，整个韩家“热闹”极了。

云知多少听闻了一些有关自己的身世，她有眼力见，从第一次来到韩家，就感觉到韩老太太不喜欢她，正因如此，她才和大哥提出住校。

一个多钟头后，车子驶进了富城别苑。到了目的地，韩厉揣好手机，斜挎着包下车，云知慢吞吞地跟在他后面。

韩家父母都不在，不用想也知道是去应酬了，客厅里也未见韩老太太的身影。

二人刚进门，就见一道亮丽的身影飞一般从楼上跑下，直直地跳到韩厉的身上：“哥——”

韩祝祝像树袋熊一样整个人挂在了韩厉的身上，笑得明艳动人。

“奶奶没回来？”韩厉扯开韩祝祝，随手把书包丢在沙发上。

韩祝祝笑嘻嘻地说：“奶奶和她朋友去巴厘岛了。”

“嗯？”韩厉扬了一下眉，“这时候去巴厘岛？”

韩祝祝一边说着，一边剥了个橘子给他：“说是看什么画展，我也没问，估计下周才回来。”

韩厉不爱吃橘子，捏着没动。

韩祝祝比他们小一岁，目前在某女子贵族学校上课，她是走读，如今和韩厉一周没见，自然有着说不完的话。

韩厉一改先前的脾性，耐着性子听她絮叨。

兄妹俩亲密相依，和睦，温馨，站在他们身后的云知倒像个透明人一样被彻底无视了。

看着沙发上紧紧挨在一起的两颗脑袋，云知咬了咬唇，把心中涌上来的一丝酸涩压下来后，抱着书包默不作声地上了楼。

她人一走，韩祝祝便看了过来，收敛笑容，一声轻哼："土山姑，泥巴虫。"

本没什么动静的韩厉在听到那六个字时，眉心突然一拧，默不作声地把手臂从韩祝祝的双手中抽了回来。

韩祝祝毫无觉察，继续靠近："哥，晚上有 × 少年团的演唱会，你带我去呗。"

"没空。"冷冷地撂下两个字后，韩厉将双手揣在口袋里，闲散地迈着步子回了屋。

三个孩子的房间都在二楼，云知睡在走廊最里间，这里原本是韩厉和韩祝祝的休闲房，因为她的到来而改装成了卧室。

房间里有个小阳台，韩母令人在阳台上做了少女心十足的秋千椅，此刻云知正坐在椅子上对着手机发呆。

恍惚中，敲门声响起，云知扭过头，韩厉双臂环抱靠着门框，脸上淡淡的。

"韩厉。"云知站了起来。

韩厉瞥了一眼她的手机，说："你在那儿干吗呢？"

云知把手背在身后，轻声说："我在等师父给我打电话呢。"

韩厉随口一问："你师父有手机？"

云知晃了晃头，垂在脑袋后面的假发跟着摆了摆："山里没信号，师父每周五会去村镇一趟，到了村镇，才给我打。"

正和韩厉说着，电话就过来了，云知接起，眼儿一弯，甜腻腻地叫了声"师父"。

韩厉挑眉，把视线移开后，眼睛扫视着屋子。

这间房很大，所以，当初韩厉把它作为休闲房，没事干时来这儿打打游戏、打打牌，朋友来了，还能打台球。现在那些玩乐的东西全被移到了三楼，就连房间的壁纸都换成了淡淡的粉色，充满了幼稚的童话风格。

“我晓得啦，师父也照顾好自己。”云知用乡话和师父打完电话后，看见韩厉还在门前没有走，她放好手机，“韩厉，你找我有事？”

韩厉反应过来：“没事，看看。”

说着，他转身回了对面自己的卧室。

天黑得很快，韩家父母有应酬不回来，饭桌上只剩下他们三人。

云知吃饭时不太喜欢说话，韩厉也较为寡言，只有韩祝祝一个人靠着韩厉絮絮叨叨不断：“哥，后街开了家新餐厅，我朋友说特别好吃，明天中午我们去试试看怎么样？”

韩厉慵懒的声音道：“明天没空。”

被接二连三拒绝的韩祝祝心里不爽，桌下的脚暗暗跺了跺，愤愤地拿起筷子扒着碗里的米饭。她刚要夹菜，就看见盘子里的青菜被消灭了一半。本来心情不好的她立马将矛头对准了云知：“真能吃，你就不会给别人留点儿吗！”

云知眨眨眼，看着满满一桌几乎没怎么动过的荤菜后，稍有些愕然：“这么多菜，还不够你吃呀？”

韩祝祝呼吸一顿，突然无法反驳。

云知静默地起身，把碗里的几根青菜全夹给了韩祝祝：“给，这些够了吗？”

韩祝祝沉默了一瞬，下一秒，听到云知说：“我不知道你也爱吃蔬菜，下次我争取不这么能吃，都给你留着。”说着，云知又给自己添了一碗米饭。

韩祝祝磨磨牙，把筷子一摔：“我不吃了！”唰的一下，她拉开椅子，气鼓鼓地跑上了楼。

韩厉没绷住，扑哧一声笑了出来。

他一笑，云知真有些不好意思了：“韩厉，我是不是真的吃得很多？”

韩厉看着锅中被消灭大半的米饭和空了一个盘子的菜，昧着良心说：“不多，正好。”

云知松了口气："我也觉得我吃得不多。"

韩厉一噎，神色诡异了起来。

云知毫无觉察，继续鼓着腮帮，咔嚓咔嚓轻咬着那香脆、清甜的白菜："师父说我在长身体，多吃点好。"

云知感觉自己好像是比普通小孩子能吃一点点，但也不怪她。毕竟没有哪个普通孩子会五点起来爬山砍柴，清理院子，还要走一个多小时的山路去镇上上学。她活动量大，吃得也多，肉却没长几两。

云知白菜帮子吃得香，韩厉突然也被勾起了馋虫。他夹起一片醋熘白菜放在嘴里，发现酸酸甜甜的，的确好吃，为自己又盛了半碗米饭后，在小姑娘心痛的眼神中吃光了半盘子白菜。

吃过晚饭，云知去花园里消了消食，见时间不早，她回到卧室开始做老师布置的作业。

云知的学习能力并不是最强的，但她绝对要比同龄人刻苦、努力。村镇里的教育方式和城市中的天差地别，她的成绩放在小镇的学校里算是中等，到了城里，只能垫底。

不学习就没有出路，云知明白这个道理，所以，她认真听课，课后把老师教的东西复习多遍，通透后继续预习老师第二天要教的内容。虽然才开学一个月，但是，她的进度并没有落下多少，除了英语。

正专心做着题，放在桌上的手机传来叮咚一声，云知分了分神，继续做题。

四十分钟后，云知做完了老师布置的作业，她甩了甩发僵的手，这才想起有人给她发信息。

"'要饭的'请求加你为好友。"

"'给点饭'请求加你为好友。"

云知点了点屏幕，全部拒绝。

"'要饭的'请求加你为好友，验证备注：同学，我是刘彪虎啊。"

云知不情不愿地点了接受。

韩云知：你的名字真奇怪。

刘彪虎：嘿嘿，这不重要，我拉你进我们的班级群了，你点一下接受。

云知本来以为这两人的名字就够特别了，结果，班级群的名字更加特别——“丐帮据点”。

哪有人把自己比作乞丐的呀。

云知进群后，慢悠悠地打字：大家好。

刘彪虎：欸！小子们迎客了@全体成员。

方正：女同学好！

方圆：女同学好！

武晓松：妹妹，你通过我的好友请求呀！现在我们班有着整个高二、高三年级唯一的女同学，羡慕不死那些和尚庙的。

刘彪虎的一声号令让全班的几十个同学齐齐出现，消息在眼前飞一样地滑过，云知看着眼晕。

一会儿后，刘彪虎跟她私聊：妹妹，你把熟悉的加一下好友，不熟的就算了。

云知按照他说的，把班级里有过交流的同学都加了一遍，当眼神掠过路星鸣纯黑色的头像时，她纠结地啃起了手。

她和路学长是熟，还是不熟啊？她忐忐忑忑地点了申请加好友，备注：云知。

她静等回复。

叮！通过了。

不知怎的，云知有些小雀跃。

既然通过了，是不是应该说点什么？可是，说点什么好呢？

云知挠挠头，打了“你好”二字，想想，似乎太随意了。

——你好，路学长，我是韩云知，这是我的微信。

不行，人家都和你不熟，干吗要特意告知一下。

云知纠结半天，最终讪讪地放下了手机。

从通过云知好友申请到现在，路星鸣一直盯着最上方的“对方正在输入中”。

这么久了，他倒想看看她能搞出什么花样儿。可是，路星鸣等了半天，也没有收到信息。他没了耐心，先发制人：找我？

她没有回复。

云知收心继续学习，可是，不断响起的提示音总是不合时宜地打断她，此时群里的聊天记录已经超过九十九条，并且持续上升，聊的话题也越来越劲爆。

云知点进去时，正好看到刘彪虎发的消息。

刘彪虎：嘻嘻嘻，我这里有全套的《数理化资源库》，你们懂的，要的打“1”。

武晓松：1，求网盘，好人一生平安。

吴征：1，求网盘，好人一生平安。

云知现在正是急需补课的时候，尤其是数理化，于是跟着大部队发送。

韩云知：1，求网盘，好人一生平安。

发完后，群里死一样寂静，同时，几条私聊发过来。

刘彪虎：妹妹，你认真的？

L：？？

路星鸣没有改群昵称，他的微信名就是“L”。

看着那两个满含不解的黑色问号，云知跟着茫然起来。

韩云知：？

L：你也想要网盘？

韩云知：我爱学习，不可以吗？

她的爱学习是真的爱学习，可在他人看来，那个意思就是天差地别了。

看着傻乎乎跟着一群人起哄的云知，沙发上的路星鸣不由得喟叹，打字道：我这里有真正的《数理化资源库》，你不用找他，找我。

路星鸣的热心倒是让云知不好意思了起来：会不会不太方便？

L：没什么不方便的，等你回来就给你。

他这里有一大堆的学习资料，高一至高三的全部都有，他闲来无事已经做得差不多了，留着也是占地方，不如送出去腾出空间放别的东西。

他们正聊着，门被敲了两声，韩厉大步走来："我拿东西。"他目不斜视，直接拉开抽屉，把放在里面的一本书取了出来。

这个房间原本就是他的，虽然云知搬了进来，但还有一些零零碎碎的东西放在这儿。拿好需要的东西，他准备离开。

"韩厉。"云知伸手，拉住了他的衣角。

韩厉慵懒地垂眼："嗯？"

云知把手机递过去，表情苦恼："那个群消息怎么关呀？它一直响。"

韩厉微顿，小声地嘟囔："笨死了……"说完，他放下书本，接过了云知的手机。

屏幕上，群消息一条接一条地闪过，云知的名字穿插其中，韩厉皱了皱眉，手指头向上滑了滑。

这个年纪的男孩子讨论最多的就是篮球和女生，群里聊的也多是不正经的。瞥到云知发送的那条消息，他就知道这女孩是被耍了。

韩厉把群消息屏蔽，说："这种群，你不用加。"

"啊？"云知目光闪烁，"我没准备加，可同学说这是班级群。"

"胡说！"

谁敢在班级群里发这些东西，也不怕被老师抽死。

云知的天真让韩厉翻了个白眼，难得好心地告诉她："班级群由老师管理，老师应该留过群号，但你没有加。回头你再找老师加一下，像这种私下建立的小群，就不用加了。"

韩厉一边说着，一边屏蔽了群消息，他切换到主屏，正要退出，看见了那个显眼的黑色头像。

韩厉……沉默了。

两个人尽管不对盘，但彼此的联系方式都有，为的就是约架方便，或者无聊了就在网上激情对喷，喷完了拉黑，想喷了再拉出来，如此反复。所以，他自然认识路星鸣的微信号，他点了进去。

韩厉看见了两人的聊天记录，心里一顿怒骂——

——路星鸣！死变态！

你是八百年没见过女的吗？连韩云知这种小傻姑都不放过！给资源库，头给你拧下来！

韩厉怒火中烧，文字已表达不出他的愤怒。从刚才那个群找出几张表情包后，他一股脑地发了过去。

韩云知：住嘴！我不配钥匙，我算命，十元一次，你算什么东西？

韩云知：东边不亮，西边亮，憨憨啥样，你啥样。

数十张表情包发过去后，韩厉舒坦了，他清空信息，随手把路星鸣屏蔽，把手机还了回去。

“韩云知。”韩厉突然叫了她的全名。

云知看着他，眼眸澄澈清亮，似山泉潋滟。

韩厉拍了一下她的小光脑袋，一本正经：“大城市的男人都不是好东西。”尤其是那个路星鸣。

“啊？”

韩厉：“你不要被骗了。”

苦口婆心教育完没见过世面的小傻姑后，韩厉离开房间，再回来，手上多了一套《五年高考三年模拟》和《数理化资源库》。那些书堆了整整一个书桌，韩厉面无表情：“不够还有。”说完，他离开了。

看着那些厚厚的书本，云知突然觉得侄儿真好！

至于路星鸣，刚洗完澡的他把信息一条一条往上翻，最后缄默。

L：？

信息发送成功，但是迟迟没有回复，只是瞬间，路星鸣的心情跌入深谷之中。

他莫名不爽。

第三章

你想得美

帮忙洗澡也不是不行，
不过……我只能给你搓、搓个背。

翌日清晨，窗外飘起了淅淅沥沥的小雨。

云知被雨声吵醒，看了眼时间，将将六点。她打了个哈欠，懒洋洋地从床上爬了起来。

这个时间，宅子里的其他人还在睡觉，云知下了楼，看到家里的保姆正在叠衣服。她闲来无事，于是主动过去要帮忙："阿姨，我来吧。"

保姆一惊，虽然云知的出身不太光明正大，但毕竟也是主人，她拿着这份工资，哪能让人家动手。

保姆想也不想地拒绝："云知小姐，先去用早餐吧，就这点活儿，我一个人就能干。"

"没关系，我来帮你。"怕阿姨心里过意不去，云知又说，"叠衣服也不累，您可以先去忙别的。"

她都这样说了，保姆也没阻拦，转头去清理别的地方。

云知把衣服、床单叠得整整齐齐地放在一边，最后只剩下一条裤子，那是韩厉的。

深黑色的裤子，膝盖上开了个大洞，屁股兜上也磨出了痕迹。看得出来，韩厉很喜欢这条裤子，穿成这样也没舍得扔。

想到昨天韩厉给她的那些练习册，她拿着裤子返回楼上的卧室。她拿出自己的包裹，从里面取出丝线，又找出一件不要的衣服剪了当补丁，对着破洞的地方缝补起来，最后在屁股兜上绣了一只逼真的雀儿。

完成后，云知抱着衣服敲响韩厉的房门。

"门没锁。"韩厉的语调有气无力。

云知小心地把门推开，少年双臂张开趴在大床上，窗帘拉得密不透风。

她轻手轻脚地把裤子放在他的床边，推了推他："韩厉，衣服我给你搁这儿了。"

"嗯……"也不知道他听没听见，他应了声后，又睡了过去。

云知没再打扰，轻轻地退出。

中午，还没怎么睡醒的韩厉摇摇晃晃地从楼上下来。正在沙发上翻看杂志的云知还没来得及打招呼，少年便消失在了玄关。

她努努嘴，书本翻到了下一页，上面印着模特的图和几个大字——× 牌爆款破洞牛仔裤。

云知骤然僵硬，缩了缩脖子，心虚地想：侄儿没有把那条裤子穿出去吧？

韩厉当然穿出去了，并且毫无察觉。

和狐朋狗友们玩了一上午后，韩厉几人在某街区与路星鸣撞了个正着。

路星鸣拿着一罐可乐坐在角落的长椅上，单手托腮，长腿跷起，好不惬意。见到韩厉后，路星鸣难得没有挑衅，一改往日模样，对他笑得懒散肆意："韩厉，你这裤子挺别致啊。"

韩厉头顶上大写的问号，这人怎么突然夸他了？

下一秒，他就听路星鸣含沙射影地嘲讽："你这鸟儿很配你的尺寸。"话音落下，几人的视线跟着落在了韩厉的身后。

只见他的屁股兜上，一只小鸟仰头朝上，蓝色的小翅膀真是可爱极了。

韩厉的朋友们齐齐沉默，别过头，硬生生地把涌上来的笑声给压了下去。

韩厉回过头，总算看见了那只鸟儿。他一把捂住裤兜，俊脸扭曲在一起，羞怒中猛然想起云知那张白净无辜的脸蛋。

他的印堂黑了，接着——

"路星鸣，我弄死你！"

他恼羞成怒。

周一上课，云知和韩厉周日晚上就要返校。

韩母知道云知不吃肉，特意让人买了些补充蛋白质的营养品给她带上，好生叮嘱几句后，这才送他们上了车。

一路上，韩厉寡言，目光深沉，正在生气。

云知双手平放在膝上，双腿并拢，坐姿乖巧。

她斜眼悄悄打量他，见他没有任何动作后，慢慢往他的身边坐过去一厘米。

唰——韩厉眼刀飞来。

云知委委屈屈地坐了回去："韩厉，你还在生气呀？"

"哼。"韩厉别开头，眸中映着窗外的风景，不再看小姑娘忐忑的表情。

"我、我不知道那条裤子是那种款式。"云知手指头拉了拉他的袖子，软声哄着，"侄儿，你别生气，姑姑不是给你拆掉了吗？"

拆了有用吗？他脸都丢光了！

不过，也不亏，想到路星鸣被他狠揍的样子，他当下心情好了大半。

韩厉睨过去："你以前到底生活在哪个山头，连破洞牛仔裤都不知道，土包子。"

韩厉原本以为奶奶给破洞裤打补丁的故事只存在于网络段子中，结果今天就撞见了个现实的，还是他充话费送过来的"便宜姑姑"。

对，就是充话费送的。

当时他正充着话费，他妈妈打电话过来说小姑姑找到了。

"我们那边没人穿这种衣服……"平常除了上学，她多数时间在山林里。上学的镇子人也少，除了留守儿童之外，就是孤寡老人，一个比一个朴素。

云知闹了笑话，自知理亏："你别生气，我以后不乱动你的东西了。"

她像小动物一样，软成一团。就算韩厉有气，现在也发不出来了。

"你生活费还有吗？"韩厉凑近云知，压低声音问。

云知点头："有的，有的，我没怎么花。"顿了一下，她说，"你是不是不够了？不够的话，我把剩下的给你，反正我也用不着钱。"

眼看她要掏银行卡，韩厉急忙遏制："不用。"说着，他又审视她几眼。这姑娘也真够实诚的，自己只剩下几百块，还要装大款给他。

韩厉啧了一声，开始反省自己是不是太凶了点。

“喂。”韩厉叫她。

“欸！”云知应。

韩厉努努嘴，表情变得不太自在：“没事。”

他本来想夸夸她——其实她缝得挺好的，但是……害怕她膨胀，回头她再把他的破洞衣服全给补了。

到了公寓楼门口，韩厉下车，手臂撑在车顶，弯腰对着她的眼睛说：“我有点事，就不回了，你先回宿舍，晚上我给你点外卖，你就别出门了。”末了，他不放心地叮嘱，“千万千万不要在公寓楼开伙，明白吗？”

云知颔首，摆摆手，目送他远离，背着书包进了楼。

刚出电梯，云知看到自家对面立着一道颀长的身影，旁边的刘彪虎拿着钥匙正要开门。

“路学长。”云知很友好地打了招呼。

路星鸣下巴抬起，露出了整张脸，英俊的脸蛋上，青紫的伤痕还很新鲜，明显是被人打过不久。

云知怔住。

刘彪虎已经开了门，路星鸣什么也没说地走了进去。

云知正纳闷着，刘彪虎凑到她的跟前，声音压低：“路哥昨儿被韩厉算计了，你先别惹他。”

云知更是错愕：“韩厉打的？”

刘彪虎这才想起云知和韩厉有非同寻常的关系，表情变得怪异几分，结巴两下，道：“反正、反正这事儿和你也没关系。”他顿了一下，“不过……你刚才是不是从韩厉的车上下来的？”

云知没来得及回答，刘彪虎自己回答了：“我送路哥回来的时候都看见了。”他叹气，这姑娘十有八九是韩厉派来的间谍。

刘彪虎觉得可惜，可惜一朵娇花插在了牛粪上。他晃了晃头，绕过云知离开。

云知盯着那紧闭的房门，好看的细眉轻轻地皱了皱。

回宿舍放下东西后，云知从桌子的抽屉里翻找出一个圆形的木头盒子，里面装着师父磨制的药膏，对跌打损伤有奇效。

云知握紧小盒子，来到了对门前。

“路学长。”云知透过猫眼向里看，半天只看到一片黑，“你能把门打开吗？”

过了三秒——

“不能。”路星鸣的语气要多冷漠就有多冷漠。

“那、那我把药放在门口，你记得拿。”云知正要把药放下，门咔嗒一声开了。

她吓了一跳，向后退了一步，路星鸣冷冷地看着她。

云知把小盒子递了过去，说：“这个很管用，你今天涂上，明天就能消下一大半。”

“不需要。”路星鸣要关门。

云知急急地说：“你还是收着吧，你看你脸这么好看，留下疤就不好了。”

少年剑眉星目，鼻梁高挺，脸像是画一般格外精致。尤其是唇，在见到路星鸣前，她从来不知道男孩子的嘴唇也可以生得那么好看，像那天吃的果冻一样柔软，透着淡淡的粉。

听着云知这番话，路星鸣挑了挑眉，动作停下。

他脸好看？

路星鸣沉默着不表态。

云知举着药的手都有些酸了，半天才听他开口：“我手指头扭伤了，没法涂。”说着，他晃了晃打着绷带的右手。

这也是侄儿打伤的啊？

云知小脸颓丧，感觉侄儿真是造了孽，心里默念了两句“阿弥陀佛，善哉善哉”，说：“那你要是不介意，我来帮你上药。”云知不自在地挠了挠脸颊，“不行的话，我叫你朋友……”

她话还没说完，路星鸣便打断：“他们不在。”

刘彪虎刚才不是在吗？云知没敢问出来，樱桃唇抿了抿，试探性地问："那我帮你？"

路星鸣侧身让路，姿态高冷。

"成吧。"他说，"只准这次。"

云知琢磨着这话有些不对味，她懒得细究，进屋后，和路星鸣坐到了柔软的沙发上。

云知打开盒盖，清新带着微苦的药草香味从里面飘了出来。她用指腹沾上一点，另外一只手微抬起了路星鸣的下巴，紧接着凑近，动作轻柔又小心翼翼地把药涂抹在少年脸上的青紫处。

两人距离很近，除了药膏的味道外，路星鸣还闻到一股奶香，那是从云知的假发上飘来的。

她竟然给假发用牛奶味的洗发膏？

路星鸣恍惚中，听到云知的声音："疼不疼呀？"她小声地说，"你要是疼，就说话，我会轻轻的。"

目光闪烁两下，路星鸣不由得垂眼看着云知那近在咫尺的小脸。

小姑娘模样长得乖顺，眉眼间透着无害，全身上下都像是兔子一样没一点攻击力。她手很小，有些粗糙的指腹，一下一下在他脸上轻柔地打着圈，像是羽毛在脸上扫，很痒。

他小心地抖了一下睫毛，看见她高挺的鼻梁下的唇瓣泛着如樱花般的粉红。

莫名地，路星鸣脊背紧绷，呼吸变得又轻又慢。他喉结上下动了动，心底传来的躁动让他忍不住向后缩了一下，微微侧过脸去躲避云知那扑面而来的少女气息。

云知以为是自己上药的动作太大，弄疼他了，就用手指头托住他的下颌，脑袋凑近，嘴巴嘟起，对着他嘴角那青紫的伤痕吹了吹："这样你就不疼了。"

凑得太近了，路星鸣紧张得身体一颤，瞳孔一缩，脑袋里像是有什么东西炸开一样，让他完全失去了自制力。下一秒，他整个人都烧了起来，皮肤像火一样滚烫。

“可以啦。”

在云知拉开距离后，路星鸣立马把头扭向了另一边，臂膀撑着沙发背，手掌半托着腮，好掩去脸上涌起的热意。

云知毫无察觉，把盒盖拧紧，留在了桌上：“我把这个放在这儿吧，下次你再用，可以让你朋友帮你。”

“嗯。”他懒散地应着，眼睛盯着斜上方的画不动。

“那我走啦。”云知起身。

“嗯……”

嗯？路星鸣转过头，盯着她的背影猛然想起：“前面书架的第二层是学习资料，你看你需要哪本，自己拿。”

“不用了。”云知摇摇头，“韩厉已经给我了。”

话音落下，空气骤然凝固，陷入死寂。路星鸣身上的热气瞬间散去，他黑瞳淡漠，唇抿成一条细细的直线。

云知眼珠子转转，垂下的手指一下子捏紧衣角。

她说错话了。她咬了咬下唇，不安地躲避开路星鸣的视线。

沉寂几秒后，路星鸣笑了，眼神意味不明：“看样子，你和韩厉很熟。”

云知不由自主地点了一下头，是很熟，那是她侄儿。

她这个点头的动作令路星鸣的脸色又阴郁几分。

“那你知道这伤是他弄的吗？”路星鸣指了一下脸，又晃了晃手。

云知小声地说：“知道……”

“知道？”路星鸣挑眉，哼笑一声，“这么说来，你今天找我是为了帮他还债？”

云知小手乱摆：“不是，不是，不是帮他还债，唉，也算是帮他还债，因为我先住在他家……”气氛比先前更低沉了。

“我是说，我从山上下来，没住的地方，就先……”云知感觉自己越描越黑，声音也越来越小，“反正不是你想的那个样子……”

路星鸣表情松动了几分。

“但是，药你要记得涂。”云知慢慢抬起眼，见路星鸣没有生气的迹象后，继续说，“这几天，你手不方便，要是……要是有需要的，你可以找我帮忙，什么都行。”

路星鸣懒散地靠着沙发背，从喉咙溢出一声轻轻的嗤笑：“洗澡你也帮？”

云知一怔，张张嘴，结结巴巴：“也、也不是不行。”

毕竟她侄子把人家给打了，手指头还扭伤了，作为长辈，给小辈洗个澡，应该也……

但是，云知瞟了一眼路星鸣 T 恤下的精瘦身躯，连忙补充：“不过……我只能给你搓、搓个背。”

路星鸣愣住了，这小孩胆子够大啊！

他唰地起身，推搡着云知向外走。到了门口，他一把将人推了出去：“你想得美。”

啪嗒！门关了。

云知回头时猝不及防地被门撞了一下鼻尖，疼得呜咽一声，捂着鼻子蹲在了地上。

嘤……

疼。

烦躁。路星鸣单手叉腰在屋子里来回转悠两圈，踱步非但没有让心情平复下来，还更加焦灼。

他眉心紧蹙，上前把那个小药盒攥在了掌心。他这才注意到这盒子是用木头手工制成的，很精致，盒身上还刻了几个小字——

赠予爱徒。

路星鸣舔了下嘴角，小心地把药盒收到了书柜中间的抽屉里。

周一的第一节课是数学课，班里大多同学无心听课，还在回味刚刚逝去的星期天。

老师早就习惯了十班这死气沉沉的状态，低头看了眼时间，距离下课还有十分钟，于是合了书本：“大家把黑板上的重点和公式都抄一遍，记好，这些月底考试都会考。”

黑板上的字有很多，云知不由自主地扭过头瞟了眼路星鸣。他受伤的手垂在下面，左手托腮，洒进来的阳光将他的睫毛染成了浅淡的金色。

云知吞咽一口唾沫，用笔尖轻轻戳了戳他的袖口。

路星鸣抬起了头，云知眼睛忽闪两下：“你手不方便，我帮你抄吧。”她很小声地提出帮忙。

路星鸣舔了一下后槽牙，想了想，把桌上的笔记本推了过去。

云知一下子笑了，小酒窝明晃晃的，很可爱。

“你放心，我肯定会全部记下的，不会耽误你的学习。”她拿过笔记，握紧圆珠笔，写写看看，停停写写，要多认真有多认真。

路星鸣依旧懒散地托着腮，修长的手指把桌上的笔转了个圈儿。忽然觉得无聊，他趴在桌上盯着云知的后脑勺出神。

云知抬了一下头，小假发就跟着晃一下。

云知再抬一下头，小假发又跟着晃一下。

小假发晃来晃去，晃得路星鸣脑袋发晕，心尖发痒，他的指尖在桌上敲了两下，没控制住，伸出手指头那么一扯——

“学长？”小姑娘捂着脑袋看向他，模样不解。

路星鸣表情未变：“沾上东西了。”

“谢谢学长。”她没有怀疑，继续抄写。

旁边一直观察的同学们：我们路哥今天有点不对劲啊！

等云知抄完，也已经下课了，她甩甩手腕，把本子递还回去：“我抄好啦，你看看。”

路星鸣懒洋洋那么一睨，唇微动：“幼儿园字体。”

云知小脸垮下来：“我师父说我写得挺好的……”她有点不开心了。

接下来是语文课，摘抄的东西也多，云知直接把路星鸣的笔记本放在了自己的桌上，一旦有要记的，就先帮他写下。

三节课结束后，门外有人喊：“韩云知，去教务处领一下校服。”

她应了一声，起身走了出去。等她身影一消失，吴征和其他几个男生便凑到了路星鸣旁边。

其中吴征撞了一下他的肩：“路哥，我记得你好像是左撇子吧？”

刘彪虎也很纳闷：“是啊，你不一直都用左手写字吗？干吗……”话音未落，路星鸣眼神冷冷地瞟了过去。

“怎么。”他说，“有意见？”

“没……没意见。”几人讪讪地笑，“我们哪敢有意见。”彼此交换一个眼神后，各自散开，回了自己的座位。

路星鸣心里冷哼，单手摊开本子去看笔记。

他那潦草凌厉的字迹旁边，清秀的字迹显得格外突兀，一笔一画，娟秀清晰。

路星鸣望着那小字出神几分，突然心情大好，嘴角向上勾了勾。

没多久，云知拿着校服和发卡回到了班级，路星鸣啪嗒一声将本子合上，继续扭头看窗外。

“云知，领校服回来了啊？”有个男生问她。

云知点了一下头，把装有校服的袋子塞入抽屉里。

有人说：“我们还没见过我们学校的女生校服呢，你现在换上，给我们看看呗。”

其他人跟着起哄：“是啊，穿上看看呗，云知妹子这么可爱，穿裙子肯定也特别可爱。”

新生的校服都要量好尺寸再定做，到目前为止，他们谁都没见过女生校服是什么样子，不过应该不差，毕竟诚南的校服是出了名的好看。

光是想象，他们就激动得不成样子。

“韩云知，快去换上给我们看看啊。”起哄声一浪高过一浪。

云知紧张地搓搓手指，不禁看向了身后，路星鸣侧着脸，仿若置身事外般没有任何表示。

就在他人要继续时，路星鸣站了起来，喧闹归于寂静，他单手插兜，走出教室。

几秒后，众人看着他离去的方向喁喁私语：“路哥怎么了？”

“啧，听说周日的时候路哥遇上韩厉那伙人了。”

吴征很激动：“韩厉那个孙子以多欺少啊。”

“说起来……”有人往云知的身上瞟，“那天有人看见我们班的新同学从韩厉的车上下来，她该不会真是韩厉派来的吧？”一群人的表情都变得怪异起来。

云知自然是听到了这些交谈，她有些不明白，明明都是十几岁的少年，为什么搞得好像有深仇大恨似的，尤其是他们和韩厉。

云知把路星鸣的笔记本放回去后，起身走到那伙人跟前，原本正讨论热烈的一群人在看到她时，立马鸦雀无声。

她眼睛环视一圈，锁定了就近的刘彪虎。她勉强和他熟络一点：“我能问你一些问题吗？”

刘彪虎被她看得有些慌，但还是从容应对：“你问。”

“韩厉和路学长的关系很不好吗？”

班级安静了几分，刘彪虎挠了一下平头：“妹妹，我也有个问题。”

云知：“你问。”

刘彪虎露出一排雪白的牙齿：“你为啥总是叫我们路哥‘学长’啊？”

云知愣了愣。

吴征也跟着戏谑：“难不成你在COS偶像剧？”

“COS……是个啥？”云知没有得到答案，得到的是一片哄笑声。

“哈哈哈，同学，你是不是真的从哪个旮旯里出来的啊？”

“来、来、来，你也叫我一声学长呗。”

“学长，人家给你做笔记。”

“好的，学长。”吴征和武晓松手拉着手，学得惟妙惟肖，一时之间笑声更大了。

他们笑得震耳，云知忽然觉得难堪。她站在中间，与这个班级、与那些男生格格不入。

云知鼻子泛红一点，她正要为自己辩解时，笑声停了，所有人的目光都落在了她的身后。

她跟着转过身，阳光很足，在少年肩头投下斑驳细碎的光斑。路星鸣表情很淡，看不出喜怒哀乐。

云知不由得出声：“路学……”顿了一下，想到同学们的嘲笑后，她轻轻改了口，“路同学，我把笔记本放在你桌上了，老师写的重点，我都做了记号，你记得看。”说完，她回到位子，背影失落。

“喂。”

云知抽抽鼻子，仰起头，路星鸣站在桌前，高高的身躯帮她挡住身后探究的视线。

少年微微哑着嗓音，慵懒着眼眸，说：“你刚才叫错了。”

云知揉了揉发酸的眼睛：“嗯？”

他不耐烦地提醒：“称呼错了。”

云知不可置信地看着他，嘴唇动动，呢喃低语：“路……学长。”

“大点声。”

云知攥紧五指，鼓足勇气说：“路学长，我、我把你的笔记本放回去了，你记得看。”

“嗯。”路星鸣的手在她的小脑袋上一压，从口袋里掏出一颗牛奶糖，放在了她的掌心，“辛苦费。”说完，他坐了回去。

云知看着掌心里那颗包装可爱的奶糖迟迟没有回神，她忍不住看向身后，路星鸣静静地翻阅着书本，眉宇间的冷漠、不羁令他与旁人疏远几分，哪怕不言不语，所有的光芒也会聚集在他的身上。

云知握紧糖果，心中微动，晶莹的眼睛里又生出了光。

“谢谢你。”云知把糖纸剥开，奶糖在口中熔化。

——甜滋滋的。

她趴在桌上，把脸埋在手臂上，偷偷笑了一下。

全班同学面面相觑，哑口无言，均发蒙了。

这、这、这……他们老大刚才不会是专门买糖去了吧？！

这世界玄幻了，路星鸣都会买糖哄女孩了。

云知晚上回公寓就把校服换上了。

诚南的女生校服设计得非常好看，白衬衫，小领带，黑色百褶裙到膝盖上面一点，没有太多花里胡哨的东西，简约中透着干净、大方。

她没有穿过校服，此时心情是难言的激动。

云知喜欢，对着那柔软的布料摸了又摸，穿上后在镜子前转了好几圈，最后才心满意足地回到书桌前，取出书本准备做作业。

结果，等本子一拿出来，云知就傻眼了。

她……没有给自己记老师讲的重点。笔记本干干净净的，今天的笔记，她一个字都没有写。

云知又翻了翻其他科目的笔记，同上。苦恼地扒拉了两下头发，她抱着笔记本去找路星鸣。

他这次开门很快，云知不好意思地用本子半遮着脸，大眼睛仰望着他："我能用一下你的笔记吗？"

路星鸣一脸疑惑。

"我今天光顾着给你写，然后……我忘记写自己的了。"说着，云知耳根红了。

路星鸣木然，眼睛向下瞟，这才注意到她换了校服。

云知身高一米五九，不算高，但身材比例完美，百褶裙下的两条腿又直又白，尤其是小腿线条，很是漂亮。不知怎的，这校服在她身上竟然有种别样的可爱的感觉。

路星鸣失了神，脑袋里面出现了一些不太好的东西，他——

啪！他二话不说把门关严实。

他靠着门，单手扶额，脖子处的皮肤红得似血。

真可爱！

这谁顶得住？他轻咳一声，深吸几口气，重新调整了表情，再次把门打开。

"刚说什么？"他的态度很高冷，一点都没有刚才因为她的可爱而失态的样子。

云知很好脾气地重复了一遍刚才的话："我能用一下你的笔记吗？课堂上，我没有记下来。"

"可以。"路星鸣侧开身，"进来吧。"

云知顿了顿，语调软软的："不打扰你，我可以拿回去写。"

路星鸣蹙起了浓眉："我也要用。"

"那……"

云知正要说"算了"，就听路星鸣开口："你来我这儿写吧。"说着，他把门完全敞开。

云知挠挠头，只能回房间把书包拿上，抱着书包局促地进入他的房间。

路星鸣拉出书桌前的椅子："坐这儿。"她听话地坐了上去，腰杆儿笔直。

路星鸣把笔记本从书包里抽出来丢到桌上，又拉了一把椅子过来，与她并排坐着。

云知眼珠子向他所在的方向看了一下，又很快移开视线，翻开笔记本认真地抄写着重点，不敢再走神。

路星鸣嘴里说着学习，然而心思压根不在那上面。他长腿跷起，黑色圆珠笔在指尖转了一圈又一圈。

天色很快暗下来，路星鸣开了灯。

房间里只有她安静写字的声音，路星鸣瞧着她低眉顺眼，实在是乖巧，抬眼看了眼时间，也不早了："吃冰激凌吗？"

"啊？"云知这才抬起了头。

路星鸣站起来走开，再回来时，手上多了一盒草莓味的冰激凌。

"给。"他将冰激凌放到了云知的面前。

云知本来已经够麻烦人家了，哪好意思再吃他给的东西，忙不迭地摆手拒绝："不用、不用，我不吃。"

"没事。"路星鸣单手拆开了盖子，"再不吃，就过期了。"

云知没出息地吃了。

别说，这冰激凌可真好吃，奶香十足，带着草莓味的甜，冰冰凉凉的，特别可口。

云知贪吃，没一会儿就把一小盒冰激凌消灭了个干净。

路星鸣一直盯着她，她像猫儿似的将嘴边的残渍舔入嘴里，眼底带着享受美食后的心满意足。他再次起身，把冰箱里的零食一股脑地拿了出来，满满当当地堆了半张桌子。

“喏，这些也快过期了。”

这些零食八成都是路星鸣的朋友们带来的，有辣条、饼干、进口曲奇、巧克力，还有干吃面。

云知目瞪口呆，路星鸣靠着椅背：“吃吧，不用不好意思。”

这、这不是好不好意思的问题，这是那种……那种……

晚饭才吃了三碗饭的云知耷拉着小脸，不情不愿地拆开了一包薯片。

嗯……真香。

她一边吃，一边写作业，路星鸣在另一边跷着二郎腿，姿态宛如大佬。她正写着，听到他的声音逼近：“第三道题错了。”

云知打了个嗝，表情呆呆的。

路星鸣把本子往身旁拉了拉，指着上面的题目：“公式用错了。”

“错了？”云知看了看自己的答案，鼻子皱了皱，她是用老师教的方式写的呀。

路星鸣身子前倾，和云知拉近距离：“看着，这道题这样解。”

害怕云知听不懂，路星鸣拿了支笔边讲边写思路。

他声音好听，解题时的神态更是迷人。他讲得通俗易懂，本来还一头雾水的云知听他一番提点后，立马茅塞顿开。

她看向路星鸣，眼神中是不加掩饰的崇拜：“路学长，你好厉害啊。”

被夸赞的路星鸣有些嘚瑟地扬了下眉梢，他没有过多地表露情绪，重新靠在椅背上，故作淡然：“常规水平。”

云知小小地笑了一下，更加羡慕地说：“你不但人好，还聪明，我要是像你一样就好了。”

路星鸣很受用。

“不过……”云知看向了他的手，“路学长，你是左撇子呀。”

路星鸣身子一歪。翻车了，小假发肯定要生气了。

结果，路星鸣听到小姑娘说：“师父说，左撇子的人都聪明。”她摸了摸草稿纸上少年那龙飞凤舞的字迹，“师父果然没骗我。”

她没生气，灯光下的脸庞带着路星鸣看不懂的钦羡。

他当然不会懂。

高傲如路星鸣永远不会懂一个山里女孩的自卑与敏感，不会懂她对这些少年的艳羡与钦佩。

她小心翼翼地努力着，想尽快融入这个城市，融入这个集体，然而，她明白自己始终是不同的。如果她能聪明一些就好了，她心里叹了口气。

路星鸣眉眼沉了沉，从口袋里摸出一颗奶糖。他把奶糖放在草稿纸上：“这是奖励。”

云知不解地看着他。

“你学得很快。”从来没有夸奖过别人的路星鸣仔细琢磨一番，“你也很聪明。”

最终，他只说出了这五个字，只是一句普通的夸赞，却再次让云知笑逐颜开。

她拆开包装纸将糖果放在口中，奶糖的香甜在口中蔓延的同时，心底深处也逐渐升起一丝柔软。

云知写完作业就离开了，还抱走了路星鸣给的几包零食。

小姑娘走后，路星鸣简单洗了个澡，头发也没吹干，就把自己甩在床上。

他懒懒地仰卧，拿着手机单手打字。

路星鸣：我爱学习。

编辑完，他发表在朋友圈。

朋友 A：老大，你是被盗号了吗？

朋友 B：老大，你要是被绑架了就眨眨眼。

路星鸣的小群里也炸锅了。

刘彪虎：路哥，你是不是被韩厉打傻了？哥，你放心，我肯定会给你报仇的！

武晓松：凉了，年级倒数的人说爱学习，这不是被绑架，就是被盗号。

路星鸣：不，我真的爱学习。

刘彪虎发了一个很沉痛的表情：别说了，韩厉那边，这周我们一直在找机会，肯定给你报仇，你放心地去睡，没必要因为学习不好而自卑。

吴征：就是，韩厉的成绩比你还不好呢！想想，还是我们这边赢了！

路星鸣沉默。

他真的爱学习，这些人怎么不信呢？！

路星鸣随手把手机往桌上一丢，蒙头睡觉。

这一天他做了一个让人难以启齿的梦，梦里烟雾腾腾，穿着校服的小电灯泡就在面前盈盈浅笑，一声一声地叫着“学长”。

路星鸣一个战栗，直接惊醒。

他看了眼窗外漆黑的天空，又看了眼床单，心底暗骂一声后，暴躁地揉乱了发丝。他迷迷糊糊地从床上爬起，随手扯下脏掉的床单丢入浴室，又换了身干净的睡衣，重新躺回到床上。

困倦的少年没一会儿便再入梦乡，这一觉直接到了天明。

早起的路星鸣对着浴室里的床单出神，昨夜那场短暂的绮梦已变得不甚清晰，内容更是完全记不起来。

回忆无果，他也没有放在心上，毕竟这种梦也不是第一次做了。

路星鸣弯腰将床单拾起塞入洗衣机里，开始洗漱。

碧空暖阳，天气是明媚的模样。

十班的同学反常地提早到校，三五成群地围坐在桌前，低低地交谈。

“你们说路哥是不是对那个小丫头片子很特别？”其中一人很纳闷地问。

吴征摇摇头，当下否决：“别胡扯，路哥清心寡欲，不存在的。”

“那……是想反向攻击？策反‘间谍’击垮敌人？”此话一出，众人纷纷点头应和。

——没错，他们老大肯定是想策反韩云知，以此刺激韩厉！

好计谋啊，真是好计谋啊。

正讨论着，武晓松开口：“所以……韩云知真是韩厉派过来的？韩厉让妹子潜伏在老大的身边，然后他再击垮我们路哥？”

全场静默，最后刘彪虎握拳捶桌，愤愤不平：“计中计啊！”

一群人齐齐点头，表示赞同。

远在东校区的韩厉打了个喷嚏，他揉揉鼻子，懒散地打了个哈欠：谁在背后说他帅呢？

“来了！来了！新同学来了！”一个男生咋咋呼呼地从外面跑进来，原本聚集在一起的一群人瞬间作鸟兽散。

等云知的身影映入视线时，部分男生的目光顿时定在了她的身上。

女孩纤细的双肩上背着粉红色的书包，假发乖顺地贴在肩窝，校服合身，完全显出了少女窈窕的身段，阳光在她瓷白的脸上跳跃，越发显得精致、娇美。

好、好可爱！

青春期的少年们都血液沸腾了。

云知坐到位子上，把作业交给班长，拉开书包，准备第一节课要用的书和笔记本。

武晓松眼神痴痴：“我羡慕韩厉啊……”

刘彪虎应和：“是啊，我也好羡慕韩厉啊……”

另一边的吴征不屑地撇了撇嘴，不就是个女人，有什么好羡慕的。

此时班长吆喝：“今天轮到谁值日啊？吴征，是不是你？水都喝完了，也不知道去拎。”

“知道啦！”吴征随口一应，但并没有什么行动，他眉头一挑，突然有了主意。

吴征拉开凳子坐到了云知的前桌，她不明所以地看着他。

“韩云知，你之前说你力气很大？”吴征笑得有些不怀好意。

云知觉察有鬼，但还是点了点头。

吴征的笑容加深：“那你想不想和我玩个游戏？”

“不要。”云知干脆利落地拒绝。

吴征并没有死心，继续道：“别这样嘛，我们就随便玩玩。你看啊，明天就轮到你值日了，那桶水那么重，就算你力气大，一个人也不能把水从一楼搬上来。我们这样好不好……”

他趴在桌上，凑近：“你和我掰手腕，要是我赢了，这学期的值日都是你做，当然，水不会让你搬；要是你赢了，值日我做，水也我搬。为了保证公平，你可以两只手一起来，你说是不是很划算啊？”

吴征说完，众人面面相觑，这不明摆着欺负人啊。

就云知那小身板，就算力气大，又能大到哪里去。吴征一个一米七多的大男生，还是体育队的，就算用一只手，也是有优势的。

刘彪虎看不下去，上前拍了拍吴征的肩：“征子算了，你一个大男人，欺负人家没意思。”

吴征不服气道：“我可没欺负她啊，她自己说她力气大的。我也说了，她可以两只手一起。”

刘彪虎见吴征听不进去，叹了口气，看向云知：“妹妹，你别理他，他有病。”

在场的人都知道吴征以前被韩厉揍过，结了梁子，现在找云知不痛快，无非是迁怒于她。

云知长睫毛颤颤，摇头：“我不和你比，万一把你弄伤了……”话还没说完，班级里一片爆笑。

刘彪虎笑得无奈，寻思这小姑娘还挺有意思，他好心提醒：“征子以前和他爸练过举重，就你这小胳膊小腿儿估计是比不过他，总之，这事儿就算了，马上要跑操了，大家散了吧。”

云知合上书本，起身要走。

吴征伸手拦住："别啊，你都这样说了，我们不是更应该比一比吗？"

云知目光闪烁："我是真的怕……"

"你不用怕。"吴征拍着胸脯保证，"出事儿，我负责。"

他很强硬，云知依旧犹犹豫豫。

她力气大不是说的假话，小时候也不是没人跟她比过掰手腕。

记得那还是一个跟节目组过来的男生，那男生参加什么《变形人生》，非要闹着和她比力气，结果扭伤了手，被节目组连夜送回家。从那之后，其他同学也不怎么和她玩了。

"可以，但没必要。"云知小脸正经，"大不了，以后我帮你搬水。"

"不行！"吴征执意，收拾干净桌子，把左手架了上去，"来，一把定输赢。"

唉，城里的小孩怎么都这么固执啊。

云知苦恼地皱皱眉，顺从了："那就一把？"

"嗯，就一把。"

行吧，大不了她让着点，她又重重地叹息一声，小手握了上去。

此时全班的同学都围过来看好戏。老实说，他们压根不相信云知可以赢过吴征，对于这场比赛，完全就是吴征单方面的碾压。

"征子让着点女生啊。"

"就是，你可要手下留情。"

众人戏谑，迫不及待地看着接下来的发展。

刘彪虎喊了"开始"，吴征轻飘飘地发力。

他原本以为结果是毫无悬念的，然而，很快就被云知手腕上传来的力度压得哑口无言。

云知因为用力，指节微微泛着红，她的左手垂放在膝盖上，小脸上也没有什么表情。很快，两只手开始向一边倾斜，不过向的是吴征那边。

武晓松打趣："征子，比赛可不分男女有别啊。"

其他人跟着说："就是，你别放水啊。"

吴征脸庞涨红，额头青筋暴突，放没放水，只有他自己知道。

小姑娘看着软绵绵的，没什么力气，手上却非常有劲儿，捏得他手指生疼。吴征不想露出退意被人看不起，憋了一口气，腹部发力，重重地掰了回去。

可是，突然间，云知松了手："我看你还是两只手一起吧。"

吴征脸色唰的一下就变了，其他人也看出来吴征可能是真的落了下风，一时间都笑不出来。

刘彪虎害怕再这么下去会出事儿，推了推他，小声劝和："征子，算了吧，一会儿路哥就到了，看你这样，肯定生气。"

"一言既出，驷马难追，不能算！"吴征推开刘彪虎，将袖子挽了上去，重新调整一下姿势后，豪迈地吼出一嗓子，"来！继续！"

他还就不信了，自己一个练过举重的，能输给一个小丫头片子不成？

云知特别无奈，吴征不死心，她也只能奉陪。

这次她放轻了力气，准备让对方输得好看些，省得在朋友面前抬不起头。

小小的书桌上，对坐的两人的两只手胶着。

吴征死死地咬牙，腮帮子因为使力而微微颤抖，不觉间他额头沁出了一层薄薄的汗液，整条胳膊都在战栗。再看云知，小姑娘除了脸颊有些红外，没其他任何狼狈的迹象。

云知见差不多了，准备直接将人放倒。可是，突然间，一道颀长的身影落入余光之中，同时而来的还有少年慵懒淡薄的声线："你们做什么呢？"

云知神经一跳，心里一惊，不觉间加重了力度。

啪嗒一声，云知放倒了吴征的手压在桌上，同时而来的还有吴征喉咙里发出来的痛呼。

糟糕了！云知抽出手，慌乱地从凳子上站了起来。

"征子，你没事吧？"

"征子？"

"哥，你还好吗！"

三五个人都靠了过去，对着吴征关切地询问。

吴征捂着手趴在桌上，疼得直哼唧，刘彪虎急了：“愣着干吗？快送人去医务室啊！”

几人得令，着急地陪着他向医务室走去。

吴征他们离开后，班级里剩余的人再也没出声，他们的目光聚集在云知的身上，神色诧异。

路星鸣把书包甩在桌上，拉住武晓松，厉声质问：“怎么回事？”

武晓松心虚地挠了一下头，结结巴巴地解释说：“征子……征子非要和韩云知掰手腕，然后就……输了呗。”

路星鸣皱眉，瞟了眼云知，有些不可思议：“输了？”

武晓松点头：“嗯，输了。”

他不但输了，还输进了医务室。

“他有病！”路星鸣低骂，“和一个小姑娘掰手腕？”见他脸色阴沉，武晓松没敢接话。

“你……”路星鸣的视线投了过来。

云知顿时低头，垂落下来的小手把衣服拧得皱皱巴巴。

“你……你先去做操吧。”路星鸣神情松动，语调比先前平和，“快去。”

云知仰头，眼神委屈兮兮可怜得很：“我不是故意的……”

她真不是故意的，就是被路星鸣那么一吓，手腕那么一使劲，然后就……就那样了。谁知道那人那么不经掰。

“我是不是要赔医药费啊？”云知眼睛红了一圈。她从书包里取出手机，笨拙地用微信查询余额，上面还剩下四百出头。

也不知道够不够，不够的话，她就只能找韩厉借点，可是韩厉肯定会问她原因。

她总不能说自己把同学弄进医院了吧。到时候，大哥和嫂嫂也会知道，他们肯定会生气。

只是一瞬间，云知的脑袋里就有了万种想法。

看着云知那着急上火的小眼神，路星鸣又好气又好笑："不用你付医药费。"

云知抽噎："真的？"

"嗯。"他颔首，"真的。"

云知松了口气，揉了揉眼睛："那他说要是我赢了，以后卫生都他打扫，还、还作数吗？"

路星鸣哑然，那小子果然是吃饱了撑的。他再一点头："作数。以后你值日，都是他打扫卫生。"

云知抿抿唇，感觉这样做有些不太厚道，于是说："还是等他手好了再兑现承诺吧。"

路星鸣由着她："行，你是赢家，你说了算。"

有了路星鸣这句话，云知彻底把心放进了肚子里，扭头去跑操。

班级里的其他人依旧目瞪口呆，还没有从先前的震撼中回过神，一人看着云知离开的方向，讷讷道："金刚芭比。"

话音落下，瞬间收获大批视线，他有点慌："怎……怎么了吗？"

"没有。"武晓松摇头，慢悠悠地鼓掌，"精辟，你说得非常精辟。"

韩云知，金刚芭比本"金刚"。

惹不得啊，不好惹啊！谁以后再和她比力气，那就是脑子注水了！

第四章

我不是好惹的

——她骂人了。
——她脏了。

吴征右手轻微扭伤，校医说不碍事，涂几天药就能好。

消息传得也快，中午一放学，大半个年级的人都知道吴征被一个女生弄伤了。

他心情抑郁，坐在食堂角落里郁闷着。

“征子，来，吃排骨。”刘彪虎将一块排骨放在他的碗里。

“征子，来，喝肉汤。”武晓松跟着把一碗鸡肉汤推了过去。

“不吃。”他一个大男人今天脸都丢尽了，哪还有心情吃饭。

好友们好脾气地安慰：“算了，算了，不至于，不至于。”

吴征就纳闷了：“你们说她一个小矮子哪来的力气？吃大力丸长大的啊！”

正说着，“大力丸”走进来了。

云知还没有看见吴征几人，端着餐盘自顾自地坐在了另一头。

吴征开口：“喂。”

闻声的云知看了过来。她这才注意到吴征已经从医务室出来了，目光闪闪，不由得看向他的右手。上面缠了纱布，也不知道具体伤情怎样。

云知心虚地垂下眼睑，默默地低下头去，假装没看见。

吴征眼皮子一跳：“……喂。”

云知见躲不过去，只得抬头，小声地问：“你手……没断吧？”

吴征呼吸一顿：“你还想让我的手断了啊？”

云知捏紧筷子说：“我就是问问，没断就好，没断就好。”说完，她低头吃菜。

吴征：憋屈！

他脑子一转，突然计上心来。

“欸，你能去帮我买一杯奶茶吗？请我喝杯奶茶，我们这事儿就算了。”

云知眼神中带着怀疑，她怎么都不觉得吴征像是会就这么算了的人。

“怎么？你把我弄成这样，一杯奶茶也不舍得请啊？”

云知小声地嘟囔：“是你硬要比的，和我有什么关系嘛。”

吴征更气了："怎么和你没关系？谁家掰手腕能把手腕掰伤了？你打听打听，除了我遭这罪，还有没有人也这样？"

有的，她三年前就掰折过一个。

吴征喋喋不休，云知不禁自我反省，她好像是有那么一点点责任，当时要是小心些，力气再轻些，怎么着都不会把人弄进医务室。

不就是一杯奶茶吗，买就是了。云知放下筷子向餐台走去。

等她一离开，吴征快速起身，端起那碗鸡汤淋在了云知的饭菜里。

刘彪虎心里一惊，急忙拉住他："喂，你干啥？"

吴征冷笑："她不是说她不吃肉吗？我还真不信这年头还有人不吃肉的。你别管，我就是试试她到底吃不吃。"说着，他用勺子在里面拌了两下。

他重新坐了回去，刘彪虎皱眉，不太认同他这个行为："你这就有些损人了吧？"

吴征："她把我的手弄成这样，我还没说她损人呢。再说了，一点肉汤能吃死她不成。"

刘彪虎哑然。

"给。"云知把买来的奶茶放到吴征的面前，"你说的，我们两清了。"

"好，两清。"吴征脸上露出一抹不怀好意的笑，他看着云知，静静地等着看下面的好戏。

其他人嘴上不说，但心里是好奇的。现在不闹灾荒，这么大一个姑娘能不吃肉？说出去实在是令人不可思议。

云知毫无察觉，小姑娘早上没吃多少东西，加上学习量大，现在早就饿了。

她用勺子挖了些米饭在菜汤里拌了拌，舀起一小勺直接入口，在吃下那一勺子米饭后，她瞬间脸色大变。

肉味快速在口中蔓延，密密麻麻地充斥着每一寸口腔。下一秒，难以忍受的油腻涌入胃里。她胃部一紧，很快生出排斥的反应，酸水从下向上涌。

云知当下想吐，眼睛被刺激出一层薄薄的水雾。她也顾不得其他，捂住嘴，唰地起身向食堂内的洗手间冲去。

云知一路跑得急，不留神撞了人，也没工夫道歉，匆匆与之擦身而过，很快消失在人群之中。

被撞到的路星鸣皱了一下眉，还没工夫困惑，就听到吴征几人的声音传至耳边。

“她真的不能吃肉啊？”

其他人跟着震惊：“……这年头还真有不能吃肉的。”

路星鸣眯了眯眼，放下餐盘，上前来到云知坐过的位子前，俯身对着饭菜一闻，目光阴沉。

“路、路哥？”终于，讨论得热火朝天的几人注意到了他。

“谁干的？”路星鸣居高临下，眼底一片戾气。

他身后的人预感不妙，着急地换了位子。

路星鸣锐利的双眸直接锁定边上的吴征：“你干的？”

吴征嘴唇哆嗦，眼神飘忽，不敢直面他的质问。

“行。”路星鸣这个“行”字说得轻飘飘的，没什么力度，他看了眼吴征，抬脚踹了踹刘彪虎的凳子，“去，把食堂的萝卜蒸白肉都打来。”

话一出口，几人脸色都变了。

诚南最出名的一道“魔鬼美食”就是萝卜蒸白肉，肥肉块大，口味又重，又咸又腻，学生们都不喜欢吃。那要是一碗吃下去，还不得腻死过去。

“路哥……”刘彪虎眼底带着一丝哀求。

路星鸣视而不见，态度更加强硬：“我让你去。”

刘彪虎知道路星鸣是个什么样的人，根本不敢反抗，吞咽一口唾沫后，拿着饭卡去打菜了。

他们这边的情况已经惹起了其他学生的注意，以路星鸣为中心的周边的人根本不敢出大气。

除了韩厉外，路星鸣是附近校区有名的混世魔王。他人狠，拳头也硬，更别提背后还有个万星集团撑腰，除了韩厉三天两头找他不痛快，谁还敢惹他。

很快，刘彪虎把萝卜蒸白肉打来了，满满当当，堆了一碗。

路星鸣把那碗油腻的萝卜蒸白肉放到吴征的面前，冷着声音："吃，你不是喜欢逼人吃肉吗，吃。"

肉有点凉了，肉片上面浮着一层厚厚的猪油，连同点缀在上面的葱末都变得油腻不少。

吴征脸色惨白："哥，我就是……就是开个玩笑。"

"玩笑。"路星鸣轻轻嗤笑一声，"那我现在也是玩笑。"

"她不是韩厉那边的人吗，我……我就是想替你出口气。"

"用你出头？！"路星鸣视线逼人，"我和韩厉是个人恩怨，别说韩云知和韩厉没关系，就算有，也牵扯不到她身上，更轮不到你来管。"

吴征无言，路星鸣没了耐心，下巴微扬，神色冷厉："我最后说一次，吃。"

这次是躲不过去了。吴征颤抖着手去拿筷子，因为手上有伤，半天也没夹起来一块。

路星鸣踹向刘彪虎："喂他。"

刘彪虎哭丧着脸，用筷子夹起一块肉往吴征的嘴里送。他哆嗦着吃下，前几口还能勉强下咽，到了后面就只剩下恶心了。别说他吃着恶心，刘彪虎看着也犯恶心。

他吃得眼睛发红，全身都在哆嗦，已经咽不下去了。他想吐，又不敢吐，只能在嘴里咀嚼着。

刘彪虎可怜兄弟，忍不住开口求饶："路哥，算了吧……"

路星鸣没说话，算是默认。

刘彪虎松了一口气，放下筷子给吴征递了一杯水。吴征没有接，哇的一声把嘴里剩下的肉吐在了垃圾桶。

瞧着差不多了，路星鸣慢悠悠地开口："以后还开玩笑吗？"

吴征艰难地摇了摇头，现在除了想吐之外，没任何多余的想法。

路星鸣单手撑在吴征的肩上，低低地弯腰，轻声警告：“我再说一次，我和韩厉的事，轮不到你们管，更轮不到你们插手，再敢找韩云知的不痛快，你另外一只手也别想要了。”撂下狠话，路星鸣单手插兜，转身准备去找云知。

有两个刚入学的高一女生痴痴地看着他的背影，不禁问：“他是谁啊？长得好帅……”

同班同学摇摇头，小声提醒：“高二十班的路星鸣，你们千万别招惹他，他很讨厌女生缠着他的。”

厕所狭小的隔间里，云知吐得昏天暗地。

她几乎把今天吃的食物都吐了出来，最后腹部空空，再也吐不出任何东西。她冲了马桶，捂着肚子摇摇晃晃地从里面出来。

镜子里的女孩脸色惨白，双瞳里布着血丝，嘴角因为呕吐而裂开一道血口，整个人都变得狼狈不堪。云知漱了口，可是肉腥味还在。

云知肚子里难受，忍不住想哭。但她知道自己无依无靠，哪怕哭了，也只会让别人取笑，换不来什么安慰。她抽了抽鼻子，把眼泪咽到了肚子里，镜子里女孩的神色逐渐变得坚韧。

云知轻咬唇瓣，拎起旁边还没倒掉的拖地的水向外走。

小姑娘拎着半桶水，一路气势汹汹，惹得众人连连张望。

吴征还在那儿，云知一眼锁定目标，把水和桶一股脑地扣到了吴征的脑袋上。

——哗啦。

带着臭味的水浸湿他全身，四周一片低呼。

吴征吃了那么多肉，胃里的恶心还没散去，如今又被浇了臭水，整个人都蒙了。他脑袋上顶着个桶，感觉距离死亡还差那么一丁点。

原本还想安慰她的路星鸣一时顿住。

云知无视他人惊愕的表情，赤红的眼睛看着桶下面的吴征：“你别想着欺负我。”她沙哑着嗓子，“我不是好惹的。”

语气稍微顿了一下，她觉得气势还不太够，于是——

她脑中空白，吐出一个肮脏的字眼。

骂完，云知不可置信地瞪大眼睛。

她捂住嘴，整个人都摇摇欲坠。

——她骂人了。

——她脏了。

云知无颜面对别人，骂完就噙着眼泪跑出了食堂。

看着她像小旋风一样跑走的背影，路星鸣冲呆滞的吴征说了句“活该”，随即跟上。

云知一路跑出了风驰电掣之感，她感觉头顶一松，下一瞬，脑袋就秃了。

“喂！”路星鸣捡起假发，“你的假发。”他刚喊完，人消失在远处。

路星鸣捏了捏手上的假发，攥着追了上去。

教学楼后方无人的角落里，云知蹲在阴影中。她看着落在脚边的影子，难受得厉害。

她不乖了……师父要是知道她骂人，不知道该多伤心。

她背影小小的一团，路星鸣在她的身后局促着，没有出声。

正当他整理好语言要过去时，一阵突兀的铃声让他停下了动作。

电话是师父打过来的，云知没有发觉路星鸣就在后面，紧紧地握着手机，对着上面的来电显示出神。

因为山上没有信号，师父只有每周五下山时，才会给她打电话问候几句。如今这时候打过来，估计是村子里有人生了病，他去帮忙，顺便用别人的手机打过来的。

她不敢接，又怕师父担心。

沉默良久，云知才鼓起勇气按下那个绿色的接听键。

“云知是在忙吗？”师父慈和的声音从那头传来。

云知瞬间没绷住，眼泪啪嗒啪嗒地掉了下来。她胡乱地擦去泪水，鼻翼动了动：“师父……”她委屈，连带着声音都和寻常不同。

师父听出不对，便问："哭鼻子了？"

云知抽抽搭搭："我……今天不小心吃了肉，您会不会怪罪我？"

口里的荤腥味还没有散去，云知回味一番，又忍不住想吐。

她捂着隐隐作痛的胃部，把哭腔忍了回去："书本上说，一切惜身命，人畜等无殊；若欲食众生，先试割身肉。您一直坚守自律，如今我却违背教诲，实在不该。"

师父对苍生心怀慈悲。

他怜惜树上的鸟儿，怜惜盛夏里的蝉，他守护信仰，守护动物。

她也想和他一样，然而今天却破了规矩。

她语气中是难掩的自责，师父强忍着笑意安慰："如果吃肉有罪，那世间就没几个干净的了。

"比起这些，我更关心我们云知的身体会长不高。"师父说，"你该吃些肉，等长高高了，师父见了也会开心。"

师父的一番劝慰让云知的心情好了不少。她攥紧手机，擦了擦脸上的泪痕，哑着柔软的嗓音："我还说脏话了，更是不应当。"

她当时是太气了，脑子一热，把所能想到的最脏的话对着吴征怼了过去。

师父教育有方，她从小到大，一句难听的话都没说过，轻言细语，脾气好得很。

肯定是韩厉把她带坏了！她默默地记了侄儿一笔。

"你还年幼，一个人在外头无依无靠，如今师父也不在你身边，保护不了你。要是有人骂你，你就骂回去；有人打你，你就打回去，总不能一直受他人欺负。云知，师父教你与人为善，可一味的忍让并不是善。"

苍明是个明眼人，云知短短几句话就让他知道徒弟是被人欺负了。

他心底忧愁，云知天生心眼好，又省心，见过她的人没一个不喜欢她。

可是，如今这个社会，心眼好就是傻，傻就要被人欺凌，更别提她还年幼，从小都是在山上度过的，哪里见过凡尘俗世的弯弯绕绕。

云知吸了吸鼻子："这也是书本上说的？"

“不。”师父平和沧桑的声音中带着坚韧、固执，“这是父亲对孩儿说的。”

云知好不容易才收回去的泪水再次决堤，她静寂几秒，微微哽咽：“师父，我想你了。”

其实，这里不好。

城市的繁华和她格格不入，快节奏的生活方式让她压抑无措。别人说的，她听不懂，她说的，别人也不理解。

她日夜想念家门前那棵上了年纪的槐树；想念下雨时滴水的屋檐；更想念自己房间的那扇窗户，推开它，仿佛触手可及的银河里装有她整个梦境。

这里除了能吃饱饭外，什么也没有。

云知想回去，但她不能。

她要坚强，要努力，要乐观，要赚很多很多钱，要让那座承载师父一生的山，重新燃起希望。

那是师父的愿望，师父的愿望就是云知的愿望。

天很蓝，阳光温暖。

她哭，肩膀轻轻颤抖，鼻尖红，脸蛋也跟着变红。

路星鸣扯着假发在她的身后静静地望着，向来淡漠的脸上头一遭露出几分苦恼。

苍明刚淋了雨，有些受寒，他咽下一口水，把咳嗽压在嗓子眼里，冲村医摆摆手后，温和地说：“镇里刚下了暴雨，山体滑坡，石头堵住了路，等雨天过去，路修好，师父就去凌城看你好不好？”

云知哭了一会儿，也冷静了下来。她一边揉着酸涩的眼睛，一边摇头说：“自古都是晚辈去看长辈，哪里有师父千里迢迢来看我的道理。我说想师父，也就是撒撒娇，您不用放在心上。”顿了一下，她又说，“师父要好好照顾自己，等我放了暑假就回去。”

苍明又叮嘱了几句，这才挂断电话。

手机刚放下，上了年纪的老村医就叼着一根卷烟过来：“云知的？”

苍明嗯了一声，笑得欣慰。

“云知是个好孩子啊。”村医拉起苍明的手，往他的手背上扎针，“你这高烧两天还不退，我看你先在我这儿待两天，好了再回山里。对了，上次我儿子回来，给买了些营养品，都是补血的，你拿回去吃。你看你这血压也偏低，我都和你说了……”

村医唠叨不断，苍明耐着性子听医生教训。

云知和师父那通电话打完，上学铃声紧跟着打响。

她深吸一口气平复一下心情，着急从地上站起——估计是蹲在地上的时间太长，腿严重发麻。

云知咬牙忍着，扶着墙慢悠悠地向前移动。

倏地，一双运动鞋映入眼底，她停下脚步，缓缓地抬起了头。

少年一半身体隐藏在阴影中，眉眼蕴含着不符合年纪的凉薄气息。他微微俯视，一双凌厉的眼像是能将她穿透。

云知睫毛一颤，略显羞涩地抿紧了嘴唇。

他……他该不会都看到了吧？是不是也听到了？

云知脖子处开始发烫，思索一番，低声辩解：“我刚才没有哭，是我眼睛太大，虫子撞进来了。”还带着哭腔的语调颇有些“此地无银三百两”的意味。

路星鸣眼神闪烁，看着她眼角还遗留着的泪痕，心尖儿有点发痒。

云知哭的时候，他竟感觉不安。

路星鸣半天不吱声，云知低头避开他的视线，紧盯着脚尖：“我不撒谎，我……刚才说的是真话。”

她长大了，还像小时候那样哭鼻子也就算了，如今被人看到，肯定又要被取笑。

云知琢磨着找个借口和路星鸣擦肩而过时，一颗奶糖落入眼底。它静静地躺在路星鸣的掌心，霜白的糖纸在阳光下折射出微光。

“喏。”路星鸣的手掌往前伸了伸。

云知一直没动，路星鸣眼睑微敛，索性直接剥开糖纸，微微弯下腰，把圆溜溜的奶糖送到了她的嘴边。

少年的手指好看，指甲修剪得圆润干净，除了奶糖的味道外，云知还闻到一股不知名的香气。

应该是护手霜，路学长活得可真精致。

云知张嘴，就着路星鸣的手，把那颗奶糖含住。

她的唇不小心贴到了路星鸣的指尖，瞬间惹得他一阵战栗。

路星鸣快速把手抽出来放入口袋，他轻咳一声别开头，过了一会儿，又忍不住去看云知。

小姑娘很乖地在吃糖，她的头发长长了一点点，毛茸茸的，一双被泪水洗刷过的眼睛清亮有光。

路星鸣略微出神，竟然真的有人的眼睛像宝石一样。

路星鸣喉结动了动，按捺下心头的躁动，喑哑着声线："那只撞进你眼睛的虫子飞出去了？"

云知一顿，回答说："飞走了。"

"那就好。"路星鸣上前几步，犹豫着伸出手，把假发重新给她戴上，稍微整理一下后，说，"走吧。"

云知怔了一下："去哪儿？"

路星鸣说了两个字："吃饭。"

云知嗫嚅着："可是，现在都要上课了……"

他满不在乎："那就逃课。"

"不行，不行，逃课不好的。"她今天又是弄伤同学又是说脏话的，本来就不应该，要是再逃课……

"反正是体育课。"路星鸣睨她，突然打趣，"怎么，你还怕自己体育不及格？"

云知小脸耷拉着，别说，她最不担心的就是体育了。

都说头脑简单，四肢发达，她的头脑就特别特别简单，四肢也特别特别发达。

路星鸣双手插兜，神态慵懒，慢悠悠地说："饿着肚子学习，知识难进脑子。不如好吃好喝，考上清华北大。如果没有考上，还能回家种田。"

云知听完这张口就来的打油诗，忍不住夸赞："路学长，好文采。"

路星鸣大手在她顶着假发的小脑袋上重重一压，毫不谦虚道："只要你跟着我乖乖的，以后你也能这么有文采。"

"那我下次乖乖的，这次就算了。"云知扒拉了两下头发，"我答应师父好好学习，不能逃课。"

虽然她现在肚子真的很饿，因为呕吐过度，胃部也有些灼热难受，但是……还是学习重要！

路星鸣挑了一下眉，没再强求。他转了个身，带着云知向操场走去。

云知很是欣喜："路学长，你也不逃课了？"

路星鸣淡淡地嗯了一声。

小姑娘都不去了，他一个人出去又有什么意思。

云知回去的时候，明显感觉周围的人看她的眼神不一样了，尤其是吴征那个小团体，见她活像是耗子见猫躲着走。

云知还没来得及困惑呢，就见班级里的一名男生走了过来，神色忐忑，战战兢兢："云、云姐。"

云知左右看看，指了指自己："你叫我？"

男生点头："云姐，我们的班主任让你下了体育课过去一趟。"

云知心里咯噔一下，她被叫去办公室了。

男生看出她不安，安慰道："云姐，你别慌，班主任充其量是问问你怎么回事，不会惩罚你的。"

道理都懂，就是……

"你能不能别叫我云姐呀？"她今年都没成年呢，生日比大部分人都晚很多，名字后面加个"姐"，总感觉怪怪的。

"那哪行。"男生摆手，"我们商量过了，以后十班除了听路哥的外，还听你的，要是有人找你不痛快，你招呼一声，兄弟们为你两肋插刀，义不容辞！”

云知在食堂里搞的那一出实在凶猛，不得不让人佩服。更何况路星鸣向着她，明眼人都知道这个时候该怎么做。

云知一阵哑然，这才多久，她就变成了“云姐”？

“别叫我云姐，叫我的名字就好。”她不太好意思，“大家都是同学……”

男生：“好的，云姐，可以的，云姐。”男生跑走了，继续和朋友们打球。

云知苦恼，城里的小孩真让人摸不着头脑。

此时，一个圆溜溜的篮球砸在了她的脚边，周围没见有人在找，估计是哪个人不小心丢过来的，她弯腰把球捡起。

“喂，云姐。”

云知眨眨眼，顺着声音看了过去。

路星鸣一身运动衣站在球场中央，笑得玩味：“云姐，能把球丢过来吗？”

云知捧着球的手指不由自主地收紧，怎么连这人都打趣她……

她把球丢了过去，路星鸣稳稳当当地接住，篮球在手指上转动一圈后，后仰投篮，正中篮筐。

他长手长脚，又高又帅。与他们一同上体育课的高一的女生忍不住发出阵阵呼声。

路星鸣充耳不闻，直接向云知跑去。

他身上有着阳光的气息，短袖卷到肩头，露出的双臂结实漂亮。饱满的额头上布了一层薄薄的汗水，几缕碎发贴在上面，黑眸中映出她小小的影子。

路星鸣气质阴郁，不好相处，现在这副运动少年的样子，倒让他有了几分同龄人的蓬勃朝气，看起来也更好接近了。

“肚子饿吗？”路星鸣问。

云知摸了摸肚子，刚开始是有些饿，现在估计饿过了头，已经什么都感受不到了。

她很诚实地说："不饿。"

路星鸣眯了眯深邃的眼睛，试探性地问："晚上……要不要一起出去吃个饭？"

云知惊愕地抬了头，有些意外。

路星鸣轻咳一声移开视线："别多想，那家店带客去会有优惠，不愿意就算了。"说罢，他偷偷用余光瞄着云知，眼神中含着自己都觉察不到的紧张与期盼。

"你不带你朋友去吗？"云知不太理解，路星鸣怎么看都不像是缺人陪他吃饭的。

路星鸣："你下饭。"

云知瞪大眼："啊？"

一不小心把真心话说出来了，路星鸣拧紧眉头，揉揉头发："带女的才行。"

云知没有多想："这家店还挺奇怪的。"

他瞎掰出来的，可不奇怪吗。

云知犹豫几秒，嘴角扬起一抹笑："好吧，不是很贵的话，我就和你去。"

路星鸣表情松动，似乎松了口气。他没再多说话，转身继续打球，步伐明显比之前轻快。

下了课，云知孤身前往班主任的办公室。

巧的是，她去办公室的同时，在东校区的韩厉也被教导主任单独找来谈话了。

面对着严厉的教导主任，韩厉站得马虎，神色高傲、不屑。

他这懒散的样子让教导主任一阵头大："韩厉，你给我站好喽！"

韩厉意思一下，挺直了腰杆，很快又松散下来。

教导主任气不打一处来："我问你，好端端的，你干吗闯进人家教室打人？”

韩厉不说话，教导主任继续咆哮：“这个月，你第几次了？你能不能安分几天？”

韩厉依旧懒得解释，扭头看向远处。

“这次必须要和你家人谈一下。”教导主任指着韩厉，“现在，马上，打电话让你家长过来。”

韩厉挑眉：“老师，我看还是算了吧，我爸妈现在正在法国呢，过不来。”

“算了？”教导主任吹胡子瞪眼，“这次不能算，你必须让你家长过来，不然，我亲自去拜访！”

学生三天两头闹事，他要是再不管，置老师的威严于何地，置学校的制度于何地，虽然学校制度早就被这两人闹腾没了。

想到西校区的那个路星鸣，教导主任又是阵阵头疼。

“成吧。”韩厉轻挑嘴角，语气意味深长，“老师，你确定让我叫家长？”

“少废话，快给我叫！”

“家长就成？”

教导主任不耐烦了：“只要是你长辈就行！”

行。不就是个长辈吗，他长辈多的是，西校区就有一个，只不过年纪有点小。

韩厉轻哼，从口袋里掏出手机，在长长一串电话号码里翻看，轻而易举地找到了那个标有韩云知名字的号码。

他拨了过去，电话很快接通。

“韩厉。”小姑娘的声音软软的。

韩厉耷拉着眼皮，语气慵懒：“你来我这边一趟。”

才到办公室门口的云知脚步一顿。

韩厉言简意赅：“我被叫家长了。”

……叫家长。

云知在办公室外徘徊，看着那扇门，心里直打鼓，她压低声音：“那你能让教导主任等一下吗？”

韩厉沉默，云知缩了缩脖子，格外心虚：“我、我也被班主任传唤了。”她不敢再耽误时间，直接挂断电话。

韩厉看着那暗下的屏幕出神几秒，抬头和焦急地踱着步的教导主任说：“老师，你等一下吧。”

教导主任看了过来，韩厉开口：“她正被老师教训呢，等她的老师教训完了，才能轮到您。”

教导主任：？

云知已经进了办公室，她站在桌前，一脸紧张局促。

班主任脾气平和，知道这事儿的主要责任不在云知的身上，她说了几句，也没过多教训，甚至检讨都不让写就直接放人了。

从办公室出来的云知着急地前往诚南东校区。

东校区的建设和西校区的差别不大，她第一次过来并不是很熟悉路线，找了个学生询问一番后，来到了教导主任的办公室。此时韩厉正手插着兜在墙边站着，教导主任在座位前焦急地等待着家长过来。

云知敲敲门：“老师，您找我？”

办公桌前的教导主任有片刻的愣神，云知穿着诚南的新校服，个头看起来比高一的学生都小很多，模样很乖，与那些吊儿郎当的学生形成鲜明的对比。她看着是个好学生，但实在不像是一位家长。

“她是我姑姑。”韩厉拉过云知，“亲的。”

教导主任眼皮子狠狠地跳了跳。

第一次被韩厉承认的云知有些小兴奋，她压抑住喜色，点头附和：“我是韩厉的姑姑，韩厉做错事情了吗？”

这些小孩是耍我玩呢？！教导主任指着云知问韩厉：“你说这是你姑姑？”

教导主任确定这是韩厉找来的救兵。韩家作为学校的投资者之一，又是名门望族，教导主任多少对他们家族有些了解，但这么久，从没听说过他还有个姑姑。

韩厉耷拉着眼皮，不耐烦地说道：“如果你不信，你可以打我父母的电话确定。”

教导主任压根不信任韩厉，这小子经常“对着棺材说谎话——糊弄死人”。

良久，教导主任才说出几个字：“你们的家庭真复杂。”

教导主任收起那小小的震惊，把今天韩厉所做的种种恶行和云知说了一遍，最后加重语气：“韩厉死性不改，三天两头找同学麻烦，你既然是家长，就好好说说他，我不希望这种事再发生了。”

云知突然感觉肩膀上的担子重了，她像个长辈一样挺直腰杆，诚恳地允诺：“您放心，我一定会好好管教韩厉，不让他再做坏事。”她看起来还挺像模像样的。

教导主任欣慰地点头：“回去监督他写一份检讨，明天送到我办公室。”说完，他摆摆手，“行了，你们可以走了。”

韩厉努努嘴，不以为然，走之前提醒：“老师，我们家情况特殊，还希望您不要把我们的关系透露出去。”

说话间，办公室的门被人推开，一名老师走了进来，她发现了云知，打量云知两眼，笑了：“这不是今天在食堂浇了人一桶拖地水的那个学生吗？我今天在西校区的食堂刚好看见你了。”

云知哪里想到这事儿会传到东校区这边，当下心一紧，脸一红，急忙低下了头。

“小姑娘好有力气啊，还听说你和别人掰手腕，把人家的手弄伤了？”

教导主任和韩厉的眼睛“咻”地看向云知。

面对着几道视线，云知哪里敢回应，她紧紧地挽住韩厉的手臂，扯着他出了办公室。

离开后，云知松了口气。

“喂。”韩厉高大的身体堵在她的身前，居高临下地俯视，“浇水是怎么回事？”

“没怎么回事。”云知别开头，倒是教训起了韩厉，“你不要恃强凌弱，欺负同学不好的。”

韩厉目光深沉，没有说话。

他这才注意到云知双眼红肿，显然是哭过的样子，心头腾地蹿出一股无名火气。

少年一双大手直接扯住云知纤细的手腕，咬牙出声，语气阴沉：“告诉我，是不是有人欺负你。”

云知被他这突然而来的气势吓了一跳，半晌都没回他的话。

“不说是吧？”韩厉冷笑，“行，我现在去东校区一个一个地问。”

就这么大点的学校，他还就不信查不出怎么回事！他是瞧不上这个凭空冒出的姑姑，可就算瞧不上，那也是他韩家的人。

敢欺负他的人？怕是不想活了！

韩厉怒气冲冲，当下就要去东校区找那人算账。

云知急了，一把拉住他：“韩厉，没人欺负我，他们不敢欺负我。”

“哼。”韩厉挣开她，“你怕什么！有小爷给你撑腰呢！我现在就要看看哪个不怕死的敢动你。”说着，他又挣开了她。

云知抿抿唇，双手死死地扯住韩厉紧实的胳膊，这一回，她手上的力气大了一些，扯得他龇牙咧嘴。

韩厉还没来得及喊疼，就听云知说：“韩厉，你以后能不能别说脏话了。”

云知咬咬唇，语气里有些哀怨：“你会把我带坏的。”

韩厉脚下一崴，表情复杂：“啥？”

云知重复：“我说，你以后不要再打人，也不要再骂人了。”

韩厉手腕疼得厉害，哪听得进去她的话：“你先松手，捏痛我了。”

终于，韩厉开口提醒。

云知反应迟钝，这才惊觉自己使的力气有些大。她急忙收手，又说：“我是长辈，你要听我的，不要去找人麻烦。”

“行，知道了。”韩厉不耐烦地敷衍，转着隐隐发酸的手腕。也是见鬼了，这屁大点的小傻姑哪里来的这么大力气。

“那我回去上课了，韩厉，你要听话。”云知不甚放心地叮嘱。

“行，我听话。”韩厉嘴里应承，却压根没把她说的放在心上。

他现在后悔了，当初就不应该心血来潮把小傻姑往西校区放，那个路星鸣小肚鸡肠，心胸狭隘，保不准会迁怒到云知的身上。

想着，韩厉的表情变了。他拉住云知，问：“你现在在哪个班级来着？”

云知老实地回答：“十班，怎么了？”

十班……十班！

他控制不住爆了粗口。

“韩厉！”云知的表情也变了，她这才刚教训过他不能说脏话，怎么他转头就犯了。

“……曹操不啰唆，一心要拿荆州。”韩厉哼着小曲，“我唱歌呢。”

云知不住地念叨：“韩厉，你不能再和人打架了，这次我能帮你应付过去，下次就说不准了。要是被大哥和嫂嫂知道，你肯定又要挨骂。”

“我都说我知道了，你烦不烦啊。”韩厉受不了她的唠叨，绕过她大步离去。

云知看着他离去的背影，叹息一声：现在的小孩子真是让长辈头疼，唉。

她转身，顺着楼梯下去。

等云知走后，韩厉在微信群发消息。

韩厉：东校区的眼线呢！

卧底刘小三：哥，我在！

韩厉：帮我查查韩云知今天怎么回事。

卧底刘小三：哥，你说的那个韩云知……是不是“十班一姐”那个韩云知？

韩厉：？

什么情况？他家小傻姑啥时候混成“十班一姐”了？

方明：我默默插句话，哥，你啥时候还在东校区插眼线了？我一瞬间以为自己穿越了。

搞得和谍战片一样，真刺激。

韩厉随口一说：三百块钱收买的。

方明心想：这哥们儿也真够便宜的。

韩厉问了个大概后，就知道是个什么情况，他暗暗记下吴征的大名和常出没的地点，一挑眉，笑得邪恶。

行啊，敢欺负我的人，今天就教教他做人的道理。

第五章

那就离我远点

///

路星鸣第一次请女孩子吃饭，
共花了三十二点五元，最后还 AA 制了。

///

云知并不知道韩厉打的那些小算盘，她很快回到了自己的校区。

西校区的学生并没有几个人注意到云知去了一趟东校区，都以为她是被班主任教训得久了点。

她回到班级上课的时候，男生们明显都安分了，没继续像原来那样对着她的背影指指点点。吴征的座位空着，估计正在医务室休息。

平和地度过剩下的几节课后，放学的铃声打响。

云知正慢腾腾地收拾着桌上散乱的书本，一只手伸过来，修长的手指在桌上轻轻地敲打。

她背好书包，跟在了路星鸣的身后。

目送他们一前一后走远的背影，刘彪虎啧啧两声，道："老大是要策反间谍啊。"班上的同学连连点头，表示同意。

放学后的学校正热闹，男生们三三两两在球场上打球，操场上随处可见青春年少的身影，有脚踏车从身边越过，也有几个女生在身旁讨论热播的电视剧。

云知很安静地跟在路星鸣的身侧，一米八五的路星鸣很高，衬托得她越发娇小，他明显让着她，步伐迈得又小又慢。

出了校区，穿过街道，他们到了一条不算热闹的小吃街。

路星鸣领着云知进了街角的一家面店，这个店的位置不是很好，就算是吃饭高峰期，也没有多少客人。路星鸣显然是常客了，见他进来，老板很温和地和他打招呼："小路带同学过来了？"

"嗯。"路星鸣拉开椅子，让云知入座。

"看看要点什么。"老板把菜单拿了过来。

路星鸣把菜单递给云知，让她点："这家店的面很好吃，你看看想要什么。"

云知在菜单上扫了几眼，仰头冲老板说："我要鸡蛋面。"

老板："大碗还是小碗呀？"

云知看向了路星鸣，眼神中略微带着腼腆。

路星鸣抿唇压抑着笑："大碗的。"

她害羞地低下了头。

“我还是老样子，小菜随便上两个，饮料来瓶橘汁好了。”确定好菜品，路星鸣将菜单放到了一边。

两碗面条很快上来，云知见路星鸣动筷，她才拿起筷子开始吃。

鸡蛋面很香，汤汁浓厚，小菜爽口，没一会儿，一大碗面条就见底了。

路星鸣抬眼，懒散地招呼：“老板，再来一碗。”

“咯——”云知被一口面汤呛了嗓子。

“不用，不用，我够了。”她缓过劲来，连连摆手，“我吃饱了。”

路星鸣眼神中带着三分怀疑。

“我真吃饱了。”云知揉着肚子，她今天沾了荤腥，胃部到现在还有些不舒坦，稍微吃了点面，好受不少，但要是再吃，肯定会难受。

路星鸣没再强求，结账时，他用微信扫了二维码付款，两人一同离开小店。

日暮西沉，天边的火烧云赤红如火。

云知小心翼翼地瞄着走在前面的路星鸣，小跑几步拉住了他的背包带子。

“嗯？”他停下步伐。

“刚才花了多少钱呀？”

路星鸣从口袋里掏出揉得皱巴巴的小票，云知眼睛瞟过。

——小计三十二点五元。

她心里有了数：“路学长，我这里好像找不到你的微信了，你能帮我看看吗？”她把手机递给了他。

路星鸣顺手接过，她的微信通讯录上的联系人简直少得可怜，一翻见底，路星鸣修长的指尖在上面滑动，目光一扫，看到“韩厉”二字静静地躺在上面。

他眯起眼，心里突然不是滋味起来，莫名地憋屈郁闷。

路星鸣暂时忽略了那股不适的情绪，在微信通讯录里找到了自己的名字，果不其然，他被屏蔽了，估计是小姑娘不会操作，又或者……

路星鸣想到了那天她发过来的表情包。

路星鸣将自己解除屏蔽，佯装随意地问道："你以后不要给我发那些表情包。"

"表情包？"云知疑惑地摸摸后脑勺，"我没给你发过。"

果然是韩厉，路星鸣目光闪烁，偷偷把自己设成了"置顶"，随后把手机还了回去："可以了。"

云知感激地道了谢。

路星鸣嘴唇动了动，神色间带有几分探究："你……现在都住在韩厉家？"

云知把他当成了朋友，自然也没准备隐瞒，实诚地交代了自己的底："我以前都是住在大山里，这城里只认识韩厉他们，就先住在他家。不过，我准备有钱了就搬出去。"

路星鸣安静地听她说。

"他的家人不喜欢我……"说这话的时候，云知的语气明显失落几分。

她隐藏起眸中的暗淡，对着微信一通操作后，抬起头："好了，谢谢你带我来吃饭，路学长，你真是个大善人，其他同学都不乐意和我走得太近的。"

路星鸣有些意外地扬了一下眉："为什么？"

"他们都说我不祥，不愿意和我玩。"云知的声音轻轻的。

她是在一个瓢泼大雨的早晨被师父捡回去的，从苍明决定抚养她的那时起，谣言也开始萌生，镇子里开始有人说她不祥。孩子们慢慢被大人影响，见着她便戏弄打趣，渐渐地，苍明不再带她下山。

后来上了学，习得知识的孩子们逐渐注意起言行，虽然明面上少了挖苦，但骨子里还是带有几分偏见，时常在背后取笑她的小光头。

云知没有双亲，也没有玩伴，她只有师父，所以也不觉得自己可怜。来城里的前一夜，她辗转难眠，她害怕城里的小孩会更加孤傲，更加不好相处，担心有血缘关系的亲人排斥她，针对她。

直到遇见韩厉，认识路星鸣，云知发现还是好人多。

她眉眼舒展，夕阳下的笑容干净美好。

“我先回去学习了，明天见。”云知扯紧书包带，告别了路星鸣。

女孩的身影消失在夕阳余晖中，路星鸣的目光迟迟没有从她离开的路口处移开，直到有人说笑着过来，他才恍然惊觉，慢步离去。

路星鸣突然想起刚才微信响了一声，他边走边看。

云知给他发了一个红包，上面备注：面钱。

路星鸣点开，沉默。

——十六点二五元。数值精确到了小数点后两位。

路星鸣第一次请女孩子吃饭，共花了三十二点五元，最后还AA制了。

他心情复杂，又觉得好笑。

路星鸣揣着手机，步伐轻快不少。

正当他情绪格外舒朗时，一人低着头从他身边走过——穿着诚南的校服，身姿很熟悉。

路星鸣脚步顿住，侧身扯住对方的胳膊：“吴征？”

吴征身子一颤，头垂得更低。

路星鸣感到不对，皱眉问：“你怎么了。”

“老、老大……”吴征慢悠悠地抬起了头。他脸上青一块、紫一块，已经没有一处好地方。

吴征被打得嘴唇红肿，声音含混不清：“我给你丢脸了……”

路星鸣抿唇，眼中生出寒芒：“韩厉打的？”

吴征没说话，算是默认。

路星鸣暗骂，又问：“韩厉现在在哪儿呢？”

吴征哼唧着说：“我在西大街撞到的他。”停了一下，他略显犹豫地说，“老大，韩厉好像误会你了。”

吴征捂着红肿的脸说：“有人看到韩云知去了东校区，估计就是找韩厉告状了。韩厉让我转告你，不要对韩云知出手。”说完，他又是一阵龇牙咧嘴。

路星鸣低沉着眉眼，没有说话。

“老大……”

路星鸣打断他：“你先去看一下伤，这事儿我处理。”

吴征点点头，一瘸一拐地向医院走去。

路星鸣舌尖顶了一下腮帮，神色一片阴郁。片刻后，他用手机在群里发了条消息，随便蹬了一辆路边的共享单车，直奔西大街。

等路星鸣到了吴征所说的地点，刘彪虎等一行人也到了。

“找韩厉。”他只说了三个字。

这话刚说完，刘彪虎就看见街对面一人慢悠悠地晃荡着，他定睛一看，那可不就是韩厉。

众人都乐了，这倒省得让他们找了。

此刻韩厉敏感地觉察出了危险，余光一扫，立马也注意到了这伙人。他在原地定定神，暗骂一声后，撒丫子向前跑去。

“追——”一行人风风火火，直奔韩厉而去。

路星鸣把脚踏车蹬出了哈雷摩托的速度，没过多久就蹿到韩厉的跟前。他放慢车速，空出一只手在韩厉的肩上一拍，露出一排雪白的牙齿：“哟，厉少好久不见。”

这一拍把韩厉的魂儿都拍没了，韩厉一书包过去，趁路星鸣松手的工夫拐进了街边一条小巷。

路星鸣丢了车，迈着长腿追上：“韩厉，你跑那么急做什么，我们好好聊聊。”

“不聊！”韩厉气喘吁吁，环视一圈，踩着垃圾桶爬上了墙，墙的另一边是另一条小巷，他当下就笑了。

他不急不忙地一抬手：“再见喽！”说罢，他翻墙而下。

路星鸣哼笑，不恼，缓缓地出了巷子。

另一边，韩厉果然被刘彪虎等人堵在了里面。

韩厉毫无退路，单枪匹马，怎么看也不像是能干赢这场架的。他双拳难敌众手，只过两个回合就被刘彪虎按在了墙上。

路星鸣双手插兜，踢开脚下的易拉罐，对他嘲笑：“再见？”

韩厉翻了个白眼。

“跑啊，你怎么不跑了。”路星鸣慢慢凑近。

韩厉瞳孔一缩，大喊：“路星鸣，你以多欺少，不是好汉！”

路星鸣冷哼，在韩厉英俊的脸蛋上拍了拍：“上回我好像也是这样说的。”

韩厉默然。

前几天，他们一群人堵住路星鸣的时候，他好像真是这么说的。

路星鸣语调不急不缓：“韩厉，我右手现在都在疼呢，你说怎么办？”

“你自己揍人扭了手，关我什么事。”韩厉骂，不老实地抬腿踹了他一脚。

不痛不痒，起不到一点作用。

路星鸣心头冷哼，这小子落到这步田地了还不学好，想到前几天被韩厉围堵的画面，路星鸣决定今天不放过他。

不过，在这之前，他要好好杀杀韩厉的锐气。

路星鸣逼近两步：“叫‘祖宗’，我饶了你。”

韩厉沉吟片刻，毫不犹豫：“祖宗。”现在为了生存，叫一次根本无伤大雅！

路星鸣静默，他知道这人没脸没皮，但不知道这人如此没脸没皮，一下子不知道怎么接话。

“能让我走不？”

路星鸣冷笑，一字一句地说：“想得美。”说完，他招呼着兄弟一起上。

韩厉招架不住，倒在地上，咬咬牙，越发觉得不甘心。他怎么说也是个“校霸”，西大街横着走的人物，这在自己的地盘被打了，传出去多不好听，就算死，他也要拉个垫背的。

韩厉拼命护着脑袋，一眼锁定了路星鸣，他伸出手用力扯住路星鸣的裤腿抱了上去。

“你松手！”

“不松！”韩厉抱着路星鸣的大腿不撒手，“打啊，你有本事继续打！”

路星鸣暴躁地低吼：“松开！”

韩厉非但没松，反而抓得更紧，那条裤子支撑不住，松松垮垮地往下滑动一厘米。韩厉趁机拉扯住，直接把他按倒在地。

两人你来我往，陷入胶着。路星鸣的朋友们停了动作，面面相觑，进退两难。

双方僵持之中，一道突兀的女声从巷口外传来。

“韩厉？”

两人瞬间停住，齐齐朝着声音传来的地方望去。

云知站在灯光霓虹处，表情是难掩的惊愕。

路星鸣身子一颤，手上的力度瞬间松懈，韩厉趁机把人一拳打开，扭头对着云知喊：“你快跑！别管我！”

顺道去超市买包卫生巾的云知很蒙。

韩厉死死地拽着路星鸣，眼底带着着急的神色：“你有事儿冲我来，别动她。”

路星鸣这人阴险狡诈，极其记仇，发起疯来，管你是男还是女，要是小姑娘落到他的手上，无论如何都没什么好果子吃。

狭窄的深巷中，韩厉衣衫凌乱，脸上带伤，看起来狼狈不堪。路星鸣的脸上也轻微地挂了彩，相对韩厉来说，并不严重。

云知犹豫几分，走过去。

见她过来，韩厉更加着急：“我让你走啊！你是听不懂，还是耳朵有问题？”

他很凶，气势凌人，云知被吼得身形顿住。

路星鸣目光一凛，理智瞬间丧失，挥拳打了过去。

云知呼吸一顿：“别打了！”她也顾不得那么多，跑上去把路星鸣从韩厉的身前用力拽开。她这一拽不要紧，直接让毫无防备的路星鸣踩上了滑落下的裤腿，身形不稳，踉跄几步，紧接着扑通一声，撞上了贴着墙放的垃圾桶。

路星鸣撞到痛处，嘴里闷哼，五官瞬间扭曲在一起，双手捏住垃圾桶边缘的铁皮，全身战栗。

下一秒，他腿上一凉，那条被韩厉扯坏的裤子从腰际向下滑落。

云知惊得张开了嘴，视线跟着下滑，紧盯着那天蓝色的花纹出神，最后小声地提醒：“学长，你裤子掉了。”

应该、应该不会是她扯掉的吧？不能吧？她特别心虚地想。

路星鸣肩膀轻颤，羞耻多过痛意，他弯腰把裤子拎起，涨红着脸，整个人都处于极度的尴尬之中。

云知也反应了过来，后退半步，脸红了，呼吸轻了，就连眼睛都不知道往哪里看了。

其余男生也都惊住了，怔怔地看着，不知道如何应对现在这种情况。

云知小眼神乱瞟，眼睛控制不住地向他的身上看。她看一眼，脸色红一分，再看一眼，脸色再红一分，最后无地自容，捂着滚烫的脸蛋背过了身。

呜，羞死人了。

她默念着“冷静”，结果没冷静下来不说，脑海里还反复出现他的天蓝色条纹内裤和有力的肌肉线条。

诡异地安静了几秒钟后，躺在地上的韩厉笑出了鹅叫声：“路星鸣，你是小学生吗，竟然穿带花纹的裤……嗯。”

一旁的云知快速捂住了韩厉的嘴，硬生生地把他接下来的挑衅的话堵了回去。

云知还顾及着路星鸣的面子，结结巴巴地说：“学长，你别担心，我、我什么都没看见，真的。”

路星鸣整个人都在抖，他磨磨牙，紧紧地扯着裤子跑了出去。

“老、老大！”有人喊着他，乌泱泱地追上，巷子一下子空了。

躺在地上的韩厉沉思几秒，愤愤地捶地：“该死的，我这个猪脑子，我怎么就忘记拍照了！”

韩厉捶胸顿足，越想越觉得亏，他错过了践踏死敌尊严的最好时机！

云知朝路星鸣离去的方向看，人走了，除了灯光闪烁外，什么也没有留下。

不，还留下一颗扣子，路星鸣的。

云知上前把那颗圆润的扣子捡起放在掌心，转身半蹲在韩厉的跟前："韩厉，你没事吧？"她差不多冷静了，开始关心起韩厉的伤势。

韩厉哪像是没事的样子，他今天被打惨了。

俊脸上已看不到一处完好的皮肤，左眼皮子肿起，嘴角渗着血，身上也好不到哪儿去，T恤皱皱巴巴地贴着皮肤，领口处还有几处血迹。

云知心疼坏了，手忙脚乱地从书包里抽出一张纸，轻轻地擦拭着他脸上的脏污，随后拉过他的胳膊搭在自己的肩上，直接把人架了起来。

"喂，你干吗？"韩厉还没来得及反应，就被云知架着走出了巷子。

还不到一米六的小姑娘架着一个一米八多的大个子，这个画面过于怪异。韩厉捂着脸避开路人的视线，生怕被熟人认出。

他压低语气："我说你什么毛病啊，你快放我下来。"

"你都受伤了，我架着你走。"云知说着，把他往身上托了托。

她从小背柴，力气是大，但架着一个高个子，还是有些吃力。

云知的肩膀很纤细，腰身上也没几两肉。韩厉不由得侧眸看她，小姑娘微抿着唇，脸上没多少表情——好像是在生闷气。

韩厉心里一个咯噔。

"喂……"韩厉用食指戳了戳她软乎乎的小脸蛋。

云知没应声。

"生气了？"

云知还是没应声。

韩厉很苦恼地皱皱眉，语气不太自在地解释："路星鸣先找事儿的，我可没主动打架。"

云知脚步停下："真的？"

"真的。"

得到确定的答案后，云知脸上的阴霾悉数消散。

她把韩厉放在了路边的长椅上，小跑着去了对面的药房，再出来时，手上多了碘酒和两瓶矿泉水。

云知拧开矿泉水递给他，他接过，咕噜咕噜喝了个干净。

她坐到他的跟前，用余下的一瓶水擦拭着他的脸和脖子，擦干净了，才开始用医用棉球蘸着碘酒涂抹。

韩厉疼得呲了一声，不禁向后躲了躲："一点小伤，你别给我上了。"

"不行。"云知按下他的手，"感染怎么办。"

韩厉满不在乎："哪儿那么娇气。"

他长腿伸直舒展开来，嘴上说着排斥，但也没再继续阻挠云知给他上药。

云知问："好端端的，你为什么要和路学长打架呀？"

"学长？"韩厉讥刺，"就他还学长，也不知道你干吗一直向着他，像他这样的，活该做单身狗，没老婆。"韩厉狠骂一番，舒坦了。

云知抬眼，循循善诱："韩厉，男孩子家家的，不要这么暴躁，像你这样的，才会讨不到老婆。"

路星鸣人很好，还给了她一口锅——现在还在家里放着呢。她每天都会刷一遍，锃亮的。

韩厉翻了个白眼，小声地嘟囔："小爷又不找媳妇。"

云知顿了一下，犹豫着说："老公估计也不好找。"

这是什么"虎狼之词"！谁教的她这些？

灯火辉煌，将凌城映照得宛如白昼，商业街区人群熙攘，正是最热闹的时候。

路星鸣随便进了一家男装店，售货员见他衣服凌乱，一脸戾气，当下认为是哪个街头的小混混过来找事儿的。

他无视了对方忐忑的注视，随意地拿起一套男装，哑着嗓子："试衣间在哪儿？"

售货员这才看清他的脸，尽管少年脸上有伤，但仍不掩出色的五官，嘴角的血痕为其平添了一份狂浪不羁。

“那边。”售货员伸手一指。

路星鸣提着裤子进去，再出来，衣服已经换好了。他没有对着镜子看看，干脆利落地付了款，随即把原来那套衣服丢在了门边的垃圾桶里。

路星鸣出了门，刘彪虎跑了过来。

刘彪虎本来体重超标，今天的运动量已经超出他的极限，此刻哼哧哼哧喘着粗气，感觉两条腿都要在今天跑断了。

“路哥。”刘彪虎抹了一把脑门上的汗水，“你等等我啊。”

路星鸣捂着肚子，深一脚浅一脚慢悠悠地在前面走，目不斜视，把人抛在了身后。

“路哥，你还好吗？”刘彪虎拖着疲软的双腿追他。

还好？他好什么好！

想到不久前那尴尬的一幕，路星鸣只想找个地洞钻进去，再想到小姑娘羞答答的惊愕表情，他越发暴躁，狠狠地瞪了刘彪虎一眼：“滚。”

刘彪虎委屈，这又不是他让老大的裤子掉下来的，要怨就怨韩厉，好男人干架不用损招，扯人的裤子，实在阴险、卑劣、无耻！

刘彪虎安慰：“路哥，算了，不就掉了条外裤，裤衩子不是还在吗，就算裤衩子不在，你左右也不亏啊。”

路星鸣脚步一停，扔了眼刀过去：“你滚不滚。”

“好、好、好，我滚，我滚。”刘彪虎后退两步，“不过，滚之前，我能问你个问题吗？”

路星鸣眼神很冷。

刘彪虎憋着笑：“哥，你刚才是不是磕到了？”

路星鸣瞳孔紧缩，唰地扭过头，走得又快又急。

刘彪虎揉着因为忍着笑而发僵的脸：“哥，你没事吧？是不是真的被磕到了？”

“滚！”路星鸣想踹他，可是，刚一抬脚，就牵扯到了痛处。他低哼，全身的力气一下子没了，只剩下无处发泄的火气。

路星鸣静静心，眉眼收敛，好看的唇慢慢地抿在了一起。

刘彪虎小心翼翼地打量着他的脸色，见他没有动怒后，继续道：“哥，你以前可不像是会为一个女生出头的人。本来今儿有那么好的机会收拾韩厉，结果，韩云知一来，你就软了……”

路星鸣目光锐利，狠狠地瞪过去：“你说谁软呢。”

刘彪虎讪讪地笑着改口：“心软，心软。”

路星鸣冷哼，在街边的自动贩卖机处买了一瓶冰水，找了一张椅子兀自坐下，静默不语地喝水。

刘彪虎跟着过来：“那小姑娘的确挺可爱的。”

路星鸣嗫嚅着：“她住韩厉家。”

一直跟在后面偷听的武晓松见路星鸣消了气，也钻了出来：“两人都姓韩，是不是亲戚啊？”

路星鸣将空掉的水瓶捏扁，抬手一扬，把瓶子准确无误地丢在斜对面的垃圾桶里，嗓音淡淡：“你们不要多想，韩厉只有一个妹妹。”

旁边的男生惊愕：“老大，你怎么知道？”

“老大当然知道。”刘彪虎压低声音，“他们两个从小打到大的。”

武晓松眼珠子都要瞪出来了，这么刺激的？！

路星鸣没说话，算是默认。

商圈就那么大，家族为了利益，总要参加大大小小、各种形式的聚会。路星鸣就是在宴会上和韩厉认识的。韩家并不复杂，子女就几个，所以，他并不认为云知是韩厉的妹妹或是其他亲属。

“那就是……别的带血缘的关系？”男生又问道。

“算了吧。”武晓松拍了一下男生的肩头，“我之前看过韩云知的转学记录，她是从一个小镇子的希望中学转过来的，韩家几代都在凌城，怎么可能会和山沟沟里的人攀上关系，要是实在想知道，改天问问不就成了？”

路星鸣懒得再和这些人说话，起身拦了辆车，准备回公寓。

他单手托腮望着窗外流光溢彩的街景，一颗少年心第一次生出茫然无措。

面对云知时，路星鸣总会不由自主地敛去锋芒，拔掉尖刺，把最温柔良善的一面展示给她看。可是，过了今天，她就会明白他并不是学长，更不是善人，他会成为她眼里最顽劣的恶徒。

路星鸣闭着眼，隐隐觉得孤寂。

司机透过后视镜看着他的脸，笑了笑：“小伙子失恋了？”

路星鸣抬了一下眼皮又垂下：“没恋呢。”

司机的笑意更深：“哦，那就是单相思啊。”

路星鸣深吸一口气：“我没思，也没恋。大叔，你好好开车，我的命可贵着呢。”

司机没再说话，路星鸣总算觉得清静了。

韩厉把云知送到了学生公寓的楼下，打了个哈欠，正要离开，袖口被扯住。

“干吗？”韩厉不耐烦。

灯光下云知的眼睛湿润：“你检讨写了吗？”

“你怎么还记得这事啊？”韩厉揉揉头发，“写、写、写，我今天回去就写，行了吧？”

这还差不多，云知心满意足地松了手，刚要开门，又停下：“那你……”

“我不打架。”

云知怀疑地打量他几眼，他的耐心耗尽，忍不住想要爆粗口，最后舌尖动了动，硬生生地把那脏话吞咽回去：“我不打架，我写检讨，我保证十点半前就睡觉，行了吗？”

云知感觉自己今天是有点啰唆了，最后看了韩厉一眼，拉开门，进入公寓。

韩厉松懈下来，长舒一口气，踏着步子去往反方向的公寓楼。

公寓安静无声，云知拿出房卡，不禁朝对门看了一眼。她睫毛颤了颤，小心上前，趴在猫眼上向里面张望，黑漆漆的一片，路星鸣好像没有回来。

云知按捺下心底的一丝担忧，背着书包进了屋。

她先洗了澡，又收拾了一下房子，然后穿着棉质的睡裙伏案写作业。

时间嘀嗒嘀嗒地流逝，指针不觉间指向了十一点。云知揉揉眼开始觉得困倦，她拍拍脸，试图让自己清醒，放下笔，最后检查了一遍作业后，脱鞋上床。

睡不着，刚刚还犯着困的云知盯着天花板，眼神清明。

——路学长怎么还不回来？

云知竖起耳朵听着门外，寂静无声。

——他是不是不回来了？

云知翻了个身，胡思乱想。

她把被子往上扯了扯，从桌上摸索到手机，对着“路学长”那三个字出神。两人的对话还停留在今天晚上吃完饭后，路星鸣领了红包后就沉寂下去。

心里叹息着，她关了手机缓缓闭眼，正感觉困了，牙齿好像有些疼。

云知开了灯，捂着腮帮躺在床上，精神恍惚。

意识昏沉时，听到脚步声从屋外传来，云知眼睛一亮，掀开被子跑了下去。

猫眼外，少年的身影被缩成小小的一团。

真的是他。

咔嗒，云知将门打开了一条缝隙。

她探出小半个脑袋，声音也是小小的：“路学长，你回来啦？”

楼道的感应灯忽明忽灭，狭窄的门缝里，她脑门发亮，杏眼漆黑，一张脸被灯光映得刷白……像女鬼。

路星鸣的手一哆嗦，房卡掉了。

咯吱——门被拉开了一半，云知缓慢地走出去。

她穿了一条印有草莓图案的睡裙，小臂洁白，光影在她的眼睛里闪烁，毛茸茸的头发感觉很扎手。

云知还没有意识到她的突然出现吓住了路星鸣，对他露出两个小酒窝。

路星鸣眼皮子狠狠地跳了一下，重新调整好心态后，弯腰把房卡捡起，贴上了感应锁。

“路学长，你等一下。”她叫住他，匆匆折回了屋。

云知跑得急，房间又黑，一不留神，脚指头撞到了桌角，她疼得龇牙，瘸着腿来到书桌前开了台灯。桌上静静地躺着一颗黑色的纽扣，在灯光下折射出金属光泽。

云知一把将扣子攥在掌心，跑了出去：“这是你今天掉在外面的，我帮你收起来了。”

路星鸣敛着眼眸，表情淡淡的，看不出什么情绪，但是微微泛红的耳垂出卖了他内心的窘迫。

路星鸣的眼神落到了她的脸上，静默三秒钟后，突然逼近。

云知后退两步，最后退无可退，后背紧挨着冰冷的门。

啪！

他将长长的手臂支撑在云知的脑袋旁，将她完全禁锢在自己的面前。他过高的身体给人带来无形的压迫，挡住了头顶的光，眼瞳黑而幽邃。

云知不自觉地往后靠了靠，好缩短和他的距离。

路星鸣加重语气：“你非要提醒我今天所经历的不堪吗？”

云知一愣，脑海里浮现出了紧贴在垃圾桶上的天蓝色花纹。她的视线不禁下移，这才发现路星鸣换了条新裤子。

路星鸣居高临下地俯视着她：“我今天打韩厉的时候，你也看到了，很凶的。”

云知垂着头，牙齿又开始发疼，她不自觉地伸手戳了戳脸颊，因为牙疼，发出的声音有些含混不清：“是有些凶。”

她现在还记得路星鸣踹韩厉时的表情，阴鸷、暴力，眼底还带着几分残暴、嗜血。

但就算是那样……云知也对路星鸣生不出讨厌，更别提畏惧。

路星鸣眉眼沉沉：“那就离我远点。”他说，“我和韩厉不对盘，既然你和他相熟，那就别和我牵扯在一块，免得被别人误会。”

云知眼睫毛抖了抖，失神中，安静的楼道里猛然响起一道清脆的声响，是从身后的门锁上发出来的。

云知身子一颤，抬起了头。

路星鸣怔了一下后，表情变了。

她背在后面的小手拉了拉身后的门把手，纹丝不动，显然是锁住了，小脸瞬间垮下来：“学长，我家的门锁了……”

路星鸣默然，云知不敢吱声。

夜深了，现在去找公寓管理员显然不合适，他余光瞥过，云知睡裙单薄，白嫩的脚丫子赤裸着贴在冰冷的地板上，目光所及之处，圆润的脚趾时不时蜷缩，蹭蹭。

他喉结上下动了动，移开了目光。

云知光着一颗小脑袋站在路星鸣的对面，路星鸣不说话，她也不说话。

路星鸣的睫毛颤一下，她的睫毛跟着颤一下。

两人相顾无言，彼此大眼瞪着小眼。

僵持许久后，路星鸣咬牙败下阵来：“我合理怀疑你是韩厉派过来的卧底。”说着，他用房卡开门，侧身让路，“进。”

云知身形未动，嘟囔一句：“不太方便。”

路星鸣不耐烦：“能有什么不方便的，我又不会吃了你。”

云知憋红着脸，不由自主地捂上了自己的小腹。

她昨天晚上来了例假，今天正是量多的时候，卫生巾还被锁在了公寓，这样子什么都没准备地去别人家，的确是很不方便。

——她不想给别人添麻烦。

“你……”路星鸣望着她因羞涩而泛红的眼角，还有那不自在的动作与神情，短暂的错愕后，眉头皱了起来。

到了这个年纪，他怎么可能不知道她的表情意味着什么，顿时有些烦躁：“你可真是……”

“你可真是麻烦死了！”没等路星鸣说出来，云知就代替他抱怨了。

她脊梁挺直，一本正经地自我抨击：“你说说你，大半夜不睡觉，净给人添麻烦，还什么扣子，又不稀罕你这一颗扣子。现在好了，把自己锁在了外面……”

她自己骂自己，骂得正义凛然。

路星鸣喉头一堵，硬生生地把接下来的话咽了下去。

他没生气了，别说生气了，就连那小小的抱怨都没了。

路星鸣看了小姑娘一眼，她看起来的确很自责，一直无措地捏着睡裙，委屈又小心翼翼。

路星鸣心头微动，语气软了：“进来，你大半夜在外面，影响不好。”遇到个胆子小的，指不定会被她吓死过去。

云知没再犹豫，慢吞吞地走了进去。

路星鸣重重地关了门。

每间公寓有学校专门配备的家具，路星鸣并没有用学校的东西，他睡觉时喜欢乱动，所以换了张舒坦的大床，就算同时躺三个人也不成问题。

路星鸣开了灯，拿出一双宽大的拖鞋放在她的脚边：“就这个了，你凑合穿。”

云知穿上，少年的鞋子对她来说太大，她提不起脚，只能拖着走。

路星鸣伸手一指：“你睡床，明天早上我去帮你找管理员要房卡。床单、被罩都是新换的，很干净，你先凑合一下。”怕云知还不安心，他说，“我拿上东西，去刘彪虎那儿过一夜。”

“喂。”见她半天不回话，路星鸣弯腰探过头，嘴角撇了一下，表情变得不太自在，“你安心住在这儿，不用有心理负担。”

路星鸣不安慰她还好，一安慰，倒让她不是滋味起来。

她的本意是想还扣子，也想看看他好不好，并不是想给他添麻烦，找不自在。

云知垂眼：“那你记得把扣子收好哦。”

路星鸣脸色变了一下，云知看着他说：“要不，你把裤子给我，我给你缝上。我针线活特别好，我师父冬天的围巾、帽子都是我织的。”

路星鸣挑挑眉，打量她两眼：“你还挺贤惠。”

云知没听出他这句话里的其他意思，不好意思地揉揉耳朵，又低下了头：“我师父也这样说的。”

小傻子一个。

于是，路星鸣说：“用不着了，衣服我已经丢了。”

“哦……”云知觉得有些可惜。

她一直觉得路星鸣今天穿的那条裤子很好看，显得他又高又瘦，双腿笔直。

气氛再次陷入尴尬，路星鸣一直在等云知开口找他帮忙，可是，她一直不吭声。他终于按捺不住，轻咳一声，轻轻地问：“你那个……要什么样的？”

云知瞪大眼：“啊？”

路星鸣俊眉紧皱，大手将一头发丝揉成乱糟糟一团，他根本不好意思直面云知的脸，因为尴尬，就连舌头都打了结：“我说，卫、卫生巾，你要什么样的。”

他说出来了，很羞耻，想死。

云知呼吸一顿，白嫩的脸蛋只在一秒间便红透，和刚煮熟的螃蟹一样。

“你不是来那个了吗？”路星鸣扫了一眼她平坦的腹部，又很快移开，“算了，我去买，你等我一会儿。”

待不下去了，一分钟都待不下去了，路星鸣背着包，拉开门，仓皇地逃离。

公寓内安静，窗外夜色如水，月光静谧。

云知骤然回神，捂着发烫的脸蹲在了地上。路、路学长竟然去给她买那个了，他、他……他竟然会知道。

羞死人了！

第六章

你今年多大

屏幕里的少年眉心紧蹙，
眼角带着几分戾气，很凶，也很帅。
咔嚓，路星鸣按下了自拍按钮。

路星鸣是喘着粗气回来的，他敲响门，把套了黑袋子的卫生巾送到了云知的手上。

云知接过，不好意思地说了“谢谢”，路星鸣没说话，转身便要走。

云知傻傻地看着他瘦高的背影，张张嘴，细软的嗓音宛如那日路星鸣塞给她的奶糖般香甜：“路学长，你其实一点也不凶，真的。”

路星鸣脚下一崴。

云知死死地捏着手上的塑料袋，低下眉眼：“晚……晚安！”啪嗒一声，她关了门。

门外，路星鸣靠在门上喘息。

暖色的灯光将他的下颌线勾勒出好看的弧度，他双唇紧抿，睫毛轻动。他摸出手机，打开前置摄像头对准自己。

屏幕里的少年眉心紧蹙，眼角带着几分戾气，很凶，也很帅。

咔嚓，路星鸣按下了自拍按钮。

——漂亮。

“学长，你还没走呀？”女孩的声音从门里面传来。

路星鸣手忙脚乱地把手机塞回口袋，轻咳一声，奔向电梯。

公寓内，床前亮起一盏小小的夜灯。

借用完厕所的云知斜躺在床上，睁着眼睛无心睡眠。

这张床很软，比她那张要舒服许多，被子的面料也很柔软，她低头嗅了嗅，有一股好闻的薄荷香。

路学长真是个干净的男孩子。

云知脸上控制不住地热了起来，她害羞地在床上面接连打了几个滚，从左滚到右，从右滚到左，不管怎么折腾，都不怕床板发出声音，更不用担心自己会掉下去。

闹了一会儿后总算累了，云知眼皮子颤了颤，呼吸变得又轻又缓。

因为是在别人家过夜，云知醒来得要比平时早一点。

起床后，她将被子叠整齐，又擦了桌子，拖了地，把小小的公寓收拾得干干净净。随即，她趴在落地玻璃窗前向下看，看路星鸣什么时候回来。

快六点时，门外有了响动。

云知腾地从沙发上跳起，跑到门前迎接：“路学长，你回来啦。”她笑得又甜又软。

刚进门的路星鸣有些疑惑。

“嗯。”他低声应道，将备用的房卡递过去，“给，用完记得还回去。”

云知欣喜地捧着那轻薄的卡片，抿了抿嘴，仰起头说了声“谢谢”，喜滋滋地跑回了自己家。

路星鸣环视一圈，他不在的这一夜里，房间变得焕然一新，地面亮得反光，就连浴室的墙壁都被擦了一遍。

他的指尖在桌面上一摸，猛然意识到：刚才云知迎接他的画面怎么那么像电视剧里常演的新婚夫妻。

……什么乱七八糟的。

路星鸣皱眉，脱了T恤，去浴室洗澡。

转眼到了周五，天空有些阴沉，像是有雨。

果不其然，在云知坐上私家轿车时，蒙蒙细雨如期而至。

车里很安静，只有韩厉敲打手机的声音，云知不像先前那样缠着他，纤细的双臂撑在窗边，双眸里映着窗外朦胧的雨雾。

前面是红灯，司机停了车，他扫了一眼后视镜，犹豫两秒，开口：“老夫人回来了。”

韩厉手上的动作停了，他皱眉，哦了一声后，问：“我爸妈呢？”

司机：“一起回来了。”

韩厉没再说话，余光轻轻地瞥了一眼云知。韩奶奶不喜欢云知，更不会尝试接纳她。

不过，这也情有可原。试问哪个女人会容忍丈夫和另外一个女人生下来的孩子，云知的到来就是狠狠地在她的脸上划了一刀，时刻提醒她所遭受到的屈辱。

云知也清楚自己的身份、地位，所以，到家时尽可能地减少自己的存在感，不去别人眼前转悠，惹人嫌。

韩厉深吸一口气，见这把游戏要输了，索性直接不玩了。

“喂。”韩厉唤她。

云知依旧看着窗外，蔫蔫的。

韩厉撇嘴，略显别扭地提醒道：“要是我奶奶和你说什么重话，你别理她，也不用放在心上。”

半天没听到动静，韩厉不耐烦地拉了她一把：“听见没？”

云知看了过来，眼睛里带着雾气，像是没睡醒。

韩厉无奈了：“我和你说话呢。”

“我听见了……”云知有气无力地说完，又把头扭到了一边，给了韩厉一个蔫了吧唧的后脑勺。

韩厉有些纳闷：“你不舒服？”

云知摇头，揉了揉腮帮。

她就是牙疼，一阵一阵的，白天还好，到了三更半夜就难受得厉害，搅得她这几天都没有休息好。比起怎么应付韩奶奶，她更想早点回去好好睡一觉。

说话间，车子驶入小区。

韩厉撑着伞，带着云知进了屋。屋内温暖，瞬间驱散周身冰冷的寒气。

云知放下书包，在玄关处低头换鞋。

“小厉回来啦！”韩奶奶过来迎接，眉眼间都是欣喜。

老太太保养得很好，面色红润六十多岁也不见老态，穿着一条红色的复古旗袍，浑身珠光宝气。

她接过韩厉肩上的书包，爱怜地打量了好几眼，才道：“几天不见，怎么瘦了？”

韩厉努努嘴：“哪儿瘦了，还和以前一样。”说着，他向里头走。

云知已经换好了鞋，抱着书包准备上去，沙发上的韩母发现了她，起身叫住：“云知。”

云知看了过去。

“来。”韩母对她招手。

云知抱紧书包，步伐局促地过去。

客厅里还坐着韩厉的父亲，他正翻阅着《财经周报》，看云知过来，便放下了报纸。韩祝祝没什么表示，依旧把她当成透明人，一边吃苹果，一边在网上和朋友们聊天。

“看看，这是嫂嫂在法国给你买的。”韩母把大包小包放到云知的面前，满满当当堆了小半张沙发。

那些堆积成小山的包装袋个个精美，上面印着品牌的logo，全都是英文，云知一个都看不懂，也不认识。

韩母从袋子里拿出一条裙子展开，笑着说：“明天有个宴会，对方邀请了我们全家人，你就穿这个和我们一起去吧。”

韩母眼光极好，那条白裙长到膝盖，收腰露肩，裙子上手绣了浅黄色的雏菊，清纯而不失可爱。

云知到底是女孩子，又鲜少穿长裙，这条裙子当下让她心里喜欢。

她不由自主地伸出手去抚摸那柔软的面料，可是，手指头还没碰到呢，老夫人尖锐的声音就从不远处传来：“我不同意她去。”

云知指尖一颤，唰的一下把手缩了回来。

韩母顿感意外：“妈？”

老夫人脸上已经没了笑，微扬起下巴，双手平放在膝上，姿态高高在上：“夏董是邀请了我们全家人，但不包括她。她用什么身份和我们过去？凭什么和我们一起过去？到时候去了，只是丢我韩家的脸。”

一直缄默不语的韩父听不下去，推了推眼镜说：“妈，云知既然来了我们家，就是我们的家人，你那话说的，多让孩子受委屈。”他对云知说，“没事，裙子收着，明天我们一起去，大哥说了算。”

不料，韩父的这句话直接触了老夫人的逆鳞，她拍桌而起，因为愤怒，脸颊轻轻抖动：“你怕她受委屈？你就不怕你妈受委屈？我允许你接她回来就是最大的退让了。好啊，你可以带她去参加夏董的宴会，到时候，那么多人，那么多双眼睛看着，我就听听你怎么和他们介绍！”

老夫人一口气说了一堆，停下喘了几下，又道：“她要是去，我就不去，你自己看着办。晚饭不用叫我了，不吃了！”说罢，她气冲冲地上了楼。

偌大的客厅猛然静寂下去，韩祝祝白了云知一眼，低声骂了一句“扫把星”，随后连声叫着“奶奶”，追了上去。

云知胳膊垂下，又紧紧地抱住了书包。

光洁的地板上模糊地映着她的脸，神情很浅，眼眸暗淡，一点也看不出以往的明媚动人。

老夫人的话让云知不堪，像是扎在心头上的一根刺，让她觉得酸涩、生疼。但她也明白自己没资格抱怨，更没什么资格让老夫人接纳。老夫人所说的都是事实，她的身份不光彩，就连出现在这里都是不应该的。

“嫂嫂，我不去。”好半天，云知才轻轻地说。

她固执地抿紧着双唇，吞咽下喉咙里上涌的苦意：“我最近学习很累，想在家休息。”

韩母回过了神，不由得看向云知。

云知很乖，娇小的体型让人时刻想怜爱她，更别提她那么听话懂事，善解人意。

韩母本来也不认同丈夫的做法，开始也对女孩有几分偏见，可是，在见到云知的那一刻，所有的偏见烟消云散，只剩下了疼惜。

父母的过错是父母的，又凭什么怪罪到孩子身上？

“韩厉他奶奶说的话，你别放在心上。”韩母拉紧云知冰冷的小手，“你要是想去，明天可以和我们一起去，要是不愿意，就在家里休息。千万不要因为她的话而胡思乱想，好吗？”

云知颔首。

“来，这些东西都拿上去。”

看着那大包小包，云知摇摇头，低声说：“谢谢嫂嫂，但是，我不需要，我有很多衣服。”她抽出手，“那我先上去做作业了。”她再也没看他们，抱着书包小跑着上了楼。

回了房间，云知就把门反锁了。

雨下大了，噼里啪啦地往窗上砸，她小心地把窗户打开一条缝，冰冷的雨线飘了进来。

云知托着腮，遥望着天边的阴沉。

——她在想家，想那个院子，想那座山。

当初云知是不愿离开的，可是师父劝慰她，说只有出去，才有活路，她还年轻，应该趁机去见见世面，而不是死守在那一方天地。

于是，云知走了，也不知道师父怎么样了？

云知伸出手触着雨水，心里叹息。

“喂，开门。”韩厉的叫声隔着房门传到了云知的耳朵。

她揉揉眼，匆忙地把窗户关上，深吸一口气掩藏住眼底的落寞后，走过去将门打开。

韩厉左右手各拎着四五个袋子，表情中带着三分不耐烦。

门打开后，韩厉直接挤了进来。

“给。”他把东西粗暴地丢在了床上，紧接着也把自己甩到了上面，摸出手机玩，慢吞吞地说，“我妈让我给你的。”

云知看了一眼那些东西，皱皱眉：“可是，我和嫂嫂说不要了。”

吃人嘴软，拿人手短。她现在住在这儿就给人添了大麻烦，要是再收礼物，心里更加过意不去。

韩厉并不知道云知心中的想法，只是说：“我们家不缺这点东西，你要是不要，就丢进垃圾桶，反正这东西除了你，我们也用不着。”

云知轻咬着唇，没说话。她抬眼看着床上闲散的少年，斟酌几许，上前坐到了他的身边：“韩厉……”

“嗯？”

云知柔软着嗓音：“怎么才能赚钱呀？”

啪嗒。韩厉手一松，手机直接砸到了脸上。

他被砸得鼻梁发酸，等缓过劲儿后，他坐起来，直勾勾地盯着云知。

云知被盯得心里发慌："怎、怎么了吗？"

"你今年多大？"他问。

云知掐着手指头算了算："应该是十七岁。"

师父捡到她的时候正好是深秋，按日子来算，她刚好比韩厉小三个多月。

韩厉皱着脸："你……"想到云知先前的警告，咕噜一声，又把脏话咽了下去，他改口，"妈……妈妈咪呀，你还是未成年呢。"

云知眼神纠结："未成年就不能赚钱了吗？"

"这倒也不是。"像他几个哥们，都会从各种渠道赚取零花钱，有的开直播，有的当代练，甚至有的当代跑，一个个为了零花钱，都是凭自己的劳动换取。

韩厉就没有他们那种烦恼，他零花钱很多。奶奶疼惜他，偶尔也给他一点零花钱。

"你是不是没钱了啊？"韩厉这才想起云知的卡上只有四百多块钱，现在小半个月过去，估计一毛不剩了。

"你没钱，不会找我啊？"韩厉有些暴躁地说，"我之前不是告诉你了吗，没钱就来找我。"

他有些烦，这小孩要什么面子。

云知敛着眉眼，她还有两百多，自从上了学，几乎没怎么花过钱，一日三餐有两餐都在学校解决，早餐也花费不了多少。

但是……她不能一直拿韩大哥的钱。

拿得越多，还得也要越多，以她的本事，到最后她根本还不起。

想到这儿，云知整个人都处于巨大的压力之下。

"我想赚钱……"云知低着脑袋，"我赚了钱，就不用大哥给了，上大学就能搬出去住。"

"喂……"韩厉看不懂她表情里的失落，只是觉得心烦意乱，"你现在想这个干吗，我们家又不是养不起你。"说着，他从自己的账户转了一些钱过去。

“总之，你先拿着花，以后零花钱我给你，至于以后的事儿，以后再说。赚钱什么的，你就别想了，就算我同意，我妈他们也不会同意。”

何况她未经世事，单纯、好骗，最关键的是长得可爱。韩厉偷偷瞥着她，这么可爱，一不留神就被人骗了去。

他都这样说了，云知只能暂且打消这不切实际的念头。

“那我走了。”韩厉摘了云知脑袋上的假发，对着那一头短短的头发狠狠地揉了一把。

——刺刺的，有些扎手。

——舒坦。

直到小姑娘的表情有些不乐意，韩厉才意犹未尽地把手收回：“你可千万别背着我去赚钱，要是被我发现了，看我怎么收拾你。”

云知点头：“我知道，我会听话的。”

目送韩厉离开，云知软绵绵地倒在了床上。

她的作业早在学校的时候就做完了，现在无所事事，又没有睡意，拿起手机玩了一会儿消消乐，又觉得无聊，于是她退回去点开了微信。

寥寥几个联系人，不用翻就见了底，她抬起眼睛，突然对准了置顶的名字。

——路学长。

他现在在做什么呢？要是现在找他，会不会打扰到他？

思考好久，云知才打字发过去一条信息。

云知：房卡我还回去了。那天谢谢你。

发完，她抱着手机紧张地等待回复。

叮。

有消息了。

云知眼睛亮了一下，迫不及待地去看。

路星鸣：嗯。

嗯。只有一个“嗯”，连标点符号都没有。

云知莫名地低落，也许路学长不是很想聊天，正想着，他又发来消息，这次是语音，只有一秒。

看着那白色的对话框，云知慢悠悠地点了一下听取。

“不用谢。”

少年的声音听起来有几分失真，更加沙哑，也有一丝丝性感。她的话筒正对着耳朵，就好像路星鸣凑在她的耳边呢喃一般。

云知睫毛眨了眨，小心翼翼地按下录音键：“外面下雨了，路学长要多穿衣服，不要着凉。”

发送，然后听自己的声音，她总觉得……声音有点奇怪。

好久，路星鸣才回了一个“知道了”。

聊天记录停留在此。

云知趴在床上，窗外的天空已经全黑了，没有星星，没有月亮，只有路灯在雨幕中散发着微弱的光芒。

那盏灯在她的心头闪烁，她突然觉得……心情没有刚才那么低落了。

云知收拾好心情，拿着假发去了浴室，她决定奢侈一下，今天给小假发打两遍护发素！

在云知洗假发的时候，路星鸣正懒散地坐在公寓的沙发内，长腿跷起，面无表情地把云知的语音翻来覆去听了五六遍。

见鬼了，之前他怎么没发现她的声音也这么可爱，再听下去，非魔怔不可。

路星鸣把界面切换到小群，喊了一嗓子。

路星鸣：明天出去吗？@全体成员。

刘彪虎：路哥，你总算重振雄风了？

路星鸣：滚，我雄风一直很振。

刘彪虎：那我再找几个兄弟，明天联络。

路星鸣丢下手机，转身开了音乐去跑步机上锻炼身体。

雨下了一夜，总算停了。

韩父他们要去参加宴会，自然要早早起来准备，结果，等他们收拾好，也没见韩厉下来。

韩母看了眼时间，正好九点：“祝祝，去叫你哥，看他干吗呢，怎么这么半天不出来。”

韩祝祝正要上去叫人，韩厉就出现了。

他穿着V字领的衬衫，上半身斜倚着楼梯扶手，头发凌乱，睡眼惺忪，懒洋洋地站着，活像是没骨头。

看他这副软绵绵、没朝气的德行，韩父气就不打一处来：“你看看，这都几点了，快点去收拾！”

韩厉打了个哈欠：“我不去了。”

几人都怔了一下。

“人家夏董的太太特意问了你，你要是不去，多不好。听话，快去把妈妈给你准备的那套西装换上。”韩母了解儿子的性格，知道他可能又在闹什么脾气，于是软着声音哄劝。

韩厉不为所动：“我不舒服。”说着，他扭了扭脖子，干咳两声，“估计是昨天下雨着了凉，你们去吧，我在家休息。”

说完，也没等他们反应，他就三步并作两步地跑回了房间，那个背影活像是在逃难。

韩父气得牙痒痒，这臭小子摆明了就是不想去，找借口糊弄他们罢了。

韩母叹息一声，又无可奈何，没了法子，只能拎着包等韩奶奶下来。

很快，换了身新行头的韩奶奶容光焕发地出现在了几人眼前，她最先寻找的是孙儿的身影，见不着人，表情立马变了。

“韩厉病了，传染给别人不好，我看我们先去吧。”韩母搀扶上韩奶奶手臂，“您不用担心，我嘱咐厨房了，让他熬点姜汤给韩厉，等你晚上回来，他估计就好了。”

韩奶奶多少不放心，但比起来，还是夏董那边比较重要。

扶着她上了车，韩母刚要上去，就被韩父拉住，低声道：“那小子分明是故意的，你还真由着他。”

韩母看了眼车内和韩祝祝交谈的老太太，笑了笑：“我们要是都走了，就云知一个人在家里多可怜，留韩厉陪着也挺好。”

韩父一琢磨，觉得也是，便没再多说什么，钻入轿车。

几人走后，偌大的别墅空空荡荡。

云知将房门打开一条缝隙，先偷偷探出脑袋张望一番，确定家人全都不在后，才雄赳赳气昂昂地走出房间。

她一路小跑到客厅，兴冲冲地拿起遥控器，切换到某个正在播放泡沫言情剧的电视频道。

云知坐在沙发上，看得正入神，一点也没留意到身后多了个人影。

“龙浩天，你放手吧，我喜欢的是你叔叔！”

“不——鹿小白，我不能失去你！”电视剧里的主人公喊得声嘶力竭。

剧情正进行到高潮时刻，眼看男主要将女主扑倒在床上，发生一些不可描述的事情，眼睛突然被人一把蒙住，世界骤然黑暗下去。

“行啊你，不好好学习，就看这种东西。”身后，韩厉笑着打趣。

云知肩膀一哆嗦，思绪从剧情中脱离，张张嘴：“韩、韩、韩……”

“韩、韩、韩个鬼啊，你。”韩厉松手，单臂支撑着沙发靠背，直接跳到她的身边。

“换个台，难看死了。”韩厉命令，又拾起桌上一个苹果，高高抛了两下后，才接在手里咔嚓咬了一大口。

云知恋恋不舍地攥着遥控器，小表情不太乐意：“你房间里不是有电视吗？”

“我不想看我房间里的电视不行吗？”韩厉白了她一眼，二话不说，夺过遥控器换了台。

他看的是体育频道，云知看不懂，也不明白什么意思，就干巴巴地坐在那儿看画面，好半天才意识到不对，问：“你怎么没走啊？”

她记得嫂嫂说过，夏董邀请了全家人，还特别提醒要带韩厉，她本来以为他早就跟着他们走了。

“我病了。”韩厉说着话，可是精气神比谁都足。

一场比赛快到结尾，韩厉嘟囔一句“烂球”，接着把频道切换了回去，液晶屏幕上的女主人公一张整容脸，长得好像玻尿酸成了精。

他瞧着反胃，瞥了云知一眼，完全不明白这年头的小姑娘怎么都喜欢看这种电视剧。

“喂。”见云知又看得入迷，韩厉不禁皱眉提醒，“这样的电视剧，你看看就好，可千万别信啊。”

云知正沉迷于剧情中，对他的话完全就是左耳进、右耳出，但为了不冷淡侄儿，还是很给面子地轻嗯一声。

韩厉丢了果核，直接捏上了云知的脸。

她叫痛，被迫与之对视。

“我和你说话呢。”韩厉不满。

云知也不开心，挣开少年粗糙的手掌，捂住发红的脸蛋，不满地抱怨：“你说话就说话，捏人家的脸干什么。”

“这种泡沫剧都是拍来骗人的，你可别指望把咖啡洒到霸道总裁的身上就能获得真爱，现在的男人，没一个好东西。”说着，他轻蔑地扫了云知两眼，“尤其像你这样一看就好骗的，男人要是对你示好，肯定是……”想骗你。

顾及小姑娘单纯的少女心，后面的话，韩厉没有说出口。

他又看了一眼电视，越看越觉得会带坏小孩，拿起遥控器，没有丝毫犹豫地关了电视。

下一秒，放在茶几上的手机响了，来电显示是他的狐朋狗友。

韩厉接起，不忘警告云知：“不准看那部电视剧，听见没？”

云知口头上答应，却在他转身接电话的工夫立马开了电视，并且把音量调到了最小。

很快，韩厉打完电话回来了。云知眼明手快地切换到少儿频道，双手平放在膝上，端得一副老实听话的样子。

韩厉看着云知，欲言又止。

“你是要出去吗？”云知敏感地觉察到韩厉神色中的为难。

韩厉抓了两下头发，一脸纠结。狐朋狗友打电话过来自然是叫他出去玩的，要是以往，他肯定二话不说就去了，可是，现在……

韩厉看着云知，今天没其他人在家，就连保姆都去看坐月子的女儿了，父母还不知道什么时候回来，就把她一个人放在家里，他实在不放心。她孤零零的，还很可怜，但是，他又不想拒绝邀约，毕竟被学校关了五天，他还想趁机会出去轻松轻松。

云知也看出了他眼底里的不痛快，笑了笑，很是善解人意：“没事，侄儿，你去玩吧，我一个人在家学习。”

没人管，她还能多看两集电视剧，想想就有点小开心。

韩厉沉思片刻，最后痛下决心：“你和我一起去吧。”

韩厉又说了一遍：“你和我去，就穿我妈昨天给你的那条裙子。”

云知神色间带着诧异，她一直以为韩厉烦她，不喜欢她涉足他的生活，更别提认识他朋友了。

韩厉被看得不自在，别开头：“我们这也算宴会嘛。”

他记得昨天云知盯着裙子的眼神，闪闪发光，看样子是喜欢极了。

云知心中一动：“会不会不太方便呀？”

她一个没见过什么世面的小姑娘，尽管很乐意跟着侄儿出去，但还是怕不小心给人丢了面子，到时候再让韩厉讨厌了……

韩厉揉揉脑袋：“能有什么不方便的，人多也热闹。”

云知眼神闪烁：“那要是你朋友问我们的关系呢？”

这倒是问住了韩厉，但他反应很快：“就说你是我亲戚。你别啰里吧唆了，快去换衣服，我在这里等你。”

云知没再犹豫，放下遥控器，小跑着回到房间。

昨天嫂嫂给她买的东西都放在了一个柜子里，她在那堆大包小包中翻找半天，才找到那条小雏菊裙。怀着紧张又期待的心情，她动作轻柔地换好裙子，又从鞋架上拿了双小白鞋穿好。她对着镜子打量两眼，这才慢吞吞地下了楼。

韩厉正坐在沙发上和朋友们发消息，听到脚步声传来，回了头，视线当下凝固。

女孩容貌秀美，被阳光照得脸蛋白嫩嫩的。及膝的小碎花裙把她的腰肢收得很细，脖子修长，锁骨精致，黑色发梢乖顺地贴在胸前。她双手交叉放在腹部，显然是有些忐忑，脸部泛着清浅的潮红。

韩厉视线朝上，注意到她还戴了一个小雏菊发夹。

“好……好看吗？”云知呼吸凝滞，颇为局促地等待着他的评价。

韩厉反应了过来，移开目光：“一、一般般吧。”

“不好看吗？”云知失落地垂眼，拉起裙摆打量，刚才她照镜子的时候觉得这衣服特别可爱，不过，也是，以她的气质，估计很难突显出衣服的优点。

云知爱怜地摸了摸那柔软的布料，感觉这么好看的衣服穿在她身上就是被糟蹋了。

当下，云知准备把衣服换回去。

“喂。”韩厉叫住她，“骗你的，很好看。”

“真的？”云知步伐停住，语气中带着怀疑。

“真的。”韩厉揉揉发烫的耳朵，“快走啦，都要迟了。”

云知喜笑颜开，上前拉住了韩厉的胳膊。

看着那贴过来的胳膊，他难得没有像以前那样一脸不耐烦地把人甩开。

他们要去参加聚会的地点是一家高档娱乐城，韩厉带着云知直接打了辆车抵达目的地。

前台处，韩厉出示会员卡，登记完，牵着云知进入电梯，直奔十楼。

这家娱乐城档次高，内里装修得金碧辉煌，脚下地毯柔软，走廊一边是窗户，另一边的墙壁上挂满了色彩夺目的油画。

云知第一次来这种地方，她的目光不敢在别处停留，紧紧地攥着韩厉的手，生怕自己没跟上。

抵达包间后，韩厉推门而入，少年们的打闹声瞬间传来，见他进来，那声音像是被按了暂停键一样，立刻安静。

“厉少来了！”

“好久不见啊，厉哥。”

一群人殷勤地和他打招呼。

韩厉低哼一声，扭头看向云知：“进。”

满屋子的人这才注意到他后头还跟了一个人。

云知紧挨着韩厉，她娇小，纤细，宛如含蓄的玫瑰，美好又静谧。

屋子里一共八九个人，都是男生，正围着桌子打牌。一片昏暗中，几人的视线都放在她的身上。

云知被陌生人盯得呼吸发紧，完全忘记了打招呼。

韩厉把手从她的掌心抽出，直接搭在了她的肩头，把人完全禁锢在怀里后，啪的一声关了木门。

“再看，把你们的眼睛挖下来。”韩厉发狠一样地警告。

一群人回过神，察觉出两人关系不太一般，都没那个胆子过来打趣。

韩厉推搡着云知到沙发上坐下，他坐到了她旁边，为她遮挡鬼鬼祟祟探过来的视线。

有了韩厉的保护，云知胆子也大了起来。她环顾四周，发现这个房间格外大，设有台球桌和小型的篮球场，巨大的落地玻璃窗在另一边，此刻窗帘拉着，炫彩的灯光落在地面。

“这位怎么称呼？”一个瘦高个很小声地问。

云知收回视线，有礼貌地介绍自己：“我叫韩云知。”

“韩？你和厉哥一个姓啊。”

云知嗫嚅着，突然不知怎么回答，不禁把视线落在了韩厉的身上。

韩厉皱着眉头有些不耐烦：“她是我远方亲戚，和我一个姓很奇怪？”

瘦高个讪讪地笑：“不奇怪，不奇怪，人家也就是这么随口一问。”

他转而道，“哥，你亲戚吃什么？”

韩厉说：“给她喝牛奶，橙汁也行，再点一些甜点，上点女孩子爱吃的零食，不要肉类的，她不吃肉。对了，要是有漫画书，就拿几本漫画书，她不会玩我们的那些。”

这完全是把人当小孩子照顾了。

瘦高个听得目瞪口呆，欸了一声，拿起手机去叫餐。

很快，服务生推着餐车过来。餐盘上放着各种精致的小点心，五颜六色，各种形状，花样良多。

韩厉把吃的摆在云知的跟前，又送果汁到她的手上，抬头对服务生说：“漫画书呢？”

服务生面上带笑，把几本漫画书送过来：“我们只找到这种类型的，不知道符不符合客人的喜好。”

“能看就成。”韩厉没有多想，直接把漫画书丢到了云知的手上。

男孩子们在一旁打游戏、玩台球，云知插不进去，孤孤单单地坐在角落里喝果汁。

果汁是冰过的，喝一口就感觉牙齿不舒服，她抿了抿嘴，便直接放在那儿了。小点心很好吃，甜而不腻，软软糯糯，她忍不住吃了一个又一个。

“厉少，听说那天你被路星鸣堵了？”这句话一出，全场静寂。

云知捏着点心的手紧了紧，不由得看过去。

韩厉脸上的伤痕已经好得差不多，不仔细看，根本看不出来他之前挨过一顿教训。

“他算计我。”韩厉晃着杯子，咧嘴一笑，“不过，他也没占到便宜。”

想到路星鸣落荒而逃的画面，韩厉心情舒畅，仰头把一罐可乐喝了个干净，骨节分明的大手稍一用力，易拉罐就被捏成一团。他抬手对准垃圾桶，变形的易拉罐在半空中画过一道抛物线，最后稳稳当当地落了进去。

云知重新把头垂下，没有搭话，把漫画书放在膝上随意翻看着。

这本漫画……好像有点问题。

云知没看过这种色彩鲜艳的“后宫漫”，忍不住偷偷多翻看了几页。

“喂，你鬼鬼祟祟干什么呢？”

韩厉的气息扑到他的肩窝处，云知手抖了两下，本就僵硬的身体在此时彻底僵住。她做贼心虚，手忙脚乱地把漫画书往屁股下面藏，随手拿起一杯饮料连喝几口，声音含混不清：“我没干吗，喝饮料呢。”

云知避开韩厉探究的目光，表情紧绷着。

韩厉皱皱眉：“拿来，我瞅瞅你看什么呢。”

“……没看啥。”

“那你脸红成那样？”

韩厉懒得和云知废话，直接把她揪起，将那本漫画书拿到了掌心里。他翻了几下，脸色变了。

云知死死地咬着吸管，眼珠子乱瞟。

“厉哥，什么漫画啊？”

“没什么。”韩厉合上，又拿起其他几本翻了翻。

无一例外都是略有些露骨的漫画，有几本还有签名，明显不是娱乐城专门准备的。

他感觉无奈：“小孩子家家的，不准看这些。”他全给没收了，放到了柜子里。

云知哦了一声，感觉脸颊发烫。

此时身旁的人弱弱地提醒：“那个……你喝的是我的果饮。”

她一怔，这才发现自己的果汁在另一边静静地放着。

那人怕她尴尬，忙说：“没事，这个我刚打开，还没喝呢。”

“不好意思，我没有注意到。”云知放下饮料，她刚才光顾着应付侄儿了，没细看，随手就拿起一杯饮料喝了。

也许是屋子里不透气，云知觉得闷闷的。她秀气的眉轻蹙，呼出一口热气，摇摇晃晃地从沙发上站了起来。

韩厉注意到她要向外走，急忙叫住：“你去哪儿？”

韩厉的声音像是隔着一层雾，听起来很模糊。

云知半天才有反应，止步回头，声音小小的："我想去外面透透气，就在休息区那儿，不乱走。"

娱乐城的安保并不让人担心，现在又是白天，客人并不是很多，韩厉点头："那你快点回来，记好包间号，别走错了。"

云知乖乖地嗯了一声，拉开门离开。

等云知离开后，刚提醒过她的少年盯着那小半杯饮料挠了挠头，这个好像是果酒，她喝了应该没事吧？

第七章
唱歌

///

可是，
我觉得路学长挺好的。

///

走廊安静，鞋子踩在地毯上发不出一点声音。估计是地毯太过柔软，云知总觉得自己的双脚在慢慢地往下陷。

脸热，身上也热，呼吸很乱，她贴着冰冷的墙面走，到了休息区后，瘫软地坐在藤椅上一动不动，最后整个人都趴在了小小的矮几上。

服务生见她行为怪异，不由得过来询问："你好，请问你是哪里不舒服吗？"

云知呆呆地转过头，无言几秒后，才小声地开口："洗手间在哪儿？"

"穿过这里，左拐就是。"

"谢谢。"云知站了起来。

她很晕，头重脚轻的。

云知一路晃到了洗手间，半眯着眼，看也不看地直接推门而入，钻进了第一个隔间。上完厕所，她慢吞吞地整理好衣服，又跌跌撞撞地从隔间出来。

她出来的同时，隔壁的门也被人打开。两人视线对了个正着。

整个洗手间突然陷入诡异的尴尬中。

路星鸣整理袖口的手顿住，他进女厕所了？

路星鸣不敢动，眼神跟着女孩的步伐移动。她身上的碎花小裙子很可爱，走路一步三晃，意识显然不太清醒。

路星鸣的目光移到了她的脸上，愣了愣。

醉醺醺的云知没有注意到路星鸣，她正双手用力，使劲地推那扇门。

路星鸣额头上的青筋一个劲儿地猛跳，最后忍不住提醒："拉。"

云知拉了，门依旧纹丝未动，她歪头，疑惑地嗯了一声。

"你倒是拧一下啊。"路星鸣看不过去，过来把门打开。

门外，正准备上厕所的男人一脸发蒙地看着两人，他看了看旁边的标牌，又看了看云知，再三确定这是男厕所后，脸上的疑惑更大。

路星鸣阴沉着脸，没避讳对方的眼神，抓着云知的手腕向外走，一边走，一边低声教训："你怎么回事啊？女厕所不去，你上男厕所干吗？"

被酒精麻痹的云知浑浑噩噩的，虽然听清了他说了什么，但是大脑根本做不出任何反应，就像死机了。

她两眼呆滞，脸蛋上布满不正常的潮红。

路星鸣皱眉，凑近一闻，嗅到从她呼吸中传来的浅浅酒气，还有橘子的清香："你喝酒了？"

云知没有回答，反手拽住路星鸣："洗手……手。"

洗手手？

路星鸣怒极反笑："脑子不怎么样，倒是挺会卖萌的。"

"洗手。"她蒙蒙地重复。

"行，洗手。"路星鸣由着她，像牵小学生一样牵着云知到洗手池前，"来，洗。"

云知低头，不满地撇了一下嘴："水龙头是坏的，没有开关。"

服了。

路星鸣控制不住地长叹一声，认命地撸起袖子，抓着她的手到水龙头前。感应灯亮起，透明的水从中涌出。

路星鸣挤了一点洗手液，仔细地搓洗着她十根葱白的手指头。

云知的掌心小小的，路星鸣一只手就可以完全包住。正洗着，他感觉肩膀一沉，小姑娘靠了过来，同时逼近的，还有她身上的香气。

路星鸣不禁停下了冲洗的动作，缓缓抬头。

镜子里，女孩软塌塌地靠着他的身体站立，她试图令自己清醒，眼皮子张开又合上。

云知的嘴唇很红，比平常红了两个度不止，脸上滚烫的热气隔着轻薄的衬衫直直地传到他的身上。

不知为何，路星鸣感觉全身躁热，他抽出一张纸巾擦干净云知的手指，紧接着捧起一把凉水泼在了她的脸上。

这一泼让人猝不及防。云知身子一颤，瞪大了眼睛。

她眼里有水雾，还有路星鸣的身影。

"醒了没？"路星鸣黑着脸问她。

云知眨了眨眼。

“没醒？”路星鸣又泼过几滴水。

云知晃了晃脑袋，哭丧着脸：“路星鸣，我的假发被你弄掉啦。”

这是她第一次叫他的名字，他一点都不觉得开心。他没好气地说：“没掉，好好在你的脑袋上戴着呢。”

“哦。”云知放下心，转身又向男厕所走去。

路星鸣：这别是傻了吧？

云知又被路星鸣拽了回去。

为防止她继续去男厕所吓人，路星鸣直接把人死死地箍在了怀里，好在她乖，没有乱动，也没有瞎闹腾，像个假人儿一样在他的身前一动不动。

路星鸣拍了拍她的脸蛋：“你和谁来的？”

这种地方是会员制，没有卡根本进不来。

路星鸣打量她，见她意识不清，不禁怀疑她是被人骗过来的。

“我想坐着。”云知四处找着椅子，又想往男厕所钻。

路星鸣紧紧地拉着她，耐着性子哄：“你乖点，我带你去找前台，看你到底是和谁过来的。”

云知乖乖地应：“好。”

见云知点头，路星鸣牵着她准备去一楼找前台。

结果，没走两步，她又不动了。

“又怎么了？”路星鸣的耐性耗尽。

云知看着他的眼神一脸警惕，舌尖打着战：“你……是不是想骗我去没人的地方？”

路星鸣语塞。

云知头晕，死死地闭着眼晃了晃脑袋：“你是不是要趁我不清醒，卖了我啊？”

路星鸣：“……我觉得你挺清醒的。”

他心里好笑，都这时候了，她还怕会卖了她，怪有安全意识的。

不过，这也提醒了路星鸣，现在大白天的，她又醉醺醺的，不清醒，如果他就这样把人带过去，到时候她再胡乱说些什么，那可就真的扯不清了。

路星鸣搀扶住云知，决定先把她带到包间，然后打电话问问客服是怎么回事。

云知脚打战，停下，又说："我想上厕所。"

路星鸣面无表情："不，你不想。"

嗯，她不想。

云知又接着往前走。

到了包间，路星鸣推门而入。

屋里嘈杂，音乐轰鸣，震得人耳朵嗡鸣，刘彪虎正在室内泳池前和几人猜丁壳，输家脱一件衣服，他又输一局，眼看要把裤衩子也扒下去的时候，路星鸣眼皮一跳，唰的一下捂住了云知的眼睛，遮住了这辣眼睛的场景。

"你们把衣服穿好！"他吼得很大声。

满屋子的目光都投了过来，瞬间鸦雀无声。

他怀里搂了一个女的，由于她被遮了半张脸，包间里光线又暗，他们压根看不清是谁。

刘彪虎着急忙慌地把衣服往身上套，一边套，一边说："不是，路哥，你怎么上个厕所还弄了个妹子过来。"

其他人羡慕嫉妒恨："早知道，我也去外面的厕所了！"

"少废话。"路星鸣厉声催促，"快穿。"

一群人手忙脚乱地整理好衣服，关了音乐，又把沙发腾了一个位置出来，这才去仔细打量他怀中的女孩。这时，他们才发现，这不是他们班的金刚芭比、大力水手吗？

路星鸣松开手，牵着云知进来。

"你坐着。"他按着云知坐到一处干净的地方，又转身去冰箱拿了一盒牛奶，插好吸管，送到了云知的嘴边。

云知睫毛颤了颤，倾身过去——咬住他的指尖，还吸溜了一下。

突然袭来的湿润柔软让路星鸣全身的毛孔瞬间张开，汗毛齐齐地竖立，他指尖一激灵，差点把牛奶丢到地上。

路星鸣定定神，快速把手缩回，掐着她的下巴将脸扳正，表情紧绷："这儿呢。"

云知双眼茫然："嗯？"

"你嗯什么！"路星鸣急了，"快，喝奶！"

她有点委屈，嘟嘟囔囔："你吼那么大声干吗呀……"她抱怨完了，抱住牛奶盒慢吞吞地喝。

路星鸣咬牙切齿，最好别让他知道谁给她喝的酒，不然，第一个弄死这个人。

云知坐那儿安静地喝牛奶，没再想别的方式作妖，也不再吵着去男厕所。

见她好不容易老实了，路星鸣总算能喘口气，他不自觉地用舌头顶了一下腮帮，感觉里头的口腔溃疡更疼了。

照顾"假发"让人上火。

屋子里七八个人大气都不敢出一下，紧盯着路星鸣，眼神里是相同的惊愕。

路星鸣性子冷漠是众所周知的，他脾气差，没耐性，就算女孩子在他眼前哭破天，也懒得去哄。

刘彪虎回过神问："哥，她打哪儿来的呀？"

路星鸣没好气地说："捡的。"

男厕所撞见的，可不就是白捡的。

其他人羡慕，运气真好，他们也想出去捡一个同款。

路星鸣向刘彪虎招呼："给前台打个电话，让她过来领人。"

刘彪虎说："领什么人啊，就让云知妹妹在我们这里待着呗，是吧，云知。"

云知点了一下头，把剩下的小半盒牛奶还给路星鸣："我不喝了。"

路星鸣接过牛奶，眼神散发着寒芒："你去不去。"

"行、行、行，我去。"

刘彪虎转身去打电话，半天没人接，他耸耸肩："等会儿再打吧。"扭头，他又和云知笑眯眯地说，"来都来了，要不和我们一起唱首歌？"

她眼睛亮了一下，连忙附和："唱歌，我会唱歌。"

路星鸣的视线带着怀疑："山歌？"

云知没搭腔，挤开路星鸣，拿起了放在桌上的话筒。她晃悠到台前，眼睛里蒙着一层雾气。

"你要唱什么？"刘彪虎准备给她点歌。

云知豪迈地一挥手，几个字说得铿锵有力："《森林防火守则》！"

噗——全都震惊了。

刘彪虎不由得看向了路星鸣，呆呆地问："有这歌？"

路星鸣这会儿倒是淡定了："让她唱。"他倒要听听，《森林防火守则》要怎么唱。

刘彪虎嘴角一抽，随便点了个背景音乐后，静静地等着云知唱。

悠扬的曲调在包厢内环绕，云知握着话筒，下巴跟着节拍轻点，半垂着眼皮开始"唱"了。这是她小时候在书上学的，因为一直背不下来守则，于是就把守则编了首歌，这是她唯一会的歌。

武晓松惊了："……还真能唱啊。"

路星鸣沉默，其实他也没想到，这小假发竟然真能唱出来。

一群人沉醉在《森林防火守则》里，早就把打电话这事儿抛到脑后了。

在云知唱歌的这段时间里，正在其他包厢闹腾的一群人中有人察觉到了不对。

"厉少，你亲戚出去得有点久啊。"

韩厉看了眼时间，从云知出去到现在，差不多都快半个钟头了。

"别是走错了？"

说话间，服务生过来送餐。

韩厉叫住她："和我一起来的那个女孩，你看见了吗？她就在休息区那片。”

云知长相出众，又是和韩厉一起来的，服务生对她的印象自然深刻，很快回答说：“看见了，不过她后来去厕所了。”思考一下，服务生又说，“不过，我听一个客人说有个女孩进错了厕所，然后被领走了，我不知道是不是她……”眼看韩厉的脸色越来越阴沉，服务生的声音也逐渐低了下去。

“谁领走的？”韩厉好半天才控制住脾气，低声问。

“这个我也不是很清楚，不过，您不用着急，我现在就去找人查一下监控，一会儿给您回复，我们保证您的同伴不会受到伤害。”说着，服务生匆匆去找人调取监控。

他们很快查到了记录，女生被领到710VIP室，位于走廊尽头的那间。

VIP室的人都不太好惹，服务生怕出什么事儿，便说帮他们找人，结果话还没说完，韩厉便率先带人冲了过去。

《森林防火守则》太魔性，一首曲子听下来，所有人都有些上头，全然不知道外面的韩厉正将带头冲锋。

唱完后，云知总算困了。

倦意袭来，她揉揉发涩的眼睛，把话筒放到一旁，晃晃悠悠地到了路星鸣的身边，坐下，脑袋往他的肩膀上一靠，闭眼安睡。

其他人都松了口气，还好不唱了，要是她再来一首《森林保护守则》或《森林安全守则》，非得被洗脑不可。

云知睡得很快，嫌弃路星鸣的肩膀有些硬，便往下靠了靠，直接靠到了他的怀里。

路星鸣脊背僵硬，下意识地把她往一边推，这不推不要紧，一推直接让她钻了空子。她死死地拽住路星鸣的胳膊，在他的怀里找了个更加舒坦的位置，长呼了口气后，再也没有乱动弹。

路星鸣眉眼沉下，狐朋狗友们看着好戏，谁都没有帮忙。

“你松开。”路星鸣半天抽不出胳膊，顿时暴躁，冲刘彪虎低吼，

“看什么，快叫人过来！”

刘彪虎忍着笑：“好、好、好，我马上叫人。”

路星鸣放弃抵抗，耐着性子等人把云知弄走。

摇曳的灯光下，他闲散地一瞥，就见她嘴唇殷红，肤色莹白，顿时有些移不开眼。

她的脸蛋压在他的肩上，稍有些变形。

从这个方向，路星鸣可以看见她过长的睫毛，老老实实地垂着，完全遮挡住了那双迷醉的眼瞳。

云知在很轻地呼吸，嘴唇时不时动一动，又隔着衣服在他的身上蹭两下，弄得他很痒。

路星鸣思绪稍沉，指尖控制不住地在她的睫毛上擦了一下，从左到右，将每一根睫毛都轻轻抚摸。

——其实挺乖的。

路星鸣心里生出柔软，目光闪烁，不自觉地把手移到了她的脸上，很细嫩，也很绵软。

背着众人，路星鸣小心翼翼地捏了一下。

正沉浸时，门突然被人一脚踹开，八九个人接连走进，黑压压地挤满了整块空地。

路星鸣眸色一凛，看了过去。

韩厉走在最前头，他环视周遭，最后在沙发的角落里找到了路星鸣，还有神志不清、正在路星鸣怀里老实地被抚摸脸蛋的云知。

韩厉一下子炸了：“我现在就弄死你！”

各种念头飞快地在韩厉的脑海里闪过，当下怒气上涌，理智全无，随手操起桌上一个空了的玻璃瓶，长腿越过茶几，找路星鸣拼命。

刘彪虎几人总算反应过来，二话不说冲过来抱住了韩厉的腰，嘴里劝说：“厉少，误会！误会！”

“滚！撒手！”韩厉手里攥着酒瓶，表情狰狞，满眼愤懑。

误会什么！他眼睛又没瞎，该看的都看到了。

路星鸣这狗贼真是好大的胆子，竟然真的对他的人出手！

“我警告你，松开——”韩厉挣扎，咬牙的模样像是要将路星鸣生吞。

“误会，误会，金刚……呸！”刘彪虎死死地搂着韩厉，着急解释，“韩云知走错了厕所，又喝得醉醺醺的，我们老大怕她出事，就让她先和我们在一块，她怎么说也是我们班的同学，我们不会对她做什么的。”

韩厉身子一个激灵，抓住了重点，他瞪大眼，震惊道：“你们还给她喝酒？”

刘彪虎蒙了：“不……不是啊，不关我们的事啊！谁给她喝酒，我们没人给她喝酒啊！”

这冤不冤啊！简直就是有理说不清！

刘彪虎没了办法，不由得把目光放在了路星鸣的身上。

路星鸣不慌不恼，哼笑一声：“你这脑子不好使，倒是挺会泼人脏水的。”

韩厉桃花眼一挑，愤怒地指着路星鸣：“你再说一句！”

“她不是你们灌醉的吗？”当着韩厉的面，路星鸣故意拽了拽云知柔嫩的脸蛋，“你看，醉得一动不动。”

韩厉瞳孔收缩：“别用你的脏手碰她！”

“哦。”路星鸣挑衅般地捧起云知的脸，用力地把她的脸蛋揉捏成各种形状。

韩厉全身发抖，快气炸了。

他控制不住情绪，握着玻璃瓶就要砸上去，可是，想到云知也在，于是又把瓶子撂下，赤手空拳地冲了过去。

路星鸣松了手，两人扭打成一团。

一时间，包厢里乱作一团。

门紧紧地关着，外面的人进不来，光听见哐啷的响动，震得人脑壳疼。

两方人马打得热火朝天，难舍难分，睡在角落的云知像是和他们处在两个世界，丝毫不为所动。她只是觉得吵闹，翻了个身，条件反射地抬起手捂住耳朵。

拉扯之中，路星鸣突然脚下一滑，身体笔直地向沙发上的云知倒去。

他双手抵在她的身体两侧，扑面而来的酒气令人恍惚，他感觉磕到哪儿了，唇上柔软，那是云知的脸。

他整个人都蒙了，脑袋里轰地炸响。他呼吸急促，过了一分钟才缓过神爬了起来。

路星鸣碰了碰唇，感觉脑子发晕，就像喝醉了一样，轻飘飘的，对于周遭的一切都做不出反应。

韩厉脑袋里的神经都被啪啪地扯断了，气愤难以控制。

"路星鸣——

"小爷今天就弄死你！

"不弄死你，誓不为人！"

韩厉气急败坏，张牙舞爪就向路星鸣扑了过来。被情绪控制的韩厉并没有注意到脚下，鞋底打了个滑，命运令他踩上了相同的瓶子。

看着路星鸣那快速逼近的脸，韩厉暗叫不妙。

求生欲让韩厉在即将挨到路星鸣时及时刹了车，双手双脚用力分开，十根手指死死地抵着后面的墙壁，打战的手腕费力地支撑起上半身的重量，硬撑起的蛤蟆站姿没让自己倒下去，更没有碰到路星鸣一星半点。

两人同一时间松了口气，四目相对，彼此厌烦。

然后——

"呸！"

两人面对着面，同时啐了对方一口。

接着，路星鸣一脚踹过去，把人蹬开，眼里是难掩的厌恶。

此时，云知总算醒了。

她慢腾腾地从沙发上坐起，透过一片混乱，云知看到剑拔弩张的十几个人，还有沙发前相互仇视的韩厉和路星鸣。

云知脑袋很疼，太阳穴突突地跳着，感觉自己断了片儿，很多事情都记不清楚。她用力敲了敲额头，艰难地发声："韩厉……"

韩厉从呆滞中回神，扭头看了过来。

云知眨眨眼，茫然地看着四周："你怎么在这儿呀？"问完，她又是阵阵头疼。

韩厉大步上前，直接把云知拉到自己身边，退后一段距离后，才指着路星鸣质问："这狗贼是不是给你灌酒了？"

"酒？"云知蒙了蒙，她喝酒了吗？

"我……喝酒了？"云知嘴唇有点颤抖。

她前几天才吃了肉，今天、今天就喝了酒？

躲在最后面的某个男生心虚地缩了缩脖子，根本不敢吱声，更别提告诉韩厉那酒是他的了。

韩厉又问："他是不是对你做了坏事？你别怕，告诉我，他动你哪里，我就剁他哪里。"

路星鸣不屑地轻哼："个头不高，口气倒是不小。"

韩厉瞪回去："小爷一米八三。"

路星鸣的眼神中带着隐隐的得意："哦，我一米八五。"

韩厉语塞：长得高了不起啊！

韩厉磨了磨牙，顿生一计。他把胳膊搭在云知的肩上，表情嘚瑟："既然这样，你猜猜我们是什么关系？"

果然，路星鸣的脸色变了，原本还有着讥讽笑意的双眼在他说出这句话的瞬间归于冷淡。

路星鸣放在沙发上的手攥紧，他忍不住因为这话而多想，心脏处像是被人扎了几根尖刺，不疼，但难挨。

包厢里鸦雀无声，刘彪虎看看韩厉，又看看路星鸣，暗叫不妙。

韩厉这么挑衅是找死啊！

站了这么一会儿后，云知的头疼开始缓解，意识也重新回归，她缓缓地挣开韩厉，神情困惑："我们不是亲戚关系吗？"

韩厉笑容僵了，身后的男生跟着点头附和："是啊，是啊，你们不是亲戚关系吗？"

韩厉的笑容更僵了，这些人是傻了吧，看不出他在故意找路星鸣不痛快吗？

路星鸣挑眉，紧绷的身体松懈下来，脸上不自觉地带了笑：“嗯？亲戚？”

秒被打脸的韩厉感觉无地自容。

云知差不多知道是怎么回事了，她万万没想到因为自己会让两人闹得不可开交。

云知拉了拉韩厉的袖子，一五一十地把事情经过和他说了一遍：“韩厉，你误会了，我在包间的时候感觉脑袋很晕，就想出去透透气，然后遇见了路学长。他不知道我从哪儿来，就先带我过来。再说了，他们都是我同学，不会做什么的。”

云知觉得韩厉有些莽撞，但也没有当着一群人的面责怪他的不对。

她更多的是感动，韩厉能这么着急地过来找她，说明自己对他来说还是重要的亲人，并不是微不足道的。以前她对待他总是小心翼翼，生怕给他丢脸，如今想想，倒是她自己心胸狭窄，把他看低了。

云知抿抿唇，拉着韩厉的手看向路星鸣，瞥见他脸上被韩厉打出的两道伤痕后，感到了浓浓的歉意：“路学长，对不起，我不知道怎么就糊涂了，不小心给你添了这么大的麻烦。”

说话间，她就闻到一股酒气，不知是从屋子里传来的，还是从自己嘴巴里喷出来的，可是，她并不记得自己有喝过酒。

路星鸣目光深沉：“没事，我不在意。”

说着，他用指尖蹭了一下唇，上面好像还带着女孩的体温，恍惚片刻，他敛了神情。

“那……那我们走了。”云知扯着韩厉的袖子，硬是把他拽了出去。

临走时，刘彪虎多嘴问了一句：“你们是什么亲戚关系啊？”

韩厉冷眼一瞪：“我远房表妹，有意见？”

一群人默契十足地看向了沙发上的路星鸣，他眸色淡淡，脸上没任何表情，起身默然不语地离开。

屋子里的这一顿闹腾让众人再也没了继续玩下去的心思。韩厉阴沉着脸，没理会门外的经理一行人，拉着云知走出娱乐城。

已是下午了，太阳刺眼，偶尔拂过的清风扫去浑噩，泛着疼痛的大脑也逐渐清明。

云知按按眉心，口干舌燥的，耳边传来韩厉愠怒的质问："我说你是不是傻？一个人跑到别人那儿干吗，你要是出了事，算谁的？"

韩厉很气，眉心打了结："那酒到底是谁给你喝的？你不是不能喝酒吗？"

云知抬了抬眼皮，想解释，又不知道怎么解释，总不能说是那酒自己跑到嘴里的吧。

"小孩子都不会随便和陌生人走，你是不是学龄前儿童啊？"

云知自知理亏，没有还嘴，站在他身前，老老实实地由着他训话。

发泄完，韩厉情绪平静下来，见她像个小媳妇一样瞧着可怜，垂眸问："饿不饿？"

云知摸了摸肚子，胃里难受，烧灼一样地疼，身体虚弱，只想找个舒坦的地儿睡一觉，于是诚实地摇摇头，说："不饿。"

谁知她刚说完，肚子就咕噜响了。

云知脸上臊得通红，脑袋完全垂了下去。她是不觉得饿，可肚子有它自己的想法。

韩厉烦躁地叹了口气，攥上她的手腕，领着去了对面一家高档餐厅。

现在不是吃饭的点，放眼望去，整个餐厅只有他们一桌客人。韩厉点了几个素菜，对着手机打量起脸上新添的伤痕。

路星鸣拳头硬，下手狠，被他揍过的地方一片青紫，火辣辣地疼。

韩厉暴躁地把手机丢在桌上，端起水杯一饮而尽。

云知坐在他的对面，缩着肩膀不吱声。

气氛安静得有些诡异，云知心情沉重，忍不住去瞄韩厉，他摸着脸上的伤，龇牙咧嘴。

“韩厉，你还好吗？”云知哑着嗓子问。

“不好。”韩厉没好气地回道。

他想来更生气：“周一我会和校长说，让他把你重新分到东校区。”想了想，他又觉得不妥，“算了，我看你还是去祝祝那个学校吧。”

韩祝祝上的是女子艺校，学习任务不重，学的都是个人才艺。仔细想想，他爸妈当时也是脑子进了水，那么多正规的学校不让云知去上，非要选他们这个混日子的破高中，简直就是耽误别人。

今天这事儿一闹，西校区所有人都会知道他们的关系，韩厉结仇不少，要是云知三天两头因为他被人找麻烦，他自己也烦躁，还不如让她转学来得干脆。

听完这话，云知失落地垂了眼。她握紧葱白的指尖，声音低低的：“可是，我不想和祝祝一起……”

韩祝祝不喜欢她，她不想去韩祝祝的身边找不痛快：“我只想和你在一块……”

云知说完，韩厉的视线投了过来。

她的身上笼罩着一层轻薄的光晕，被头发遮挡的脸蛋没了笑，只剩苍白。

韩厉手指收紧，打消了念头，却还是说：“那要是有人因为我的关系欺负你呢？”

云知摇头：“他们不敢欺负我。”顿了一下，她说，“谁敢欺负我，我就、就欺负回去，反正我不会让人随便欺负我的。”

她不是没给人欺负过。

在镇子里上学的时候，不少人看她无父无母就过来找碴，她自小跟在师父的身边，心胸自是比其他孩子大度，只是单纯的取笑，她并不会放在心上。但有的孩子天性顽劣，见她瘦弱又无父无母，便寻机来欺负她，嘴里再说些挑衅的脏话，骂她一个人还好，偏偏每次都会带着师父，她自然忍不了，找到机会便把他们全部收拾了。

他们见云知不好惹，渐渐地便也不来找她麻烦，当然，也不会有人和她做朋友。

韩厉扑哧一声笑了，心情骤然放松，翘着嘴角轻声打趣："没看出来，我小姑姑还挺有脾气的。"

他的一声"姑姑"惊得云知瞪大了眼，欣喜难耐，当下顺着杆子向上爬，眼里发着光："你……你再叫一声。"

韩厉撇嘴，别开头："想得美。"

云知耷拉着小脸，遗憾作罢。

一声也够了，足够她回味好几天的。

此时热腾腾的饭菜上来，韩厉不饿，把东西全推到了云知的面前。

云知在娱乐城的时候，只吃了些点心，填不饱肚子，尤其是那杯饮料，喝得人头晕脑涨，肚子发胀，现在想想，肯定是那杯饮料里面含有酒精，不然她不会喝成这样子。

韩厉托腮看着她脸颊鼓鼓地吃饭，顿时也有些饿了，拿起一双筷子夹菜吃："回去后，我爸妈要是问我伤怎么来的，你就说我玩的时候不留神，摔了一跤，知道吗？"

"知道。"云知答应完，又看向他脸上的伤口，很是心疼，"疼不疼？"

韩厉打肿脸充胖子："路星鸣的娘娘拳能有多疼，该疼的是他才对。"

云知用手在他的嘴角轻轻碰了碰，他闷哼，后仰着躲开，她急急地缩回手，更是愧疚："对不起啊，韩厉，我没想到会这样。"

韩厉没说话。

"你和路学长一直都这样吗？"这个问题已经困扰她好几天了。

云知见过有人天生不合，但还没见过韩厉和路星鸣这样的，一碰面就掐得你死我活，彼此都恨不得把对方的皮扒下来。

韩厉显然不想回答这个，避开话题，只是沉着声说："他有病，不提他。"

云知嘟囔一句："可是，我觉得路学长挺好的。"

韩厉一听，暴躁地摔了筷子："他好什么！我警告你离他远点，他不是你惹得起的人。"

提到这个就让人生气，韩厉至今记得第一次见到路星鸣时的画面，那时的路星鸣只有五岁，独自蹲在阴影里，眉目阴沉得就像是恶鬼。

韩厉小时候是个没脑子的傻白甜，宴会上无聊，都是大人，他一眼发现了路星鸣，于是美滋滋地拿着自己的玩具战车主动去找路星鸣当朋友。结果，悲剧了，路星鸣像疯子一样扑上来摔了他的战车，把他按在地上一顿狠揍。他被揍蒙了，又没有还手能力，情急之下选择用嘴。后果就是，他掉了牙，路星鸣被他咬掉半块肉。

那之后，两人不欢而散，梁子就此结下。

不久后，韩厉从亲人的口中得知，路星鸣自从他母亲死后就变成了那样；医生说是应激障碍，所有行为都是出于对自身的保护，就连韩厉的爸妈都向着他，让韩厉对没妈妈的小孩包容一下。

包容什么？那他韩厉就活该被揍吗！

也许是孽缘，宴会之后没多久，两人就上了同一个学校，韩厉记仇，抓住机会就找路星鸣不痛快，奈何打不过，三天两头被路星鸣一顿揍。

回想起那段灰色岁月，韩厉整个人都不好了。瞥了眼云知，他说：“吃完没？吃完回了。”

云知放下筷子，乖乖地说：“吃完了。”

“那回家。”

韩厉结账，领着云知打车离开。

晚上，韩父他们参加完宴会回家。

韩父他们还没进门，云知就听到他满带怒意的声音传至客厅：“韩厉，你给我过来——”

这一声喊得整个别墅的人都能听见。

云知小心翼翼地走出房间，站在楼梯口向下面张望。

只见韩父丢了外衣，单手叉腰，对着韩厉伸出手：“把卡拿出来。”

韩厉装傻充愣：“我这卡多了去了，您要什么卡？”

“所有的卡，全部给我。”

韩厉不情不愿地抽出钱包，还没来得及翻找，钱包就被韩父夺了过去，他打开钱包翻了翻，里头少说有十几张卡，吃喝玩乐一条龙。

就连韩父的日子都没他过得这么滋润，韩父顿时来气："这里面的所有会员卡和银行卡，我都没收了，零花钱每个月直接转给你。"

韩厉没想到父亲真做得这么狠，当下瞪大眼："不是吧？这些卡，你拿了也没用啊。"

韩父忍着怒意："人家直接把电话打到了我这儿，你说你小子好的不学，就学坏的，打架都打到了别人家的地盘。行，这个先不提，听说你还带你姑姑过去了？"

韩厉吊儿郎当地站着，拧着眉没辩解。

韩父气不打一处来，扬手就要挥过去。

站在楼上的云知急了，忙不迭地跑下楼把韩厉护在身后："大哥，你别生气，韩厉没做错。"

"他都和人打架了，他还没做错！"

云知生怕韩父的巴掌落下，索性转身直接把韩厉抱住，不住地解释："我……我不小心喝了酒，跑错地方，韩厉误会他们欺负我，就动手了。他打人是为了保护我，这次他真的不是故意的，你别打他，你气不过就打我好了。"

云知把人搂得更紧了，眼神警惕，活像是老母鸡护崽子。

韩父嘴角抽了抽，怎么也没想到这么短的时间，云知就这么护着韩厉，他那手放下也不是，打下去也不是，只能咬咬牙，把手收了回去。

"算了，这次饶过你。还好对方没追究责任，不然，打死你都赔不起。"

云知扭过头，眼泪落在了韩厉的手上，嗫嚅着："那……钱包……"

韩父冷哼一声，将钱包丢到了云知的手上。

云知攥着钱包，偷偷塞给了韩厉，轻轻拉了拉他的袖子，示意他快点走。

韩厉握着钱包突然忍不住想笑，他活这么大，被他爸揍也不是一次两次了，他妈妈和老爸夫妻同心，其利断金，自然不向着他，有时候还会夫妻混合双打，每次拦着的只有奶奶，这次新鲜，又多了个姑姑当他的保护伞。

别说，滋味挺好。

韩厉把钱包揣回口袋，舒坦得很，轻哼着小曲上了楼。

云知松了口气，刚想着回屋，就被韩母拉住：“云知。”

“嫂嫂。”她停下步伐。

韩母轻轻摸了摸她头顶短短的发丝：“你喝酒了？”

云知眼神游移，重重地点了一下头：“我不小心喝了一点。”

韩母笑笑，牵过她的手：“嫂嫂知道你刚来城市，对一切还好奇，但有些东西是沾不得的。韩厉他从小天不怕、地不怕的，我们对他也算放心，但你不一样，苍明亲手把你交给我们，如果你出了事，我们实在不好和他老人家交代。”

韩母的一番话让云知心生愧疚，不由得低下了头。

她轻言安抚：“你以后要是想出去玩，就和祝祝或者我出去，就别和韩厉出去了，他去的地方大多不适合你，再发生点什么，我们也着急。”

云知又一点头，把她的话如数放在了心上。

韩母知道她性子温软、懂事，稍加叮嘱就会认真记得，便也没再继续说下去。韩母拉起她的手，上下打量几眼，笑道：“云知穿这种款式的衣服很好看，女孩子就应该打扮得漂漂亮亮的。”

说完，韩母捏了捏她的脸蛋，回屋休息。

目送韩母远去的身影，云知默默地敛了眸子，嫂嫂说得对，她初来乍到，应该凡事留个心眼，免得出事，让所有人担心。

第八章

你敢哼我

“你敢哼我！你回来，你有本事，当着我的面哼我，哼——咯咯——”韩厉因为哼得太用力而呛了嗓子。

夜里，云知又犯了牙疼，她揉揉腮帮，把桌上刚做完的作业都整齐地放入书包里，而后开了手电筒，对着镜子向口腔里照。

黑漆漆的，她看不见，但就是疼。

她关了手电筒，准备去厨房找点花椒含着，多少也能管点用。

刚离了房间，她瞥见一束光从韩厉的房间漏出，同时而来的还有韩祝祝和韩厉的交谈声。

云知睫毛抖动，不由得放轻了呼吸。

“哥，你今天凭什么带韩云知出去啊，以前我让你带我出去玩，你从来都不带我。你说，你是不是真把她当我们的家人了！”

即使隔着房门，云知也能想象到韩祝祝此刻的表情，一定是不满加愤慨的。

屋里，韩厉懒洋洋地哼唧两声，开始撵人：“小祖宗，你已经缠了我两个小时，你能不能让我好好地睡一觉，有事我们明天再说成吗？”

韩祝祝不依不饶，叫声更大，云知也听得更清楚：“不行，不行，你必须说清楚，现在在你心里，是不是那个韩云知比我重要？我们两个当初还说好的，一定要赶她走！现在算怎么回事啊？你是不是想出尔反尔。”

韩厉无奈：“我没有……”

“你就是有。”韩祝祝听起来都要哭了，“她在一天，奶奶就不开心一天，你说奶奶都那么大年纪了，哪能遭这么大的罪。我看你就是把她当姑姑了，你就是被策反了，你就是想背叛我们，奶奶真是白养你了，白眼狼！”

韩厉闭着眼，无力辩解：“我都说了我没有，你要我说几次……”

“那你今天还带她去见你朋友，还带她出去玩，你到底是我哥，还是她哥？！”

韩厉不知道门外头站着云知，光想着快点把韩祝祝应付完，于是靠着沙发拨弄了两下头发，眼皮子沉着，像是马上要睡着：“我看她一个人在家可怜，就带着了，我保证不出尔反尔好吗？您能不能离开，算我求你。”

韩祝祝总算依了，吸吸鼻子：“那……那我们的同盟还算数吗？”

韩厉打了个哈欠，低低地嗯了一声，困倦地敷衍：“算，算，你说的都算。”

韩祝祝开心了，跳过去在他的脸上亲了一口后，又问：“那你什么时候把她弄走，你看奶奶今天又不开心了。”

韩厉托着腮，模糊地给了个时间：“下个月？或者下下个月？”

得到回答后，韩祝祝眼角一弯，喜滋滋地出了房间。云知还没来得及走，与她面对面撞了个正着。

云知左看看、右看看，假装什么也没听见，转身准备回房间。

“等一下。”韩祝祝叫住了她。

云知背脊僵住，慢慢地扭头：“祝祝，你有事吗？”

韩祝祝从小吃得好，长得也高，虽然比云知小一岁，但是发育得和成年人无异。

她到了云知的面前，居高临下地看着云知：“你三更半夜不睡觉，专门跑到别人的房间门口干吗？鬼鬼祟祟的，别是想偷东西吧。”

这话引起了云知的不满，但她懒得和韩祝祝争论，光是一个牙疼就弄得她脑袋晕晕的，根本没多余的力气应付。

见云知不说话，韩祝祝更加得寸进尺，打量她的眼神中带着轻蔑、不屑：“我今天还想问呢，每次让你吃肉，你都说不吃，哟嗬，怎么着？不吃肉就能喝酒？惺惺作态的……”说着，韩祝祝白了她一眼，“还害我哥哥为你挨训，你害不害臊啊。”

“韩祝祝！”

就在此时，韩厉的房门被唰地拉开。

他眉目阴沉：“我说几遍了，你能回你自己的房间吗？还让不让人睡觉了？”

韩祝祝手指着云知：“她刚偷听我们讲话！她大半夜不睡觉，肯定不安好心。”

韩厉心里咯噔一下，不禁将目光落在了云知的身上。

灯光的碎影在她瓷白的脸蛋上摇曳，她一言不发，睫毛低垂，神色带着几丝黯然。韩厉拽着门把手的手顿时收紧，眼神闪烁，没敢问她有没有听到他刚才说的话。

云知深吸一口气，忍着疼，嗓音含糊："我没有偷听你们讲话，因为你的声音很大，就差直接拿个喇叭在我门前喊了。我出来是因为牙疼，想去厨房找点花椒止疼，还有，我是你长辈，你用这样的态度对待长辈非常不好，但是，我原谅你，不和你计较，希望你以后注意一些。"

韩祝祝的脸色变了又变，她张开嘴又闭上，闭上又张开，硬是没说出一句话。她跺跺脚，恼羞成怒："谁牙疼含花椒，你骗谁呢？！我看你就是不安好心！"

云知懒得争辩，直接回了屋，再出来时，手上多了一本泛黄的书。

书本上印着四个大字——"民间偏方"，云知翻到二十三页第四行，上面赫然写着治疗牙疼的妙方。

她把那一页递到韩祝祝的眼前："看，书上写着呢。"

韩祝祝表情扭曲，又狠狠地跺跺脚，气得跑回了自己的屋子，把房门摔得砰砰响。

云知心满意足地合上书本，安心下楼去找花椒。

"喂……韩云知。"身后，韩厉在叫她。

她止步，咬咬唇，没有回头："韩厉，我不去东校区了。"

韩厉瞳孔倏地放大，放在门把手上的手不自觉地垂了下来："喂……"

"我现在在西校区挺好的，十班的同学也没有你想的那么糟糕。再说了，现在这个时候转学校，说不定又会引起轰动，我就……"她的声音低低的，"就不给你添麻烦了。"说完，她小跑着下了楼。

看着她跑走的背影，韩厉迟迟没有回神，好久才反应过来，突然觉得心里焦躁。他握拳，一脚踹在了门上，最后把门用力一关，声音比刚才韩祝祝发出的还要大。

这个时候，客厅已经没有人了，只亮起两盏壁灯用来照明。

云知到了厨房，摸索着从调料盒里找出两颗花椒。她咬了一颗在痛处，花椒特有的麻和涩的味道在口腔蔓延，很快又涌入喉咙，刺激得让人想吐。

她闭眼忍了忍，捂着腮帮半蹲在地上，等待难受感过去。

疼得意识不清时，厨房的灯啪嗒一声亮了，云知半睁着眼，只看到一双蓝色的拖鞋。

“喏。”韩厉把止疼片送了过来，“这个比花椒管用多了。”

云知没要。

“快点。”韩厉不耐烦，“难不成，你想因为牙疼就把我爸妈吵醒啊？”

她撇了一下嘴，啪的一声把韩厉的手挥开，只是一眨眼的工夫，韩厉就见她跑上了楼。

韩厉蒙了一会儿，嘴里低声骂一句，对着她离开的方向喊：“你爱要不要，是她骂的你，你和我发什么脾气！你有本事别要，疼死你！疼死你！”

过了一会儿后，云知噔噔地跑出房间。她胸口起伏，眼眶微微泛着红，对他颤声说：“我才不稀罕呢！以后有人打你，我也不管了，哼！疼死你，疼死你！”

哼了他一声，云知再次回到房间。

韩厉不可置信，对着云知的背影喊：“你敢哼我！你回来，你有本事，当着我的面哼我，哼——咯咯——”

韩厉因为哼得太用力而呛了嗓子。

他决定了，从今天开始，再也不带韩云知玩，让那个小光头自己哭去吧！

云知已经爬上了床，她将自己严严实实地裹在被子里。

她决定了，从今天开始，再也不和侄儿好了，就让他和韩祝祝结盟去吧！

从此以后，他没有姑姑了！

两人一晚上都暗暗较劲，直到第二天也没有好。

家长们没看出两个小孩在冷战，送他们回学校时，还不忘叮嘱要好好相处。以往云知和韩厉都会应一声，但这次两人各自把脑袋别到另一边，谁也没搭理谁。

告别父母，他们一同上车，这次韩厉坐在了副驾驶座上。

云知抱着书包缩在后面，委屈巴巴。

韩厉透过后视镜瞥她，她腮帮肿了，估计是牙疼引起的，他挑挑眉，最终没有开口。

一路默然到了学校，云知背着书包先一步下车。

韩厉嘁了一声，朝着相反的方向离开。

云知独自回了公寓，她一只手捂着脸，另一只手在书包里翻找房卡，半天没翻到，才想起可能是落在家里了。

心情低落，牙又疼得厉害，她长呼一口气，抱着书包蹲在了门口。

叮。

电梯门开了。

云知抬了一下眼，是路星鸣。

她嘴角垂下，见到他的瞬间，心里的委屈突然泛滥成灾。

云知很显眼，路星鸣一眼就看见，脚步顿住，沉吟片刻："你又把自己锁在外面了？"

云知萎靡不振："差不多……"

她今天的状态很低落，有些不对劲，路星鸣眯了眯眼，视线微微下滑。

小姑娘的左边脸颊肿起，太过明显，让人想不注意都难。

路星鸣不禁问："你脸怎么了？"

他不问还好，一问，云知更委屈了："我……我牙疼。"

路星鸣静默，而后说："你可以让韩厉带你去看医生。"

提及韩厉，云知的牙更疼了："我以后、以后都不会理他了。"云知哀怨，就连嘴角的弧度都带有几分难过。

路星鸣控制不住地扬了一下眉梢："为什么？"

“没有为什么。”云知吸了口气，忍住疼继续说，“不理他就是不理他。”

她是有脾气的，韩厉想和韩祝祝一起赶走她，不管那是真心话，还是开玩笑，她听了都会难过，尤其那话还是背着她说的。他要是当着她的面说，她说不定还会原谅他。

看她气鼓鼓的样子，路星鸣嘴角缓缓挑起一抹愉悦的笑意，等意识过来后，他立马把笑意压了回去，轻咳一声开了门，恢复以往的慵懒淡漠：“你进来，先把东西放在这儿。”

云知蔫蔫地抬眼：“嗯？”

“我舅舅是开口腔医院的，可以带你过去看看。”

一听要看医生，云知整个人都紧绷了。她连连摇头：“不用，不用，过两天它就自己好了，不用看医生。”

“哦。”路星鸣睨过去，淡声说，“就怕你嘴里的虫子吃完一颗牙齿，再吃一颗，到时候你痛上加痛，啧。”

吃完一颗……再吃一颗……

云知的小脸白了，后背发凉，全身的汗毛都竖了起来。

看她被自己的话吓得不成样子，路星鸣一点也不觉得良心难安：“听话，看医生也不是什么大事。”

云知嘴唇颤了颤，害怕得眼圈都红了，好半天才缓过劲儿，慢悠悠地从地上站起来，有气无力地跟着路星鸣进屋。

放下书包，他打电话和医院的舅舅说了一声，带着云知前往医院。

医院和公寓隔了三条街的距离，骑自行车差不多十五分钟就能到。

路星鸣先让云知在路边等，然后去停车房骑出了自己的黑色自行车，在云知的面前停下后，示意她上来，她没有动。

那辆自行车很简约、大气，配着身高腿长的路星鸣可以说是“香车美男”，但就是没有后座。

路星鸣好像看出了她心中的想法，手指了一下前面的横杠，命令一样的语气：“坐上来。”

穿着小裙子的云知咬着下唇一脸为难，总感觉会硌屁股。

路星鸣耐着性子催促：“快点，再晚点，医院都关门了。”

她不情不愿地走过去，跳着坐了上去，果然硌屁股。

空间还小，她不得不把自己的四肢缩在一起，一只手放在车把上，一只手压着裙子不让自己走光。

“坐好了吗？”头顶传来少年声音沙哑的询问。

云知点了点头，路星鸣的双臂环了过来，把她环在胸前。

少年握在车把手上的双手有力，骨节分明，露出的小臂有着漂亮结实的线条。路星鸣比其他男生要白，就连汗毛都是淡淡的，被阳光染成浅浅金色。

他衣服上有清新的香味，云知嗅了嗅，耳垂又红了。

路星鸣毫无觉察，踩上脚踏板，骑上了小路。

小路两边种着柳树，清风拂动，树影摇曳，脚下是两人的剪影，安静得只能听到车轮转动的声音。

云知感觉他们两人挨得太近，她都能感受到他胸膛传来的体温和强有力的心跳声。

她不自觉地向前缩了缩，路星鸣注意到她的小动作，垂眼警告：“别乱动，掉下去，我可不负责。”

云知僵住，不敢动了。

“前面有个坡，你坐好。”说话间，车速开始加快，风吹得她的头发乱飞，直接糊了路星鸣满脸，有几根还飘到了他的嘴里。

——还是牛奶味的。

路星鸣被头发丝眯了眼，很艰难才看清前面的路，把嘴里的假发吐出来后，不禁问道：“你能给你的假发换种洗头膏吗？”

“为什么呀？”云知不解。

“算了。”路星鸣收了视线，“挺好的，继续用。”

云知眼神闪闪：“那我回去换木瓜香味的。”

香香的，那个她也很喜欢。

想到喜欢的东西，云知开心了不少。

说话间，两人已经到了医院门口，路星鸣把自行车锁在外面，便要进去。

云知站在门外局促，迟迟没有行动。他止步，对她招手：“过来。”

云知紧紧捏住了手指，这是一家私人医院，透明的窗户玻璃上贴着关于牙齿疾病的科普海报。看着那加粗的字体，云知呼吸都变得急促起来。

她有些晕，胆怯让她忘了疼。她摇头，打了退堂鼓：“我……我还是不去了！”说着，她就要跑。

路星鸣眯了眯眼，长臂一伸，像老鹰抓小鸡一样，轻而易举地钩住她的衣领，把人拽到了身边。

他架住云知，居高临下地俯视，目光灼灼，沉声警告：“我浪费大好时光陪着你过来，医生也都约好了，你要是临阵脱逃，看我怎么收拾你。”

云知撇嘴，睫毛在抖，像是要哭，路星鸣怔了一下，心瞬间软了。

“别怕。”他弯腰和她平视，大手放在她的头顶，语气比之前柔和，“我在呢。”

少年的声音清晰有力，凤眼专注，里面只有她一个人的身影。

两人距离很近，可以说是亲密，云知内心的不安变成了难言的躁动，定定看着他，不自觉地便红了脸。

路星鸣见她小脸发红，似也意识到举止不妥，唰的一下把手收回，挺直脊梁和她拉开了距离。

他斜瞥了云知一眼，直接拉着她的胳膊推门而入，这次她没有反抗。

“路少爷来了啊。”前台值班的护士在和他打招呼。

路星鸣嗯了一声：“我舅舅呢？”

“他正在看一个病人，不过，医生已经帮你约好了，直接去检查就好。”说着，护士看了眼他身侧的云知，“是你看病，还是这个小朋友要看？”

云知抬起眼，小声地嘟囔：“我不是小朋友……”

护士轻轻笑了笑：“看样子是你了，先过来填张表格，然后拍张片子。”

她填完表格，登记好，又拍了片子，被护士领着进入检查室。里面有一张病床，旁边放着各种检查的器具，那些冰冷的仪器让她脚下发软，不由自主地拉住了旁边路星鸣的衣袖。

他垂眼，小姑娘死死地拽着他，手指头在抖。

路星鸣无声地握住她小小的拳头，紧紧地包在了掌心，少年掌心宽厚、温热，给予她厚重的安全感，让她不至于再那样害怕。

“来，躺上去，我看看。”医生开口。

云知怯生生地松开路星鸣，慢慢地躺在了床上。

“啊，张嘴。”

云知紧张兮兮地“啊”了一声。

医生开灯，用器具撑开她的口腔，认真检查一番后，说：“有一颗龋齿，小孩儿是不是糖吃多了。”最后一句话明显是在打趣。

云知不由得瞥向路星鸣，眼神幽怨。

路星鸣双手插兜，淡淡地别过头，紧抿起嘴唇，神色带着一丝心虚，他哪里想到小朋友的牙会这么脆弱，早知道，他怎么着都不会喂她吃那么多糖。

“要先做根管治疗，做完治疗，再把虫洞补了。”

路星鸣轻声问：“会疼吗？”

医生瞧见云知脸色苍白，想来是吓得不轻，于是说：“打麻药，不怎么疼。”

路星鸣瞟了一眼云知：“我能留在这里等吗？”

医生说：“那边有椅子，你可以坐着等。”

路星鸣的目光又落在了她的身上，此时她全身僵硬，对他们的对话做不出任何反应。

路星鸣目光闪烁：“不用，我站着。”说着，他站到了女孩身侧，像是一种无声的保护。

医生没有过多强求。根管治疗是一种非常简单的治疗手段，准备工作结束后，医生正式开始进行第一阶段。虽说是打了麻药，可当根管锉不住地在坏了的牙齿中钻时，云知还是感觉到了难以忍受的刺痛。

她闭上眼，放在小腹的双手死死地绞在一起，指尖因为用力而开始泛白，疼痛让她的双眼分泌出了泪水，额头上的青筋突突跳着，就连脑袋都跟着阵阵疼痛。

她看起来很难过，额头上布满汗水，泪眼模糊，器械不住地在牙腔里搅动，别说是她，路星鸣看着都痛苦。

“医生，你慢点弄，她疼。”路星鸣心里发紧，失了冷静、淡漠，不由得皱起浓眉，垂下的手忍不住攥在一起。

“那休息一下。”医生停了动作。

云知紧握的手松开，长舒一口气。路星鸣看着她这受难的样子，突然转身离开了治疗室。

见他走了，云知多多少少有些不安，但也不敢有什么动作，一边忍受着治疗带来的疼痛，一边忐忑地等待他回来。

约莫过了五分钟，路星鸣再次推开了治疗室的门。

少年微微喘着气，大步过来，把一个软绵绵的毛绒玩具塞到了云知的手上：“给。”

云知怔了一下，嗓音含混不清：“哪儿来的？”

路星鸣气息不稳：“买的，你抓着它，很快就没事了。”

这是路星鸣生平第一次去玩具店，他也不会挑选款式，更不清楚她喜欢什么样子的，随便抓了一个就付了款。

路星鸣口干舌燥，却也不觉得累。

云知看着他因为奔跑而泛红的脸和脖子，眼眶一热，鼻尖开始发酸。

她忍了好一会儿，才把泪意忍回去，小手死死地抓着那兔子玩偶，闭上眼，鼓起勇气说：“医生，你继续吧，我一点都不怕。”

不就是看个牙，有什么了不起的。

云知把兔子牢牢地箍在怀里，再也没了畏惧。

医生戴着口罩的脸流露出笑意，现在的小孩，可真甜。

治疗结束后从医院出来，云知整个人都在恍惚，一想到过些天还要经历几次这样的痛苦，脚下开始发虚。

路星鸣把单据收入包里，背好背包，见她眼神空洞，神游天外，直接把她的手腕拉在手里，牵着她向前走。

云知的小手冷冰冰的，覆着冷汗，她搂着小兔子跟在他的身后，又像是喝醉了一样，由他拉着。

到了一张长椅旁，路星鸣把人安置在上面，随后半蹲下，把护士小姐给的冰袋贴在她肿起的脸蛋上。

云知身子一个激灵，清醒了。

“好点没？”

她小脸苍白，嘴唇发干，路星鸣望着她都不敢大声说话，生怕再让她难受。

云知慢慢戳了戳发麻的脸，摇头。

路星鸣小心翼翼地问：“现在什么感觉？”

她抽抽鼻子，嗓音哆嗦，慢吞吞地说：“我感觉，我的牙……在生孩子。”还难产了。

路星鸣眼皮子一跳，憋不住，侧开头，笑出声。

眼看她委屈得快哭了，路星鸣立马压抑住笑意：“哪有那么夸张，说得好像你生过孩子一样。”

云知不说话。她是没生过孩子，但是村子里的大婶生过，大婶说和牙疼一样遭罪。

呜……云知捂着脸。

她以后可不要生小孩，也不吃糖了！

做完治疗后，云知的牙疼得到了有效缓解。

她晚上吃了流食，功课也早就复习完，如今正趴在桌上，无所事事地摆弄着面前小小的锦囊。锦囊上手绣着“平安”二字，里面装的是护身符。

这是走前师父给她的，她紧握锦囊，不由自主地看向了玄关的方向。

仔细想想，从一开始到这儿，很多时候都是路学长在帮她，就连今天看医生都是他陪着。

云知原本想把医药费给路星鸣，却被推辞说不需要。她强求不过，又怕惹他心烦，最后只能作罢。还有，她现在能进门，也亏了他去找物业管理员借了房卡。

路学长是个面冷心热的好孩子，她一直都在给人添麻烦，又不知道拿什么去还。记得师父说过，人情是最难还的东西，因为它无法用物质衡量。

云知握着锦囊扑腾到床上，对着小兔子玩偶出神。

小兔子的后背被她捏得皱皱巴巴的，正咧嘴冲她笑，一副无忧无虑的样子。她把小兔子脖子上的红围巾整理好，给自己打了打气，握紧锦囊去了对面。

当当当。

云知敲了三下门，轻轻喊：“路学长，你在吗？”

当当当。

云知又敲了三下门，轻轻喊：“路学长，你……”

咔嗒，门被打开了。

路星鸣蹙眉：“嗯？”他一副被打扰到的不爽的样子。

云知莫名紧张起来，她指尖紧了紧，小心翼翼地把锦囊递过去：“这个……这个送给你。”

她刚治疗了牙齿，龋齿处塞了棉花，导致声音听起来比以往含糊，也更加软糯。

路星鸣敛目看了眼她手上的东西。深红色的锦囊用绳子系着，上面还绣了字，看起来像是街边地摊上两块五的小玩意。

他随口问："这是什么？"

云知如实说："我师父给我的护身符。"说着，她仰脸，杏眼莹润如玉，怀揣着几分忐忑与腼腆，"我……我现在把这个给你。"

"给我？"路星鸣靠着门框，"给我做什么？"

云知不好意思地说："你一直都在帮助我，我给你添了很多麻烦。"

"这倒是。"路星鸣没有否定，毫不犹豫地承认了她的话。

云知顿了顿："我也不知道你喜欢什么，这个虽然不值钱，却是我最重要的东西。"

她没什么家当，也没什么值钱的宝物。对她来说，师父给的东西就是最珍贵、最重要的。

记得离开的前一夜，师父戴着老花镜，对着灯一针一线地做了这个锦囊，不忘叮嘱云知要好好照顾自己，还说这里面的护身符会保佑她。

它很重要，云知想让最重要的东西跟着最好的人。

云知抿了抿唇，清浅的声音回荡在空寂的走廊中："我把它送给你，希望它能保佑你，平安无忧。"

深红色的锦囊更衬得她手指雪白，她很紧张地等着路星鸣的回应，捏着锦囊的手指收得越发紧。

路星鸣淡淡地垂眼，表情无喜无悲，灯光在他的眉眼上晃，竟有几分孤寂、冷清。过了许久，他才伸出手把锦囊拿了过去。

云知一颗心放下，脸上重新露出笑："那我回去啦，路学长，明天见。"

她生怕路星鸣把礼物还回来，说完这句话，就匆匆地跑了回去。

人走后，路星鸣合上房门。

少年将自己高大的身体甩在沙发上，长腿懒散地搭在沙发扶手上，举着锦囊在灯光下看。

这个小锦囊看起来的确不值钱，布料是最普通的，绣线也是随处可见的，但它一针一针都缝得紧密，"平安"二字简单又苍劲，包含了送礼人最真挚平凡的祝愿。

“平安无忧”。

路星鸣靠着沙发，锦囊在手上一下一下地晃。

此生此世，只有人咒他英年早逝，没人送他平安喜乐。谁也不能保护他，谁也保护不了他。

就这小东西……哪能让他余生幸福。

路星鸣心生自嘲，缓缓地闭上眼。

昏沉中，他看见黑色的潮水将他包围，窒息感随之而来。

路星鸣身子一颤，猛然惊醒，对着手上的锦囊陷入沉思。

他伸手细细摩挲着锦囊的纹理，脑海中突然浮现出了云知的脸，很乖，很白，笑起来很甜，就像是大白兔奶糖成了精。

想到云知，路星鸣的心窝被难言的温柔填满。

小姑娘一定是从小过得就好，总是送她礼物的师父对她也一定是宠爱万千的，因为有人保护，有人疼爱，所以，她才活成这般单纯美好的模样，而那是路星鸣永远不会拥有的东西。

因为她太过温暖可爱，他才会三番五次控制不住地去接近、去逗弄，更想摸摸她的小光头。

想到云知那毛茸茸的小脑袋，路星鸣眼底浮现出一抹惋惜。小光头自从长了头发就变得和猕猴桃一样，一点都没有像油桃那样的可爱感了。

不知道她什么时候会再剃光头。

唉。

惋惜，遗憾。

一夜转瞬即逝，没了牙疼的骚扰，云知这一夜睡得格外香甜。

日常晨跑完后，她换上校服前往学校。

晨曦明媚，这是一天中最舒服的时候，通往学校的小路上，学生三两相伴，谈笑风生。

正走着，云知听到身后有人叫她。

“喂，小假发。”少年腔调慵懒，独特的声线让云知一下子听出是路星鸣。

她看了过去，路星鸣只穿了校服裤子，上衣是一件简单的黑色T恤，更显得他宽肩窄腰、身高腿长。他俊朗，表情却带着生人勿近的疏远。

路星鸣双手插兜，不紧不慢地走了过来。

“路学长，早上好。”云知拽扯着书包带子，仰起头和他打招呼。

她的小脸蛋上挂着笑，状态比前一天好了太多，路星鸣低头问：“牙不疼了？”

云知心情很好，就连声音都跟着轻快不少：“不疼啦。”

路星鸣嗯了一声，随后眯起眼，抿起唇，眼睛四处巡视一圈后，一把拉住云知的手腕，带着她来到一棵粗壮茂密的柳树后面，她不禁茫然。

见无人注意，路星鸣直接把她小小温热的掌心贴在了左胸处，他轻咳，长睫毛颤了颤，神情有些不好意思。

云知……更茫然了，路学长这是什么意思？

“你、你心脏不舒服？”她小声问。

路星鸣不满：“你仔细摸。”

仔细摸……就算仔细摸，也……

云知一滞，五指一捏，感觉他衣服里面包了一个东西，那形状像是她昨天晚上给他的护身符。

她的眼睛顿时瞪大，表情变得愕然起来。

路星鸣松开手，对云知的反应很满意，不枉费他这一片心意——昨天缝了一晚上的口袋。

这是路星鸣生平第一次拿针线，就为了把小姑娘送的那个小玩意放在里头，他原本想把护身符放在口袋里，可是害怕丢，只能在衣服里面缝一个口袋，再把护身符缝进去，这样可以随身携带，也不会引人注意。

路星鸣算盘打得很好，本来以为云知也是满意的，结果下一秒，她好看的小脸拧在了一起。

路星鸣目光一冷：“有问题？”

有问题，当然，很有问题……

云知轻声建议："其实，你挂在书包上就好。"

路星鸣呆住。

顾及路星鸣的面子，云知没有直接点破，很委婉地提醒："学长，你总不能……换一件衣服就在里面缝一个口袋吧？"

他怎么就没有想到！他变了脸。

云知抿抿唇，艰难地忍着笑，都不好意思告诉他，口袋缝在左胸处实在不雅观，就像是，像是……

她揉揉发红的耳朵，小声地问："路学长，你不会把护身符塞进口袋后，顺便缝死了吧？"

路星鸣扯紧包，二话不说朝公寓的方向疾步离开，路上遇到韩厉的哥儿们，对方不怕死地冲他吆喝："路哥，你左边胸口凸起来了！"

路星鸣脚下一个踉跄，步伐快了，身后一片放肆的哄笑。

云知揉了揉因为忍住笑而发僵的腮帮，笑意过后，心中涌出阵阵暖意，让她的四肢百骸都跟着温暖了起来。

她本来以为路学长不会戴呢，没想到他把它放在了最重要的地方，虽然行为傻乎乎的，但是她很开心，接下来好久，她都会因为这件事而开心。

云知脸上带着笑，背着书包继续向学校走，快到西校区时，又有人叫住了她。

"喂，韩云知。"语气狂妄，她不用想都知道是韩厉。

云知小脸垮下来，她才不会理他呢，想着，哼了一声，给了他一个骄傲的背影，扬长而去。

后面的韩厉神情错愕，更加不可置信，她竟然——

又哼他！

"韩云知，我叫你呢！"韩厉大步追上。

瞥见脚下紧跟而来的黑色影子，云知跑得更快，可是，没两步，就被韩厉扯着胳膊生拉硬拽了回去。

她哼哧着甩开，别开头，就是不和他对视，气鼓鼓的，像河豚。

“给，你的房卡落在了家里，司机送到我这里了。”韩厉把房卡取出，递了过去。

云知面无表情地接过，小手粗暴地将那薄薄的卡片塞在了书包侧边的口袋里。

韩厉抓了抓头发，语气别扭：“我帮你预约了牙科医生，放学后，你在校门口等我，我带你去检查一下。”

“不用。”云知拒绝得干脆利落，堵气说，“我才不需要你的好意呢。”

韩厉凝滞，她看向别处，好看的唇瓣牢牢地抿紧，神情固执。

两人怎么说也相处了一段时间，韩厉对她多少是有些了解的。也许是常年待在山林的原因，她心思简单，良善温顺，脾气比正常人好了不是一丁半点，就连说话都像是棉花一样软绵绵。

韩厉是个暴躁的急性子，从不会忍着谁、让着谁，今儿过来已经是自降身段了，哪想到他的姑姑根本不给面子，当下火气上来：“你这是什么态度？那天那些话都是韩祝祝说的，我也只是敷衍她两句，你至于这么小心眼记到现在吗！”

他压根没把那天晚上的事情放在心上，就连当天说了什么，都忘记得一干二净，如今云知一直揪着不放，让他难以理解，更觉得烦躁。

云知垂下的双手不禁攥成拳，她把喉咙里的酸涩咽下，看向韩厉，一字一句地说：“我就是这么小心眼。”

“你……”半晌，他轻哼一声，“你爱去不去，就当我爱心泛滥！”

云知气性也上来了：“你放宽心，过不了多久，我就搬出去住，不给你们添麻烦。”

韩厉瞪大眼睛，表情错愕，全然想不到她会说出这种话。回过神后，他咬了咬牙：“行啊，韩云知，刚来城里几天，你就翅膀硬了，还搬出去，你怎么这么有能耐啊！你怎么不直接脑袋上顶只竹蜻蜓上天啊！”

云知说完那句话后，就无视了他的讥讽，转身向学校走去。

看着她倔强的背影，韩厉更是气不打一处来，脑袋发热，一些话不经过思考便说了出来：“你有本事就搬出去，你以为搬出去就能扯清了？别忘了，你的几万块学费和住公寓的钱都是我家给你出的，你的生活费也是我给的，你要是真的翅膀硬，想自己闯，就别用我们的钱。我倒想看看你一个一穷二白的小光头怎么活！”

她身形停住，肩膀微微发着抖，脸蛋苍白，眼眶却泛着红。阳光在她的肩头打转，背影看起来格外纤细、脆弱。

发泄完后，韩厉脸上的表情一点点沉下。待冷静下来才意识到，他刚才说的话，好像……太过分了一些，看着她的后背，他又有几分愧疚。

“喂，我……我不是那个意思。”他的声音弱下去，“我……”

云知眼眶发涩，胡乱擦拭掉眼角的泪水，从口袋里掏出手机。

一分钟后，韩厉收到一条转账通知。

云知转的。

韩厉顿时愣怔，那串数字就像是一盆冰水从头顶浇下来，让他清醒了个彻底。耳边，她语气平静，宛如死水无波：“这周我不回去了，嫂嫂那边，我会解释。”她又说，“谢谢你给我送房卡。”

韩厉僵硬在原地，盯着屏幕上那条转账记录出神片刻，等反应过来，云知早就消失在了远处。

学生们应该都到教室了，刚刚还热闹的小径瞬间只剩下了云知一个人的身影。树影摇曳，她脚步缓缓，低着头，拽着肩带的手指一点点收紧。

“云知，你的家人来找你了，你可以去大城市上学了，是不是很开心？”

“师父希望你过得好一些。”

“这山太小了，云知，师父也太老了。”

“你总要离开的……”

……

云知心头酸涩，牙齿将嘴唇咬得似要滴血。

啪嗒，失魂落魄中，一个矿泉水瓶子滚落到脚边，云知停下脚步，揉了揉发红的眼睛，抬头。

“小姑娘，能帮大爷捡一下吗？”是收破烂的老大爷。

云知捡起瓶子送了过去，老大爷接过瓶子，继续低头整理一车的塑料瓶和纸壳。

看着他忙碌的双手，云知神情犹豫，小声地问道：“大爷，收破烂赚钱吗？”

老大爷以为是小孩子好奇，也没有隐瞒，如实地说了：“还行吧，能赚点生活费。”

生活费……

云知目光闪了闪，说：“那我能和你一起收破烂吗？”

老大爷没说话，诡异地盯了她几眼后，骑着小三轮走了。

云知垂眼，更是失落。

第九章

身无分文

怎么办，
收破烂的都……都嫌弃我。

路星鸣重新换好了衣服，将书包斜挎在左肩，卫衣宽大的袖子卷到了手肘处，打扮得潇洒随意。

他远远就瞥到云知站在垃圾桶边上一动不动，不禁疑惑地走到她的身边，见她还在走神，直接伸出手拍了一下她纤细的肩膀："你怎么还没去学校？"

情绪低落的云知没有回应。

她迟迟不说话，路星鸣好奇地弯下腰身去看她的脸，轻轻地叫了一声："喂，你怎么了？"

少年遮住了浓密的树影，清俊的眉眼在咫尺的距离，表情是微冷的，但眼里没了疏离，只剩探究。

云知眼眸里的光闪了一下，路星鸣的出现让她一直紧绷的防线垮掉，难过决堤，原本憋回去的眼泪瞬间坠落。

路星鸣蒙住，他条件反射地环视四周，除了车流外，没有人。

"你牙又疼了？"他只能想到这个可能。

云知下唇抖动，流着眼泪不住地摇头，也不说话，光是在哭，抽搭凝噎着，所有的委屈都写在了脸上。

云知哭得让路星鸣发慌，又无法应付。除了糖果外，他根本不知道怎么哄小姑娘。

好半天，她才勉强止住泪，哽咽声小小的："怎、怎么办，收破烂的都……都嫌弃我。"话还没说完，泪就又出来了。

云知捂着脸，就像是受到天大的歧视一样，哭得比刚才还要难过。

"啥？"路星鸣更迷茫了。

"别……你先别哭了。"路星鸣低下头，手忙脚乱地从书包里翻找纸巾，半天只摸到一个皱巴巴的空袋子。他低咒一声，瞥了眼云知通红的脸蛋，抿唇，慢慢地把袖口拉下，伸了过去。

"给，擦擦……"

云知泪眼模糊，哭腔喑哑："会、会脏，不给学长添麻烦。"

也没见你少添麻烦，路星鸣腹诽，呼了一口气，温热的大手直接捏起云知的下巴。

她被迫与之对望，被泪水洗刷过的一双眼比平日更晶亮几分。她睫毛又浓又长，如今全被打湿，黝黑黝黑的。

她看着他，像小鹿一样，这样的眼神让路星鸣控制不住地生出几分恶意。

——完了，他想欺负她。

路星鸣掐着她下巴的手不稳，他很快冷静，用袖子擦拭掉女孩脸蛋上的泪水，动作略有些粗鲁，她难受地哼唧了两声。

路星鸣一抖，看着被他擦得发红的皮肤，急忙放轻动作，小心翼翼起来。

风暖洋洋的，少年眼神深沉，认真专注。

云知眼睛眨了眨，憋回眼泪，白嫩的手指头只扯住他一点衣袖："学长……"

也许是哭过的原因，云知的声音比原来更软糯了，叫起来就像是猫在撒娇。

路星鸣被这一声唤得神色恍惚，脑海中毫无预兆地浮现出了那场本被遗忘的梦。他静静心，硬是把躁动压下。

"怎么了？"路星鸣不自觉地放软语气。

云知撇了撇嘴，哽咽着把泪意忍回去，卑微又可怜："我能……和你化点缘吗？"说着，肚子咕噜了一声。

路星鸣沉默。

"等我赚钱了就还给你。"她抹着眼泪许诺。

路星鸣忍不住抿紧唇，眼梢带了一抹难以抑制的笑意。

"面包要吗？"他耐着性子问。

云知吸了吸鼻子，低低地道："馒头也行。"

真好养活……

"走吧，给你买西式馒头。"路星鸣走到她的身侧，余光掠过她的侧颜，小姑娘依旧是郁郁寡欢的失落模样。

他故意走到云知的面前，把书包在她面前晃了一下，上面挂着小小的深红色护身锦囊——他把锦囊从衣服口袋里“拯救”出来了。

云知怔住，心里的难过和低落忽然消散，胸腔鼓鼓的、满满的，全被温柔和甜蜜填满。

她胡乱地揉了揉因为哭泣而发涨的眼，脑袋清明，逐渐有了勇气。她突然觉得这一切没什么大不了。师父说过，人生在世，只要有手有脚，勤奋肯干，那就饿不死。

韩厉之前的话也没有错，她就算搬出去，也和韩家掰扯不清。她吃大哥的，用大哥的，就连学费都是大哥出的，但是她没有办法，她只能先用着，只能欠着。她会记着这份恩情，等长大，她会努力赚钱，慢慢去偿还。

云知现在还没有本事，唯有少用些，少欠一些，不想有朝一日被人谈论起，说她这个无名无分的私生女占据他人的地盘、用他人的钱财。

她会还的，一定会。

路星鸣看懂了她眼里的坚韧与委屈，也读懂此刻的她在把眼泪往肚子里咽。他无法安慰她，也不知道怎么安慰她，只是默默地把那份突然涌出的心疼藏在了心底最深处。

到了学校超市，路星鸣一连点了五六个不同口味、款式的面包，怕姑娘噎着，又要了瓶水。

现在是跑操的时候，路星鸣领着云知到学校一处僻静的角落，堂而皇之地逃了早操。

云知坐在木头椅子上，只用一边的牙齿咀嚼，腮帮鼓鼓的，看起来更像是仓鼠。

路星鸣依着一旁的树干，双臂环抱，见她吃完两个面包，才缓缓开口：“有人欺负你？”

“没人欺负我。”云知把最后一口面包吞掉，将包装袋卷起来丢入一旁的垃圾桶，站起来拍拍屁股上的灰，满是感激地和路星鸣道谢，“路学长，谢谢你，你真是大善人。”

接连被发“善人卡”的路星鸣不知开口要说点什么，眼看要上课了，他长舒一口气，弯腰拿起边上空了的水瓶，正要丢入垃圾桶时，云知急急地拦住。

“你要？”他晃了一下瓶子。

云知红着耳尖，轻轻地嗯了一声。

路星鸣把瓶子递过去：“你要这个干吗？”

云知宝贝似的搂在怀里：“能卖钱，好几毛钱呢。”

几毛钱算是钱？

含着金汤匙出生的路星鸣深深地迷惑了。

两人前后脚回了教室，路星鸣忽略好友们戏谑的目光，直接把书包丢到椅子上，正要坐下，想了想，又把书包调整了一下位置，让那个护身符朝着外面。

一旁的刘彪虎眼尖看见，笑了，调侃：“路哥，你这是在哪里买的地摊货啊？”

在前面的云知不由得扭过头，轻轻解释：“那不是地摊货，那是护身符。”

武晓松嘻嘻笑了两声，打趣说：“云姐怎么知道，难不成是你送的？”

云知郁闷，没再说话了，路星鸣靠着椅背跷着腿，一副大佬的坐姿，一派悠闲。正当众人玩笑不断时，他那微哑的声音传来：“对，就是云姐送的。”

满屋子的动静瞬间消失，路星鸣挑眉，对这个反应很满意。

几十道视线投过来，表情震惊，其中刘彪虎脸上的讶异最为明显，过了半天才结结巴巴地挽回自己的过错：“挺好看，很特别！非常符合路哥的气质！”说话间，他比了个大拇指。

身旁武晓松添油加醋：“你刚还说那是地摊货，现在你的意思是路哥有摆地摊的气质？”

刘彪虎五官扭曲，回头就是对武晓松一顿猛捶。

路星鸣低哼一声，摸了摸书包上的锦囊，没理会他们。

打闹完，刘彪虎哼哧哼哧地看向云知：“云姐，你别在意，我那是口无遮拦，不是真心话，真的，我觉得这个挺特别的，毕竟花钱买不到嘛，嘿嘿……”

说话间，上课铃打响，老师抱着书本进门，吵闹的教室慢慢归于安静。

云知支着下巴，书本上黑色的小字在眼前飘浮，她第一次无心听讲，想的都是如何赚钱。

恍惚中，后背被戳了一下，她没有理会。

过了一会儿，她又被戳了一下。

“干吗呀？”她回过头。

路星鸣下巴微抬，示意她看黑板。

“韩云知，回答一下这个问题。”

她愣了一下，急忙从椅子上站了起来，对着黑板发蒙。

黑板上列了数道习题和一些公式，她脑袋里一团糨糊，根本不知道怎么去答。

路星鸣指尖掩着嘴唇，嗓音压得极低：“选 A。”

云知听见了，心虚得目光闪烁，回答：“A。”

老师知道她没有认真听讲，可是，既然回答对了，也没办法责怪，叹了口气让她坐下，叮嘱：“好好听课，不要走神。”

云知坐回到椅子上，松了口气。

一堂课很快结束，班级里的男生勾肩搭背出去大半。云知留在座位上没动，垂着头看着手机。

微信上，韩厉连续发来十几条消息。

韩厉：你还真是有能耐了，都会转账了。

韩厉给她转了一笔钱：给我收了！

韩厉：你不收是吧？你信不信，我告诉我妈！

云知嘴角耷拉，继续往下翻。

韩厉：哎哟，我错了，对不起，对不起行了吧！

韩厉：我妈要是知道，真的会打死我的，你真舍得让我被打死？

看到这儿，云知倔强地抿起了双唇。

韩云知：舍得。

韩厉守了她一个钟头，万万没想到会守到这么无情的两个字。

韩厉：是我嘴贱，你身为长辈，能不能宽宏大量一点，把钱收了好吗？过两天就要收学习资料的钱，好几百呢，你能赚到？

他说得没错，云知的确翅膀硬了，翅膀硬到不单单学会了屏蔽人，还会把人拉黑了。

她憋着一股怨气狠狠地点了几下屏幕，毫不犹豫地把侄儿拉入黑名单，然后趴在桌上，不再理任何人。

武晓松见她心情不好，八卦心起，嗑着瓜子，扯着吴征的袖子："她怎么了？"

吴征的手还没好利索，正和云知不对盘呢，没好气地回："我怎么知道。"

武晓松又看向了云知的身后，路星鸣也趴在桌上，脸朝里，姿势和云知一样一样的。

武晓松咔嚓咔嚓地咬着瓜子，突然低声问："老大要是结婚，我们要给多少份子钱啊？"

吴征：这人脑袋没病吧？

韩厉信息刚发完不久，班主任就在中午放学时通知了全班同学上交学习资料费。

他们也都是不缺钱的，全麻溜地发了红包给老师，除了身无分文、兜比脸还干净的云知。

她坐在座位上，忧心忡忡地私聊了班主任。

韩云知：老师，我可以晚一点交吗？

班主任：不着急，周五前交上来就行。

韩云知：谢谢老师。

放下手机，云知又是一阵出神。

学习资料费要三百块，她起码要每天赚六十元，才能凑足这三百块钱。问题是，她怎么去凑这笔钱。

“云姐，还不走吗？再晚，食堂可没饭了。”同学们和她招呼。

云知恍然回神，收拾好东西离开座位。

云知已经去晚了，食堂热销的菜近乎全部卖完，好在她不挑，要了两个馒头和一份清炒油麦菜，端着餐盘独坐在角落。

看见旁边一桌有一个空瓶子，云知毫不犹豫地拿到了身边。

这个小动作没有逃过路星鸣的眼睛，他慢慢抿着饮料，心里寻思这小姑娘不会真去收破烂吧。

“小假发。”路星鸣懒洋洋地叫了她。

云知看向对面。

路星鸣一口把剩下的饮料喝光，对着她摇摇瓶子：“要吗？”

云知一双眼珠一直跟着那瓶子转，眼巴巴的，想要得不行。

路星鸣嘴角噙笑，起身主动把瓶子放了过去。

云知刚和厨房要了个黑色的垃圾袋，把捡来的瓶子全装在了里面。路星鸣随意地瞄过一眼：“你弄这些是要干吗？”

“卖呀。”

路星鸣不禁问：“你这几个瓶子估计连一块钱都卖不了，图什么？”

云知倒是不觉得少，很实诚地说：“图那九毛钱。”

路星鸣语塞。

云知小心翼翼地把装有瓶子的黑色袋子放在脚边，埋头继续吃饭。

路星鸣觉得要是不管，实在说不过去。他坐到云知的对面，修长的指尖轻轻戳了一下她饱满的脸蛋：“喂。”

云知不满地躲开，小声地嘟囔：“人家在吃饭，学长不要捣乱。”

还“人家”……也真够娇气的。

路星鸣撇嘴，凑近，故意学着云知的语气：“人家也只是想问你几个问题。”

噗——在后面偷听的刘彪虎几人都把米饭喷了出去。

老大这是吃错药了吗？也太娇气了！

云知知道路星鸣又在逗她，默默地端着餐盘往一边移了移，不理他。

路星鸣跟着移过去，直言不讳：“我很想知道你捡破烂是因为爱好，还是缺钱？”

她这一出实在是太突然了，路星鸣感觉就是回家换身衣服的工夫，小姑娘就突然转行成了丐帮要饭的。

云知吃着馒头不说话，要不是被生活所迫，谁会去捡破烂。

静默时，她听到刘彪虎的抱怨声：“不是吧，武松哥，你发一块钱红包糊弄谁呢？”

武晓松不服气：“一块钱怎么了？爱抢不抢。”

云知咽下馒头，好奇地问：“学长，他们在干吗呀？”

路星鸣朝后瞥了一眼，也没有多想，随口答了：“估计在群里发红包，图个热闹。”

“红包里有钱吗？”

“嗯，应该不多。”路星鸣不爱凑这热闹，有时候无聊了会发几个红包让他们抢，然后收获一连串的“谢谢老大”，但他很少抢红包，手速不行，也没那个工夫。

不多，也是钱啊！

云知放下馒头，兴冲冲地拿出手机点开微信。

群里，班上的同学正在疯狂地发红包，抢红包。云知双眼放光，眼明手快地点开几个，深深地震惊了。

一块的，五毛的，三分的，还有一个六块的！

“喂。”路星鸣托着腮，不满地教育，“好好吃饭，不要看手机。”

云知不说话，默默地抢红包，见他们不发了，略有些遗憾。为了不错过日后的红包，她把一直屏蔽的群取消了免打扰设置。

被无视许久的路星鸣隐隐觉得不爽，他算是看出来了，小姑娘这是真缺钱。

想着，路星鸣挑眉，偷偷把手机取出，打了个两百的红包发到小群，数额十个，果然，云知是第一个抢的。

红包迅速被抢完，他随手点开，默然，最佳手气是刘彪虎。

下面，云知只抢了五毛钱，在一众几十块里格外突出。

路星鸣抬了抬眼皮，小姑娘垂着眼，一脸失落。

路星鸣轻咳一声，僵硬地安慰："人生偶尔也会这样。"

吃饭高峰期后，食堂的学生三三两两地散去，保洁员开始清理桌面。此时云知也已经吃完了，她先保洁员一步把桌上的塑料瓶一股脑地塞进黑色垃圾袋里，每个桌面都扫一遍，一个瓶子都不落下，很快，那个垃圾袋被塞满了，里面少说有二十个矿泉水瓶。

云知拧紧袋子，看了眼时间，直接向校外走去。路星鸣眯了眯眼，默默地跟上。

校门口，云知一眼看见在垃圾桶旁收破烂的老大爷，一上午的工夫，他又回收了一车，如今正蹬着小三轮准备离开。

云知拎着袋子，小跑着追上："大爷！"

听到有人叫，大爷回过了头。

云知生得可人，水盈盈的一双眼让人过目不忘。

"是早上的小姑娘呀。"

云知直接把袋子放在他的脚边，问："大爷，这些能卖多少钱？"

大爷满脸问号。

身后的路星鸣也顿住脚步。

云知知道自己有些丢脸，但也顾不得那么多，比起丢脸，她更想快点把买学习资料的钱交上。

"我一上午就收到这么多，您、您看着给。"她小手背在后面，眼巴巴地瞅着。

大爷盯着那一袋塑料瓶，一时间竟不知道说什么。他收破烂二十载，还是第一次见到白白嫩嫩的小姑娘和他抢生意的。

他感觉稀奇、古怪，难以理解。

老大爷下了车，认认真真地把瓶子数了数，不多不少，刚好二十个，于是说：“看你小姑娘长得讨喜，算你两块吧。”

云知咬咬唇，隐约觉得自己有些亏，便讨价还价：“三块钱行吗？”

大爷：“你要是有三十多个，我还能算你三块钱，这样吧，给你两块五，不能再多了。”

云知琢磨半晌：“两块六行吗？”

大爷乐了，从小布袋里取出两块五毛钱，又放了一枚钢镚儿，一齐递给云知，笑着说：“你这小姑娘还挺有意思的，与其赚这一毛两毛的，还不如去街上发传单呢，一天也能有一两百。”

云知小心翼翼地把得之不易的两块六收在粉红色的小钱包里：“我现在上学，出不去。等星期天去看看，谢谢大爷。”她笑，美滋滋地跑回了学校。

等她跑远后，一直藏在暗处的路星鸣不紧不慢地走了出来。他来到大爷身边，盯着地上那袋子塑料瓶静默片刻。

大爷打趣：“小伙子，你也要和我捡垃圾？”

路星鸣掏出钱包，抽出一张崭新的红色钞票递给他：“大爷，以后那个女孩再卖瓶子给你，你算她一块一个。”

大爷深深地震惊了：“这……这不是有病吗？谁瓶子卖一块钱，都赶上酒瓶子的价格了，小姑娘能信？”

路星鸣不耐烦：“您就说，猪肉太贵导致的物价上涨，她智商不高，肯定信。”

智商是不高，大爷觉得这小伙子智商不太高。

那句老话说得没错：人傻钱多。

“那小姑娘要是不来呢？”

路星鸣硬是把钱塞了过去：“不来，您就自己买点营养品。”

手上那红钞票有些烫手，但大爷还是收下了，再次感叹“世界之大，无奇不有”。眼见无人，他八卦地贴近路星鸣，小声地揶揄：“小伙子，你对那个女同学够好啊。”

路星鸣一怔，呼吸一顿，垂着眼，近乎是落荒而逃。

“啧啧，年轻真好。”大爷感叹着，把瓶子都丢进了小三轮里。

中午的太阳灼灼，一棵茂密的树后，方明蹲在地上，满头大汗地和韩厉打着小报告：“哥，说出来，你别惊讶。”

韩厉在墙那头着急上火：“少废话，快说看见我妹没？”他对外称云知是他妹妹，一点也不觉得冒犯。

方明口干舌燥，吞咽一口唾沫润润嗓子，说：“捡破烂呢。”

“啥玩意？”

“你妹，捡破烂卖了两块六。”

“你妹？你敢骂小爷！”韩厉火气上头，转念才想到方明指的是云知，喘息三下，压了压火气，“真的捡破烂？”

“嗯，卖瓶子，特别惨，我都想冲上去给她两块六了。”

韩厉暗骂，紧蹙着眉头，情绪复杂。

他本来以为女生生气最多不超过二十四小时，尤其是小姑娘，吃不了什么苦，让她体会一下没钱的生活，也就低头了，这事儿也就这么过去了。这倒好，她不低头，不收钱，把他拉黑不说，还捡破烂去了！

看样子，韩云知是铁了心不再要他的钱，铁了心要自己独立。他磨磨牙，心里又气又急。

“对了，我还看见路星鸣了。”

韩厉一愣：“路星鸣也去捡破烂了？”

不、不能吧？

不管怎样，路星鸣的爸爸也是凌城首富，福布斯富豪榜上名列前茅的人物，路星鸣作为他儿子，怎么着也不会沦落到捡破烂的地步吧。

方明无奈：“哥，你想什么呢，他给了老大爷一百块钱。别说，路星鸣这人虽然卑鄙了一点，但还挺善良的。”

“善良个鬼。”韩厉骂了句，“你等着，我现在过去。”

方明还没回话，对方就挂了电话。

再过一会儿，韩厉火急火燎地跑了过来。跑出一头热汗的他也顾不上歇口气，直接走到老大爷跟前：“大爷。”

韩厉热得俊脸通红。

正准备走的老大爷这次淡定了：“小后生，你也要和我捡破烂？”

“不是，我哪能和您抢生意。”韩厉说着，从钱包里抽出五百块，“大爷，刚刚不是有个女孩卖瓶子给你吗，以后她再过来，你算她五块钱一个瓶子，不，十块钱，算了，二十吧，不够，你联系我。”

大爷惊悚地瞪了他好一会儿，二话不说，骑上了小三轮，走时嘟囔：“年纪轻轻怎么脑子不好使了。”

韩厉不死心地喊：“大爷，你别走啊！是不是不够啊？我再多加一百，成吗？”

大爷身子一个激灵，更加感觉是被神经病缠上了，一时间把三轮车蹬得风风火火，很快就消失在马路那头。

韩厉狠狠地扯一下自己的头发，将怨气撒向了无辜的方明：“你说现在怎么办？”

方明蹲在地上有气无力：“哥，你直接认个错得了，看你妹妹也不像是记仇的，你至于这么大费周章吗？”

“小爷又没错。”韩厉踹过去一脚，双手插兜，愤愤地离开。

他还就不信了，他混世魔王小旋风还治不了一个山上下来的小姑娘，开什么玩笑！

下午放学，云知照例把捡来的瓶子卖给收破烂的老大爷，大爷简单地清点一遍，二话不说，给了她三十块钱。

云知没有接那三张纸币，目光犹豫：“大爷，我没有零钱找您。”

大爷头也没抬地收了瓶子：“一块一个，算你三十元。”

云知皱皱眉，很是困惑：“我打听过市场价，瓶子最贵也就五毛，一般都是一毛、三毛的，怎么能算一块？要是这样，别人都留着自己卖了。”

大爷手上动作僵硬，表情瞬间变了。

“是有人让您这样做的吗？”云知试探性地问。

她又不是真的傻，收破烂的老大爷赚这些钱不容易，就算她真的长得可爱得不行，也不会有人因为可爱就和她做亏本买卖。

那只有一个可能——有人故意给大爷钱，让他帮自己。

会是侄儿吗？这么不聪明的做法，估计也只有韩厉想得出来。

大爷眼瞧着瞒不住，就直接抖落出来了：“你同学给我一百块，让我把价格抬高点给你。”

云知更好奇了：“那您还记得他长什么样吗？”

“挺高，模样很俊，就是看着不太好惹。”

很高，很俊，不好惹。那八成就是韩厉了。

云知低头，思绪复杂。

因为不要他的钱，所以他才想到这样的方式，傻乎乎的，一点都不聪明。不过，这也提醒她了，他傻乎乎，捡瓶子的她更加傻乎乎。

老大爷已经整理好废品，骑上小三轮准备离开：“姑娘，这塑料瓶，你还卖吗？”

她帮着把塑料袋放在车上，摇摇头：“我不卖了，这些都送给您，谢谢大爷。”

“那钱？”

“您就按他说的处理。”

大爷笑笑：“那孩子说，你要是不来，就留着给我买营养品，可是……”

“那您就留着。”云知打断他，视线不由得落在了老大爷苍老的双手上，虽是夏天，老人的手却生了疮。

云知恍惚，倏然想起她远在大山里的师父。

师父十个手指头布满了这样的疮口，全是冬日里砍柴干活冻出来的，每每云知要帮忙，他都不让，还会生气，说是女孩娇贵，不能留疤。

云知眼睛发酸，她拉开书包，把中午得来的两块六全取出来递了过去：“大爷，这你也拿着。”

老大爷看着钱愣怔：“你这是……”

“你、你留着买水喝！”说完，她拽着书包慢腾腾地朝公寓走去。

看着云知娇小的背影，老大爷蹬着三轮车到了她跟前：“小姑娘是不是和家人吵架了？”

云知抿着唇不语。

“是和家人冷战，所以才想着自己赚钱独立？”他语气里带着打趣。

云知声音低低的：“我不算是他们的家人……”

从前不是，现在不是，以后可能也不会是。

偏见是一层看不见的薄膜，始终隔在她和韩厉之间。就算韩厉不说，不承认，他也终归是把她当成擅自闯入韩家的侵略者，永远不会把她放在家人的位置上。

三轮车在耳边咯吱作响，同时传来的还有大爷的叹息声：“要是家人真的对你说了重话，让你不开心，你一定要主动说出来，一般做家长的都会理解。咱们也不会读心术，你们现在的小孩心思多，有时候家人也不知道你们在想什么，你总不能让长辈和你服软道歉吧。”

云知若有所思，憋着的一口气突然消散不少。

是啊，她不能把韩厉一时的气话当成真心话，毕竟现在的小孩心思多，韩厉不主动说，她又怎么知道他心里面到底是怎么想的。

云知骤然平和，她停下脚步，小脸扬起：“大爷，你说得对，我明白了。”

大爷满不在乎，正要说“不用谢，有空多给我两个瓶子”时，又听云知说：“我是个长辈，可以理解他，但绝对不能服软道歉。我懂了，谢谢大爷，大爷真好。”

深深一鞠躬后，云知背着书包跑向马路对面，脚步比之前轻快不少。

老大爷被这逻辑思维惊呆了，顿时面容扭曲，血压飙升。

他下定决心，以后再也不来这学校捡破烂了，有钱人家的孩子怎么都那么奇怪！

日薄西山，云知慢走在人行道上，尽管现在不是那么生韩厉的气，但买学习资料的钱还是要赚的。

如果发传单，那么，只能周末去，可到那时候就晚了；如果去饭店打零工，店主可能看她长得小，不会收留她。至于其他工作，她实在不敢去，师父说她长得太过可爱，不留神就会被人骗去，她不想被人骗去。

她想到这儿，顶着假发的小脑袋又重新垂下去。

正当她为那三百块钱忧愁时，她突然听到公园里传来浅浅的交谈声。

“塞翁还好，失马比较调皮，现在我这老腿瘸了，遛不了它们，只能慢慢找好人家让它们安顿下来。”

“两个大家伙都跟你这么久了，送给人实在可惜，不行的话，我让我孙子给你找个代遛的，你稍微出点钱，就解决了遛狗的问题，孩子也能继续跟着你。”

钱……

云知扯紧书包带子，转身进入公园。

门口的休息椅上围坐了几个老人在下棋，她视线一转，对上两双圆溜溜的眼睛。

那是两只狗，很大的狗。

一只毛色金黄，吐着舌头，拖在地上的大尾巴疯狂地摇摆，看起来傻乎乎又无害。另外一只黑白相间，毛发蓬松，体型比另一只还要庞大。它在原地转圈圈，活跃得很，看起来有点吓人。

云知吞了一口唾沫，小心翼翼地走了过去。

“汪！”金毛冲她叫了一声。

云知立马停下，对着警惕护主的狗一动不敢动。

“塞翁，不要吓人家小姑娘。”坐在轮椅上的老人慈眉善目，摸了摸它的头，轻声安抚，转而对云知笑着说，“别怕，塞翁不咬人的。”

“这是您的狗吗？”云知小声地问。

“是啊，他们都是我的狗，金毛犬叫塞翁，那只阿拉斯加犬叫失马，是我儿子送过来陪我的，都很乖。”

也许是见云知讨喜，老人家又多说了一句：“可惜我腿脚不行，恐怕不能继续照顾它们了。”说完，他叹息一声。

云知眼睛一亮，对钱的渴望战胜了对大狗狗的恐惧。她上前几步，毛遂自荐：“爷爷，我每天来帮您遛狗。”

老人愣了一下：“你？”

云知又瞥了眼那两只大狗，睫毛上下忽闪几下，缓缓点头，嗯了一声，又说：“我每天五点就起床了，可以帮您遛两个小时；晚上有空，可以遛久一点。中午没多少时间，只能简单遛遛它们。”她抿抿唇，声音不由得低了下去，“您……您只要每天给我十块钱就好。”

老人很是愕然：“十块？”

云知心里一慌：“多、多了吗？”

老大爷顿时笑了，摆摆手：“你要是真的行，我可以按一小时二十块钱算给你，不过……”他略显为难，“塞翁听话懂事，你还能拉着，失马就说不准了，它活泼，劲儿也大，你一个小姑娘，我实在害怕它伤到你。”

云知的脑子开始飞速转动，一小时二十块，每天按四小时算，那一天就会有八十块钱，一星期就能有五百六十块钱。

她眼睛唰地亮起，兴冲冲道：“我没问题，我可以的，不信的话，我现在就可以试试。”

见她这么积极，老大爷实在不好打击小孩的热情，思索片刻，才将失马的遛狗绳递到她的手上。

云知刚拉住绳，失马便像打了鸡血一样蹿出去，云知单薄的身子如同跟在它后面的风筝，它跑到哪里，她飞到哪里。

好在云知力气大，也练过，尽管吃力，但不至于被它拖拽得倒地。

失马飞快地跑，云知风驰电掣地跟着，在她忙于和狗的斗争中，没注意到路边站了许久的路星鸣。

“你慢点——”

嗖的一下，云知飞过，顺道还撞掉了路星鸣手上的雪糕。

他看着地上的抹茶雪糕，痛惜两秒，面无表情地用纸巾包着丢在一边的垃圾桶里。

“慢点啦——”

嗖的一下，她又飞过，带起路星鸣头顶的几根发丝。

路星鸣眼皮子狠狠地一跳，忍无可忍，长臂一伸，没费吹灰之力就拉住牵引绳，拽停了兴奋异常的失马。

“汪！”失马不开心地冲路星鸣叫。

路星鸣眼刀飞过去，一脸冷厉，大狗哆嗦一下，呜咽着躲到云知的身后。

“学长，你怎么在这儿？”云知总算发现了他。

她跑得胸脯起伏，小脸通红，饱满的额头上沁着汗水，衬得眉眼更加生动，一双杏眼被薄暮染成暖色，亮晶晶的。

“我还想问，你在这儿干吗？”路星鸣垂眼掠过她手上的绳子，又淡淡地收回。

云知笑意盈盈地说：“我在应聘。”

他茫然地啊了一声，云知随意地抹了把脸上的汗珠，又把粘在颈窝的假发弄到后面，解释说：“帮人遛狗，一小时给二十块钱，我先走啦，回头再找学长。”

路星鸣眉心抽动：“你这么快就转行了？”

云知知道他是打趣，不好意思地摆摆手：“那个不算的，不算的，我真不和你说了。”

路星鸣轻哼，这小假发，头发没几根，点子到不少。

他担心小姑娘被骗，于是不动声色地跟在后面，双臂环抱，静静地看着云知和老大爷交谈。

她回来时毫发无伤，失马又对她有明显的好感，从见过路星鸣，便一直靠在她的脚边转，塞翁见小伙伴黏着她，便也过来蹭了一下她的掌心，当作示好。

老人见两只狗喜欢她，她又能应付，便欣慰地给了她这份工作。

云知松了口气，有了这份工作，起码买学习资料的钱不用愁了。

想到买学习资料的钱，云知轻咬下唇，觍着脸开口："爷爷，我能先和你预支三百块吗？"

云知诚实地说："学校要交资料费，我没有……"说完，她低下了脑袋。

她看着可怜，老人家立马脑补出一场家境贫寒，少女赚钱读书的凄苦戏码，想也不想便从钱包里取出五百块钱："这样吧，爷爷先给你五百。你记一下我家的地址，然后，我再把钥匙给你，明天直接去我家带狗狗出来就行。"

老人一边说着，一边取出随身携带的记事本扯下一页纸，在上面写下地址、姓名和电话号码。

"星期天就不用遛了。"

"好，谢谢爷爷。"云知仔仔细细地把字条收在书包夹层，又把自己的电话号码、姓名写好递过去，"这是我的联系方式，还有学校的班级号，爷爷有事可以找我。"

老人家看了眼她娟秀的字迹，笑了笑："那快回家去吧，回晚了，小心家人担心。"

云知再次道了谢，一身轻松地走出小公园。

天快要暗了，云知嘟起嘴吹了吹被牵引绳勒红的掌心，离开时，她感觉有人在注视着她。

云知缓缓抬眸，不远处的路灯下，少年脚下的影子被路灯拉长，他懒懒地站着，望向她的凤眼目光幽邃。

云知心跳漏了半拍，突然觉得……被灯光笼罩着的学长格外英俊、好看。

云知恍惚了许久，直到路星鸣向她走来，才收回目光，指尖不好意思地挠了挠发热的脸颊：“路学长还没有回去吗？”

路星鸣没有正面回答，一直盯着她的手心看，她愣了一会儿，摊开手：“不疼的。”

她的手掌过于小，被勒出的红痕还没有全部消失，横在掌心。她不觉得疼，只觉得火辣辣地烫，但吹了吹后，已经好了太多。

少年暗了目光，脑海中浮现出她刚才对着掌心呼气的模样，又憨又甜，又让人心疼。

路星鸣眉眼淡淡，没有对云知露出自己的小心思，默然不语地走在女孩的身侧。他很高，腿又长，为了照顾她，刻意放缓步伐。

“你……”路星鸣开口，然后，欲言又止。

“你很缺钱？”他问。

云知也没选择隐瞒，毕竟贫穷这种状态是骗不过别人的，于是点头：“我想要自己挣下学期还有上大学的学费。”她满怀雄心壮志。

路星鸣哼笑：“你还挺有志气。”

云知下巴扬起，表情坚定：“我师父说了，石看纹理山看脉，人看志气树看材，我就是想靠自己赚钱。”说这话的时候，她的眼睛熠熠生着光。

云知紧接着看向路星鸣，双目中是不加掩饰的崇拜：“我要是像路学长一样聪明能干，肯定也不用这么费劲地赚那三百块。”

师父之前说过：人外有人，天外有天，聪明的占大多数，让她保持初心，不要与人攀比。

云知本没把这话太放在心上，直到遇见了路星鸣。

在云知眼里，路星鸣就是那占大多数的聪明人，他好看，善良，什么都会，什么都懂，犹如天边遥不可及的星光，任人仰望，却无人接近。

云知对他的仰慕之情溢于言表，他不语，一派淡然，神色莫测，良久才说：“你还想多赚一份钱吗？”

云知驻足，不明所以。

“我有个朋友家里缺个做家务的，你要不要考虑一下？工资就……一个月五千吧，活儿不多，每天扫地、擦桌子什么的，有空的话，做点夜宵，会额外加钱。”

路星鸣的表情不甚自然，他对金钱没什么概念，不清楚市场价，也不知道家务工的行情，价格完全是随口一提，在小姑娘可以接受的范围内。

不过……会不会少了一点？

路星鸣偷偷去瞄她的脸，没什么反应，看起来不是很满意，果然少了。

路星鸣清清嗓子：“那就五……”万吧。

话没说完，云知一个激灵跳到了路星鸣的面前，语气里是难掩的激动：“五百！”

她挨得很近，声音很大，路星鸣的耳膜被震得嗡了一下，他脑袋后仰，伸出一根手指抵住女孩的肩膀推开。

云知也意识到自己情绪过于激动，后退着拉开距离，深深吸气以平复心情，一双杏眼水润，矜持地说：“五千太多了，给我五百块就好了。”说着，她不好意思地低下头，“你平常对我那么好，就算免费干，我都愿意……”

女孩说这话的时候带着腼腆。路星鸣愣怔，脑子轰地炸了，只记得后一句话。

路星鸣耳边嗡嗡作响，脸憋得通红。他口中生津，喉结微动，指甲狠狠地抠了一下掌心的肉，才勉强让自己清醒过来。

“五百……五百少了点。”路星鸣闭眼，忍着躁动说，“就、就三千吧，一个月算你三千。不用和我争论，你每天晚上过去随便收拾一下就好，他一个人住，其实也挺干净的。”

静了一下后，云知看向他：“学长，你老实说，你那个‘朋友’是不是你自己？”

路星鸣不语，轻咳一声，移开视线。

路星鸣和其他学生不一样，那套公寓算是他买下来的，他不喜欢别人闯入他的世界，所以平常都是自己收拾整理，这次之所以雇她，单纯是想给她一份工作。

云知莫名地被触动心弦，眼眶红红的，内心生出感激。她鼻头发酸，又有些想哭。

夜色中，云知的眼睛湿润，嘴唇抿着，像猫儿一样可怜。

路星鸣心脏缩紧："喂……"他弯下腰，轻声命令，"不准哭。"

"我……我不哭的。"云知咬唇把快掉出来的眼泪憋回去，"学长，你真是太好了，我都不知道怎么报答你。"下一秒，她鼻子一抽，两颗晶莹剔透的泪珠掉了下来。

路星鸣眉头再次皱紧，从口袋里摸出纸巾，放轻力度在她的脸上擦拭。

"你不哭就算是报答了。"见小姑娘哭得可怜，路星鸣坏心眼上来，捏着纸巾的手在她的鼻尖上狠狠地掐了一把。

云知呜咽着，抽抽搭搭地把眼泪收了回去。

路星鸣撇嘴，随手将纸巾攥成团握在掌心。

等人平复得差不多了，路星鸣倾身逼近，性感的声音放得又轻又缓："那……需要预支工资吗？"

两人离得很近，云知身子一颤，不由得向后瑟缩，没有注意脚下，一脚踩空，眼看要倒在马路牙子上，少年伸手，揽着她的腰带入怀中。

路星鸣身上有初见时的薄荷香，和他的人一样清冽。

云知杏眼瞪大，身体在那一瞬间绷紧僵硬，就连刚才的感动都抛到脑后。

万籁俱寂中，云知混沌的意识总算回归。她手忙脚乱地推开路星鸣，踉跄几步，最后堪堪站稳，把褶皱的衣服抚平后，嗓音低低的："谢谢学长。"

路星鸣搂过云知的那只手默默地收紧，轻嗯一声，默然向前。

云知眨眨眼，不由自主地捏了捏自己的细腰，软软的，没赘肉。莫名地，她松了口气，接着又笃定地想，就算她很胖，学长也还是会拉住她的。

——学长那么善良，才不会区别对待呢！

“快点。”不远处，少年懒洋洋地催促。

“来啦！我来啦！学长等等我。”云知飞快地跑过去，没一会儿就蹿到了少年跟前，和兔子一样。

路星鸣睨一眼，叮嘱：“慢点，再摔，我可不管了。”

云知便老老实实地贴着路星鸣的肩膀走。

马上要过马路，路星鸣瞥向神游天外的云知，沉思几秒，佯装淡定地开口：“你拉着我的背包带子吧，别被撞了。”

云知本来想说她会看红绿灯，不会被撞的，结果话到嘴边，就变成“哦”，答应了。她伸出两根手指头，小心翼翼地扯住了路星鸣黑色的背包带子。

红灯变绿灯后，少年走在前面，云知扯着他的书包带子跟在后头，时不时地抬眼打量。

城市彩色的霓虹在他如墨般黝黑的发丝上跳跃。少年的后背不算宽阔壮实，但笔直，如同一棵行走的松树。

云知莫名感觉安定，跟着路星鸣时，她总觉得自己那小小的心找到了靠山。

很快走过马路，她慢慢松手。前面就是小区，她忽然不想回去，步伐放得很慢，最后完全停下。

路星鸣回眸，云知的手指甲不老实地扯着背包带子，她脑中灵机一动，主意上来：“学长，我请你吃饭吧！”

她笑起来太过好看，笑意发自肺腑，直达眼底，酒窝醉人。

“你饿了？”

“我不饿，我就是想请你吃。”学长总是在帮助她，她总要想办法回报一点。

路星鸣轻哼：“你有钱？”

云知捏了捏书包，那里面装着爷爷给的五百块钱，交完学习资料费，还要留一点交下周的班费，请人吃饭好像是不太够。

他就知道，路星鸣无奈地叹气，拿出手机找到云知的头像，直接转账三千元："收一下。"

云知对着转账记录愣了愣。

"预支的。"少年冷声说完，脚步一转，朝着与公寓相反的方向而去，见云知还呆立在路口，"走啊，不是说请我吃饭？"

云知点了接收，对着手机出神五秒，快速跑过去。

"学长，你想吃什么？不要点太贵的好不好？"

路星鸣觉得好笑，这小破孩前一刻还在装大款要请他吃饭，现在就成了小气抠门的小假发。路星鸣越想，越觉得好笑，于是眼角微弯，成心逗弄："可是我想吃大闸蟹，就是前面香蟹楼那家。"

一听到大闸蟹，云知的太阳穴突突跳动起来。

之前嫂嫂买过大闸蟹，价格贵得要死，她又不吃肉，一口没动，光觉得贵，还心疼好久。

云知吞咽一口唾沫，小声翼翼地问："那家要多少钱？"

路星鸣假装想了一会儿，说："一位一千五吧，你和我刚好三千。"

一千五百元，对穷苦人家出身的韩云知来说，可谓是天价。

她在金钱和路星鸣之间反复权衡，最终忍痛说："学长想去就去吧，不过，我不吃，我吃碗面条好了。"她庆幸自己吃素，吃素让她省下一千五百元呢。

看着那纠结的小脸，路星鸣心里一动，轻笑出声，大手拉着书包带子，把她一把拉过，手指曲起，在女孩饱满的脑门上轻轻一弹："骗你的，我不爱吃大闸蟹。"

他抬头环视，领着云知进了旁边的一家小饭店："就这儿吧。"

第十章

暗中观察一下

///

对，你们别欺负我，
她会保护我的。

///

这家店很小，环境比起他常去的西餐厅来说并不是很整洁，每张桌子都坐了客人，人声鼎沸，烟雾腾腾，充满了生活的烟火气。

“两位请坐，要吃点什么？”刚好有一桌客人离开，店家边清理桌面，边招呼他们坐下。

那张双人木桌上蒙了一层油渍，轻微洁癖的路星鸣犹豫几分，慢慢地坐下。

云知倒是不觉得脏乱，干脆地坐到了他的对面，将菜单递过去：“学长，你看看要点什么。”

服务生在旁边按响笔，静等着他们点菜。

这家店主要做的是家常菜，价格很亲民，最贵的菜品也不过八十多元，路星鸣扫过菜单：“要一个素三鲜，一个鸡蛋汤。”

他放下菜单，瞥了眼云知，心想小姑娘只吃这些可能不太够，于是又让服务生加了一笼奶香小馒头。点完菜，他倒了两杯茶水，将其中一杯推到云知的面前。

饭店里的茶叶多是重复使用，到了这会儿已经闻不到茶香，茶水泛着淡淡的绿色，腾腾地向上冒着热气。这天气几乎没人喝热水，只有路星鸣，小口小口慢慢地抿着。

云知打量了一眼周围的环境，目光与对面那桌的两个男孩的撞了正着。他们对云知笑了笑，低头交谈，似乎是在说她。她迅速低头避开对方的视线，小声地问：“学长不吃肉吗？”

路星鸣刚才点的都是素菜，连一样荤的都没有。

他淡淡地说：“晚上不想吃肉。”

既然路星鸣说了不喜欢，作为请客方的云知自然没有强求的道理。

菜很快上来，路星鸣把盘子都推向云知，自己只吃了几口素三鲜，便不再动筷子。

云知很饿，这几天她都为赚钱忧愁，为捡瓶子奔波，就连睡觉做的梦都是和钱有关，睡眠质量下降不说，学习热情大打折扣，就连胃口都跟着不好了。

奶香小馒头蒸得香香的、软软的，一口一个，云知三下两下就消灭干净。

路星鸣懒散地托住腮，耳朵敏锐地听到隔壁桌在谈论小姑娘，说的无非是可爱好看，相互推托找她要微信号，最后，一个男生站了起来。

路星鸣莫名不爽，危险地眯起了眼。

原本准备过来要微信号的男生见他眼神阴鸷，吓得收起心思，默默地坐回座位，再没敢动弹。

路星鸣不屑地轻哼，摆正视线。

“学长，你怎么不吃呀？”云知把嘴里的小馒头咽下，见笼里还剩下一个，直接用手拿起递到他的嘴边，“你尝尝，这个特别好吃。”

路星鸣看着她，手没有动，她一怔，突然意识到她吃饭前没有洗手，还摸了狗，路学长肯定会嫌弃的。

云知正要讪讪地把手缩回时，少年突然张嘴含住圆溜溜的小馒头，一咬，馒头进入口中，他慢慢咀嚼，最后轻轻一颔首：“挺好吃的。”

他吃着馒头，慢条斯理，给人的感觉优雅万分，就像是那天那本漫画书里的贵公子一样，连吃个馒头都透着几分帅气。

云知迟迟没有做出反应，心中奇异地生出几许窃喜。

——路学长没有嫌弃她。

她抿唇偷偷笑了，低头继续吃饭。她感觉自己的胃口更好了——和路学长在一起，胃口都会变好。

路学长真是福星。

点的菜的量并不是很多，云知吃得一点不剩，见路星鸣也吃饱了，便直接过去结账。

这顿饭共花了一百元不到，在云知可以承受的范围内。她把找来的零钱放在书包里，心满意足地决定回家。

现在正是夜生活开始的时候，街边的夜宵摊已经开始营业。烧烤摊一家挨着一家，烤肉的荤腥味飘过，让云知胃里难受。她掩鼻，默默走到另一侧。

瞟着云知不舒服的样子，路星鸣静默不语地领着她加快步伐。

远离夜宵摊，等味道全部散去，云知才慢慢放下了手。

这边开的多是卖货的铺子，到了这个点，大部分商家都拉上了卷帘门，比起对面的烟火缭绕略显冷清。酒足饭饱后，困意逐渐袭来，她揉着眼，小小地打了个哈欠。

突然，云知毫无预兆地撞上了路星鸣的后背。

这猛然的冲撞让人脑门发酸，困意跟着消散不少，她还没来得及问路星鸣为什么停下，就见面前的少年伸出手，不动声色地将她挡在身后。

云知疑惑，不由得探出头来张望两眼，他们前面站着四个醉汉，看起来也就二十多岁，满脸醉意，身子摇摇晃晃的，像是马上要跌倒。其中一人看着他们两人，笑容很是猥琐，不用想就知道是过来找事儿的。

云知没应付过这种局面，心里发怵，不禁伸手拉住路星鸣的袖子："学长……"

"别出声。"路星鸣压低嗓音，狭长的眼中满是逼人的冷厉。

几个醉汉握着酒瓶，跌跌撞撞地过来，路星鸣将云知护得更紧，肌肉瞬间紧绷。

他们从四面团团把两人围住，难闻的酒气扑面而来，云知忍不住抽抽鼻子，身子与路星鸣挨得更近。

站在面前的酒鬼应该是他们的头儿，只听他打了个嗝，冲路星鸣邪笑："长得挺好看啊，有没有兴趣和哥几个玩玩？"说完，醉汉们一脸笑意，对他肆意打量。

路星鸣愣住，云知愣住，很快，云知恼了。

他们调戏她也就算了，大不了报警找警察，但是，他们竟然敢把主意打到路学长身上，还说……说那样子的话，实在太过分了！

云知火气上来，忍无可忍，拽过路星鸣把他藏在身后。

"没有兴趣，你们要是不走，我可就报警了！"云知死死地抓着路星鸣，就怕一个不留神，学长就被人抓去。

醉汉对她没兴趣，不耐烦地大喝：“小屁孩一边玩去，又没问你！”

“就是啊，小妹妹，识相点，走吧。”他们压根不怕云知的威胁。

云知气得眼圈都红了，想骂人，可是不会骂，憋半天才结结巴巴地威胁：“你们再不走，我……我可就打人了！我打人……打人很疼的！”说着，她扬了扬自己的小拳头。

听到这话，一群人笑得更欢。

事到如今，路星鸣想紧张也紧张不起来了。

第一次“被女人保护”的他心情良好，修长的双手搭在云知的肩上，眼皮半敛，不紧不慢道：“我劝你们走吧，她这一拳下去，你们可能会死。”

听他这样说，原本因为被取笑而低落的云知心情好受了点。

在云知忙于应付醉汉时，没注意到街对面的韩厉正撸着串。

这两天韩厉情绪一直不好，朋友们不敢惹，生怕不小心说错什么触到霉头。韩厉跷腿坐在塑料凳子上，愁眉紧锁，目光不善。

他就是想不明白。他又不欠云知什么，不就是多说了几句，犯得着小心眼记到现在吗！她还长本事了，出去捡瓶子，还不要他的钱，还拉黑他，最重要的是——还哼他！

他气，越想越气。

他憋屈，越想越憋屈。

“厉少……”

“别叫小爷！”韩厉没好气地吼。

方明嚼着羊肉串，拉住韩厉的袖子，指着对面说：“不是……那是不是你妹啊？”

韩厉打了个激灵，清醒了。

扭头看过去，即使隔着条街，韩厉也认出被几个男人围在中间的是云知本人。他姑姑看起来可怜、弱小又无助，急需人拯救。

“妹妹有麻烦了啊。”方明忧心。

韩厉瞪回去：“是你妹吗？”

方明被吼得缩了一下脖子：“不……不是。”

“不是，你乱叫什么！”

这么凶干吗……心想着，方明又嘟囔：“你妹妹旁边那人长得好像路星鸣，就是他吧？”

经方明提醒，韩厉暂且把注意力移到云知的身后。

那人四肢修长，人模狗样，可不就是路星鸣那小子。

下一秒，韩厉的表情就变了。

路星鸣那个孬种竟然躲在女人身后？他是不是人？他有没有男子气概？他怎么可以这样！

韩厉怒火中烧，拍桌而起，操起一个饮料瓶子阔步走去，其他人面面相觑，一同跟上。

距离目标还剩下一小段距离，韩厉隐约发现不对。那混混怎么都往路星鸣的身边蹿？韩云知像肉盾一样挡在前面是怎么回事？

她的脸上就差直接写上几个大字——有本事，冲我来！

韩厉定睛一看，可不就是，几个人的眼睛都快粘在路星鸣的身上了。

难不成他们看上的是路星鸣？这倒是有趣了。

韩厉哼笑，突然不慌了。

“厉少，我们不上？”方明困惑。

“等会儿。”韩厉蹲在角落，“暗中观察一下。”

方明虽然不明白韩厉是什么意思，但识相地没有多问，招呼一干男生蹲在韩厉的身后，几双眼睛对着前面暗中观察。

他们之间离得不近不远，醉汉喝高了，嗓门大，说什么都能让人听得一清二楚。

韩厉竖起耳朵，默默地看着前面的情况。

“小哥哥，你可别吃软不吃硬，我们就是想找你说几句话，但你要是不给面子，就别怪哥几个不客气。”醉汉仗着人多势众，明目张胆地威胁起来。

路星鸣不动声色地站在云知的身后，他本就生得俊朗出色，面无表情时，气质中的冷峻更甚。醉汉们对着少年一双懒洋洋的凤眼痴迷，最后按捺不住，大着胆子把手往他的脸上伸。

后面看热闹的韩厉乐了，这狗贼竟然也有今天？！

他气定神闲，不用担心韩云知了。结果，下一秒，他的笑容僵在脸上。

只见他弱小、可怜又无助的小姑姑眼明手快地抓住那只探过来的手，涨红着脸用力一拧，醉汉面容扭曲，痛叫一声弓身倒地。

云知气哼哼的，看着捂住手腕在地上痛苦呻吟的醉汉，脑子蒙了一下，短暂的惊慌后，很快冷静下来，自我安抚：是他们先找别人不痛快的，她这算是正当防卫。就算警察来了，也会夸她见义勇为，她没错。

伙伴被打伤后，剩下三个人全都反应不能，酒醒了大半，眼睛瞪大，显然被小姑娘震慑住了。

“你们不准欺负路学长。”云知固执地护着路星鸣，“我会保护他的。”

夜幕下，女孩的声音轻柔又坚定，路星鸣的肩膀轻颤了一下，眼皮垂下，目光幽深。

从这个位置，路星鸣只能看到云知的侧脸，她浓密卷翘的睫毛不住地眨动，故作从容的姿容里隐藏着几分不安。

——她应该是怕的，他应该站出来，但是路星鸣无端享受起这种躲在别人背后被保护的感觉。

——很温暖，他从未尝试过。

路星鸣继续扣着云知的肩膀，缓缓道：“对，你们别欺负我。”他说，“她会保护我的。”

得到路星鸣的信任后，云知腼腆得羞红了脸。

暗中观察的韩厉咬咬牙：“路狗是不是没长脸？他害不害臊？我都替他臊得慌！”

方明没敢说，看路星鸣那理所应当的样子应该是不怎么害臊。

他们旁若无人的互动终于触怒了众人，一旁的三个人撸起袖子便冲了过来。路星鸣先是把云知拉在身后，接着上前把几个小混混教训了一顿。

倒地的那个人自然不会过去白送人头，那男人眼珠子四处瞟了瞟，最后注意到落单的云知。

小姑娘好像看呆了，眼睛眨也不眨一下，这是个好机会！男人阴森森地笑了一下，大喊一声，向云知冲过去。

云知被这一嗓子吓得一哆嗦，见有人面目狰狞地扑过来，愣了愣，脑海中想起师父的叮嘱：要是有人欺负你，找准机会给他致命一击。

致命一击……

云知闭眼，憋了口气，朝着对方的某处狠狠地踹去。

一声惨叫，空气凝固。

望着瘫倒在地的小混混，在场所有男性都感觉小腹一紧，此刻一同体会了生命不可承受之痛。

方明捂上小腹，表情变得格外难看："你、你妹好猛。"

韩厉整张脸都白了。他也没想到啊！

韩厉突然想起云知第一天到他们家的时候，小姑娘穿得土里土气，笑得淳朴，对他说："以后体力活都可以让我干，我力气大。"

后来他们熟悉了，云知告诉他，她从小背柴砍树，虽然长得瘦小，但练了一身力气，一般人都没有她强壮。

对，她用"强壮"来形容自己。

韩厉又想到不久前，老师说她和人掰手腕把人掰进了医院。敢情……这小姑娘说的都是实话。

那些醉汉打不过这两人，又见云知拿出手机准备报警，当下害怕惹出大麻烦，彼此搀扶着从地上爬起，朝着另外一条街落荒而逃。

麻烦已经解决了，方明拉住韩厉的袖子，小心翼翼地问："厉少，我们还去吗？"

韩厉……不敢。他怕气头上的小姑姑趁机揍他一顿。

"厉少……"

"你叫魂儿啊！"韩厉被吵得心烦，对方明暴躁地喊了一嗓子，结果这一嗓子直接吸引了云知和路星鸣的注意。

见躲不过，韩厉翻了个白眼，拖着蹲得发麻的双脚走了出去。

“好久不见啊，路哥。”若不是语气傲慢，普通人真以为韩厉见了熟人。

路星鸣冷哼，不予理会。

韩厉又看向云知，她站在路星鸣的跟前，小脸垮下，别过头，赌气地不看他。

“韩云知，你过来。”韩厉叫她。

云知不动，片刻后当着韩厉的面拉上路星鸣的胳膊，对他重重地哼了一声，转头离去，无比潇洒。

韩厉的拳头硬了，她竟然——又哼他，还拉着死对头的袖子哼他！

看着那只紧紧地拉着自己胳膊的小手，路星鸣心情颇好，挑衅似的对韩厉摆手：“云知就不过去了，我会代替厉哥送她回家的。”

云知……还厉哥？

韩厉气中带蒙，直到两人走出好远，他都目光呆滞地处于惊愕之中。

“厉少，你没事吧？”方明的一声呼喊让韩厉的大脑有了反应。

韩厉愣愣地问：“她就和路狗走了？”

方明点头，韩厉跳脚，破口大骂：“到底谁是她亲人啊！她知道我和路星鸣不和，还胳膊肘往外拐，她就是故意气我！”

方明安抚：“你冷静一点，妹妹大了，叛逆也正常……”

“呸！”韩厉唾骂，“她一个女生，知不知道跟不熟的人走很危险，她到底有没有安全意识？！”

回想云知先前的行为，方明点头：“和你妹妹走的人，是应该有点安全意识。”

“你什么意思？我妹妹怎么了，你阴阳怪气什么意思？”

方明被怼得一愣：“没，我没什么意思。”

“没什么意思是什么意思？你现在是什么意思？”韩厉一张脸满是愤怒，无理取闹的德行和方明他妈妈一模一样。

方明无奈：“我是说你妹妹厉害，我没什么不好的意思。”

韩厉冷哼，这还差不多，接着，又被云知气得叉腰。他算是看出来了，韩云知是铁了心不理他，故意借用路星鸣打击报复他。

女人心似虎，就算是韩云知那样可爱的也不例外。

冷静后，韩厉把一个新来的男生招呼到跟前，从钱包里掏出一百块钱塞过去：“你去给韩云知，就说她掉的钱，她要是说自己没钱，你就一口咬定是她掉的，硬塞过去，立马回来。”

方明看不懂，这人不是刚刚还在生气吗？这就开始给人塞钱了？

韩厉是很气，但一码归一码，生气是生气，总不能让人身无分文，就算学校有食堂就餐，可是其他地方还要钱。尤其是女孩子，花钱的地方更多。既然云知要面子不肯要，那他就用别的方式塞给她。

一百块的数额并不是很大，现在又是半夜三更，一般人找不到失主，都自己留着了。他总要先找点办法给她点零花钱。

男生应了一声，拿着钱朝云知离开的方向跑去。

韩厉长呼一口气，坐在马路边上烦躁地等待他回来。

方明看不下去，不由得劝说：“厉少，我觉得，按照你妹妹的性子，应该不会收他的钱，我看你去认个错得了。”

韩厉轻轻嗤笑一声：“她只是不想收我的钱。”

方明没多说，只是觉得韩厉傻。

既然她都坚持到现在，说明她天生固执、一根筋，再从刚才站出来保护路星鸣的行为来看，她很勇敢、善良，怎么可能真的去收不是自己的钱，哪怕人家真把钱硬塞过去，最后可能都会无功而返。

搞这些弯弯绕绕的，太浪费时间，还不如直接道歉来得痛快。

此时已经走远的云知听到身后有人叫她：“同学，你等一下，你的钱掉了！”

男孩跑得气喘吁吁，把一张崭新的百元大钞塞到云知的手上：“你刚才踢人的时候，钱不小心从你的口袋里掉出来了。小心收好，我先走了。”

男孩谨记着韩厉的叮嘱，不敢逗留，塞完钱，转身就跑，结果没来得及走掉，就被云知从后面拉住。

“学长，谢谢你特意过来，但是，这钱不是我的。”云知就是害怕丢钱，所以把钱都放在书包最里面的侧袋里，除非是书包丢了，不然，钱怎么都不会从里面掉出来。

云知没有注意到旁边路星鸣突然阴郁的表情，将钱硬塞回去：“你肯定找错人了，前面好像有个警亭，学长要是实在找不到失主，可以把钱交给警察保管。”说完，她不再理会。

男孩被那绕口令弄得蒙了一下，着急地追上：“不、不、不，这钱真是你的！”

韩厉是个暴脾气，他要是连这种小事情都办不好，回去后还不知道被怎么收拾呢，想想就害怕。

他急了，硬是把钱往她的手里塞。

云知很无措，不住地推托，这钱本来就不是她的，要是收了，算怎么回事。

胶着中，路星鸣一把扣住男孩的手腕，居高临下地凝视着他，他身子打了个激灵，战战兢兢地与路星鸣对视，顿时被那阴沉的表情吓得大气都不敢出。

“我好像在哪儿见过你。”路星鸣手指捏紧，目露寒芒。

男孩的心重重地一跳，冷汗唰地流了出来。他要是被路星鸣认出来，想也知道，路星鸣不会放过他。怎么着都是挨顿揍，他还不如被自家人打呢！

想到这儿，他用力地把手抽出来。

“我弄错了，弄错了！不好意思，打扰你们了！”说完，他便攥着钱，撒丫子跑远。

云知迷惑地眨眨眼：“路学长，你认识他？”

“认错了。”路星鸣回道，语气比之前冷淡许多。

他看起来心情不好，嘴唇抿得紧紧的，表情透着明显的不爽。

难不成是惹他不开心了？

云知忐忑，想了想，局促地拉上路星鸣背包的肩带，小心翼翼地问：“学长，你在生气吗？”

他低哼一声。

“是不是我刚才太莽撞了？我没想到那个人会扑过来，完全是下意识的，想想的确有些危险，万一他们有刀子什么的……”

“你刚才叫那个路人什么？”路星鸣突然岔开话题。

云知脑袋有短暂的死机，原来他不是因为之前的事情生气。

愣了一下后，云知低声说：“学长……”

果然，路星鸣的目光迅速灰暗。

“你为什么要叫别人学长？”说这句话时，路星鸣心头酸涩，就连语气都带上不满与委屈，就好像本来属于他的东西硬是被别人抢了一样，充满不甘。

云知迟迟没有回答，脑中空白。

许久，云知才回答：“我……就是随便叫的。”

云知并不觉得这是个大毛病，也不明白这有什么让人生气的。

路星鸣的眼睑微微下垂，目光更显得冷厉且不近人情，他逼近，沉声问：“你家里那口锅是谁给你的？”

云知瑟缩一下身子，后退，手指头慢慢指向他：“你……”

路星鸣继续逼问：“那上次是谁给你补习的？”

云知莫名心虚：“你……”

“还有你的牙，下周是不是要继续去做治疗？”

说到治疗，云知漂亮的小脸蛋白了，吓白的。

路星鸣一件一件地和她掰扯清楚，最后轻哼，发出直击“灵魂”的拷问：“谁才是学长？”

云知垮着脸，慢慢地指了指他。

路星鸣再次低哼一声，大步向前。

一路缄默，两人总算回到公寓。

各自进门前，云知轻轻拉了一下路星鸣的书包。

“干吗？”

他听起来还像是在生气，云知低声道：“以后，我只叫你学长……”

路星鸣挑眉，余光向后瞥去，她的双手分别紧紧地抓着两边的书包肩袋，垂着头，脚尖不安地动来动去，像正在和主人示好的小动物。

路星鸣心情好了大半，面上依旧维持着高冷：“只叫我一个人？”

“嗯。”云知重重地点头，笃定地说，“你是我唯一的学长。”

唯一的。

路星鸣看向她的双瞳目光骤然幽深。

云知隐隐约约感觉空气变得不一样，说不上来，只是觉得……她刚才说的话会不会太亲密了。想到这儿，她呼吸急促，后退两步：“我就先回去了，路学长晚安。”

“等一下。”路星鸣的嗓音比刚才暗哑。

“你明天几点去遛狗？”

云知细思片刻：“大概是五点。”她有些奇怪，“怎么了？”

路星鸣将门打开，头也不回地说：“我最近刚好在锻炼身体，明天和你一起，出发前记得过来叫我。”

说完这句话，他便关紧了门，身形消失在门后。

云知恍惚，嘴角不由得向上挑起弧度，狠狠地揉了揉热热的脸后，转身回屋。

这一夜，路星鸣睡得不安稳，又一次被杂乱的梦境骚扰。梦里，女孩叫着学长，韩厉猛然闯进，捏着他的脖子让他叫“大哥”。

路星鸣惊醒，他打开台灯，粗暴地揉乱头发，探过手拿了桌上的手机看了眼时间——两点半。

路星鸣睡眠本来就浅，吓醒后再也没了睡意。他靠着枕头，睁眼对着天花板发呆。

好习惯让云知起得很早，现在不过才四点半，窗外的天空完全黑着。

云知用了十分钟收拾完自己，敲响对面的房门——里面没有声音。

云知踮起脚尖向猫眼里张望，除了一片漆黑外，其他什么也没看见。

“路学长……”她贴着房门轻轻地叫了一声。

路星鸣没有回应。

云知又敲了两下，用微信给路星鸣发了一段语音：“路学长，你是不是还没有起床？”

云知耐着性子在门口等了他一会儿，眼看时间来不及了，只能作罢。

韩云知：我先去啦，看样子，我们只能下次再一起去遛狗。

她盯着房门看了两眼，独自离开公寓。

雇佣她的老人家姓李，就住在隔壁的小区，走路五分钟就能到。她按照地址来到李爷爷住的101室，轻轻地用钥匙把门打开。

云知害怕把睡觉的老人吵醒，只打开一条缝向里面打量。

“是云知来了？”李爷爷的声音从屋内传来。

云知微怔，有些意外老人竟然已经醒了。她没有犹豫，直接推开门走了进去。

老人家是独居，为了照顾他的腿脚不便，客厅并没有过多地摆放家具，显得宽阔又空荡，塞翁和失马的窝在阳台，见云知过来，它们一蹦一跳地跑过来，对着她狂摇尾巴，倒是一点也不认生。

“李爷爷，我来遛狗。”云知低声朝里屋喊。

隔着半掩的门，李爷爷的声音传来：“牵引绳就在鞋柜上，要是没人，可以放开让它们在公园跑一跑，有人的话，就要牵牢实，可别把人吓着了。地上有个小包，里面是用来装狗屎的袋子，还有工具，它们要是拉了，记得清理干净。”

云知应了一声，弯腰给两条狗拴上绳子，拿起东西，牵着两条狗出了门。

五点的城市还没有苏醒，整条路上未见人影，就连车辆都寥寥无几。

失马今天很乖，没有像昨天一样硬拽着云知跑酷，塞翁更是听话，作为一只金毛犬，它性格温柔，就连走路都慢慢悠悠，很是优雅温和，时不时扭头看她两眼，或者停下脚步用脑袋蹭蹭她的腿来表示喜欢。

云知很满意这份工作，就是狗屎真的好臭……

结束遛狗的工作，云知回到公寓拿书包，刚拎着书包出来，就听对面传来开门声。

云知不禁看过去，视线里，少年浓密的发丝乱成一团，眼圈发黑，神色萎靡，像是一夜没睡。

他懒洋洋地耷拉着脑袋，不甚清醒。

云知犹豫着叫住他："路学长……"

"嗯？"路星鸣看了过来。

"你还好吗？"云知皱着眉，眼神关切。

路星鸣望着她，大脑空白几秒后，瞬间想起了昨天对云知的承诺。

他猛然清醒，抬起手腕看时间，却想起自己没有戴手表，紧接着又去翻找手机，又想起手机没电，被他丢在了公寓里。

路星鸣蹙眉："几点了？"

"快七点。"

"路学长，你是不是没休息好呀？"

休没休息好，她看不出来吗？

路星鸣夜里没睡好，课也没听认真听。他单手托着下巴，眼皮子不住地打架，直到讲台上班主任说下周月考，才勉强提起几分精神。

下课后，刘彪虎走过来："路哥，打球不？"

"不。"路星鸣简单地回应，直接趴在桌上，"睡觉。"

刘彪虎猥琐地笑了两声，打趣："路哥，你这样不成啊，年纪轻轻可不能老是熬夜，对身体不好。"

路星鸣皱眉，不由得将眼神放在前桌，云知埋头写着笔记，看样子并没有把他们的对话放在心上。

路星鸣冲刘彪虎招招手："过来。"

"干吗呀？"

“给你个好东西。”

刘彪虎精神了，讪讪地笑着凑近：“什么好东西？”

路星鸣表情懒散，在刘彪虎期待的视线中缓缓抬手，啪的一声重重地弹上他的脑门，接着冷冷地嗤笑一声：“这就是好东西。”

刘彪虎捂着脑门哼唧。

路星鸣低语：“以后不要乱说话。”

看着对方蔫蔫离开的背影，路星鸣神清气爽，伸了个懒腰，趴在桌上继续睡。

午休时，云知并没有急着去食堂。

见她在座位上一动不动，路星鸣问：“不走？”

云知摇头说：“路学长，你先去吧，我把手上的事情做完再去。”

看着那整洁的桌面，路星鸣最终没多说什么，插兜远去。

确定所有人离开后，云知才在通话键盘上输入手机号码，拨了过去。

电话没过多久就接通，她轻咬下唇，接着略显紧张地开口：“喂，是村主任吗？我是云知。”

村主任管理着怀月村，那是位于怀月山下的一个村子，云知小时候经常和师父去村子里玩耍，因为师父的关系，也和村主任亲密一些。

可是，自从来到城里，她已经很久没和村主任联系，她忐忑，生怕对方忘记她。

电话那头，村主任乐呵呵地笑了：“云知啊，在大城市过得还习惯吗？没有被人欺负吧。”

亲切的问候顿时打消了云知心里的顾虑，她轻轻地回复：“挺好的，您和师父都好吗？”

村主任报了平安，没有把苍明生病的事情告诉她。

得知师父安好，云知松了口气，接着说：“村主任，您能告诉我您的银行卡号吗？我记得春秀姨给您办过银行卡。”

春秀是村主任的大女儿，为人谦和，每每见云知时总会给几颗糖果逗弄她。

“是给我办过，云知要我的银行卡号做什么？”

云知不甚好意思：“实在不好麻烦村主任，但是，我想给师父打点钱。您也知道，师父用的都是存折，转账不太方便，所以我想把钱转到村主任的账号上，由您取了钱给师父，只是要劳烦您了。”

怀月村距怀月镇一个多小时的脚程，骑着小三轮的话会更快。如果云知没有记错，今天下午村主任就会去镇子里采购，所以她才选择这个时候打电话过去。

村主任意外，更觉得欣慰。

记忆里面的小姑娘还是小不点，如今都懂得孝敬师父了。他不禁赞叹苍明养了个好孩子，笑着说：“是云知自己的钱吗？”

说到这个，云知就骄傲了，语气里的自豪几乎要溢出来：“是我自己赚的！没有靠别人。”害怕村主任误会，忙说，“没偷没抢，用体力劳动换来的。”

嗯，给路学长做家务，算是体力劳动。

村主任忍俊不禁：“好、好、好，那我把卡号给你，云知，你记一下。要是你师父知道，一定会很开心的。”

云知拿起桌上的圆珠笔，认认真真地在笔记本上记下卡号，还有开户名。

确定一遍没有错误后，云知又说：“我打过去两千元，村主任，您自己留三百元。”

村主任一愣：“使不得，使不得，我哪能要你的钱，说出去不得让人笑话。”

云知态度强硬：“之前我在山里的时候，您经常帮我和师父，现在我不在了，还要麻烦您继续照看一下我师父。他老人家腿脚不好，现在山里天气又凉了，估计也很少下山。”说着说着，云知便难过起来，她狠狠地揉了一下眼，“三百块钱不是很多，算是我的心意，您要是不收，我倒是过意不去了。”

话说到这儿，村主任也明白她只是期望有人能多关照点她的师父。

村主任顿时觉得云知死心眼："就算你不说，我也会做的。好了，钱我收着，最近山里下了半个月的雨，你师父可能不会经常下山给你打电话，你还有什么话，就告诉我，我帮你传达。"

云知该说的也都说完了，又寒暄一番后，挂断电话。

她点开手机上的软件，逐字输入开户名、卡号，确定三四遍后，才把两千块钱转了过去。

看着"转账成功"四个字，云知发自内心地笑了。

师父从来都是省吃俭用，把最好的留给她，现在她赚了钱，尽管不是很多，但也能让师父好好过一段时间，哪怕添一件棉衣，换一床被子，那也是好的。

现在想想，她真要好好感谢学长，若不是学长，她早就走投无路了。

云知控制不住，用微信给路星鸣发了信息。

韩云知：路学长，你真是大善人，我以后一定要报答你。

L：……

L：谢谢，不过提醒你一下，食堂已经没饭了。

韩云知发送了一个委屈巴巴的表情包。

L：抬头。

看着这两个字，云知神思恍惚，缓缓地抬头看去。

他站在门口，逆着光，长身如松如柏，眉眼精致，更多的是慵懒、淡漠，手上拎着一个不起眼的塑料袋，里面装着餐盒。

"给。"路星鸣走过来把餐盒放在云知的桌上，"趁热吃。"

云知诧然地看着他，迟迟没有回神。

路星鸣堂而皇之地占据了云知旁边武晓松的桌子，长腿完全舒展，打了个哈欠，趴在桌上，只露出小半张脸和一双眼睛。

路星鸣的眼睛生得极其勾魂，是好看的桃花眼。他的眼珠并不是纯黑，阳光下透出浅浅褐色，下眼皮还带着不太明显的卧蚕。这让他笑时显得多情、撩人，不笑时又觉得疏远、冷淡。

那双瞳孔里除了窗外的景色，便只剩云知小小的影子，她突然做不出其他动作，一直盯着他的眼睛出神。

过了好久，路星鸣起身，单手托腮，懒洋洋地打趣："我看起来比饭要好吃？"

云知双眼睁大，倏然别开头。

路星鸣喉结微动，上半身后仰，靠着椅背："不知道你喜欢吃什么，就随便点了几个素菜。"

云知咬着木头筷子，仍带着腼腆："我吃什么都行。"

"嗯，那你慢慢吃，我睡一会儿。"说完，路星鸣又趴在桌上。

云知不住地往他身上瞟，少年闭眼，均匀地呼吸，但她知道他肯定没睡着，于是大着胆子叫他："学长。"

"干吗？"路星鸣的声音闷闷的。

云知又叫："学长……"

"干吗啦？"

"我就是想叫叫你。"云知有些害羞，"谢谢你。"

"嗯？"

"谢谢你给我带吃的，谢谢你带我去看牙医。"她垂着眸，声音细弱，"也谢谢你让我去你那边工作。"

其实云知是知道的，路星鸣并不会缺一个打扫卫生的人，但他来找她，摆明了是想帮助她。

她都清楚，都会记在心里。

"我……我一定会好好做的！"云知眼睛亮起，"你可以随便命令我，让我做什么都可以，我都会答应。"

命令……

做什么都可以……答应……

路星鸣呼吸一顿，一口气没提上来，被呛得咳嗽几声。

"学长，你没事吧？"见他咳得厉害，云知忙放下筷子，上前用手拍打他的后背。

也不知是咳的，还是热的，他全身发烫，就连呼吸都带着热意。他微微喘息，等情绪平定下来后，一把扯下云知的手，目光定定的："小假发。"

"学长？"云知歪着头。

他一字一句地警告："以后，不要和男生这样说话。"

云知眼神懵懂。

"乖。"他抬手掐了掐她的脸，"去吃饭，吃光光，不要浪费。"

云知一僵，捂着被掐过的脸蛋坐回座位，乖乖地吃饭，老实又听话。

路星鸣长舒一口气，继续假寐，然而，他毫无睡意，满脑子都是小姑娘那句："你可以随便命令我。"

完了，路星鸣暗暗谴责自己，他年纪轻轻就变成了那种猥琐的大汉。

他以后再也不和刘彪虎那些人在一起了，要把他带坏了。

"学长，我先去给你打扫卫生吧。"放学，云知背着书包来到路星鸣的桌前，语气兴冲冲。

旁边还没走的刘彪虎听见这话时，立马八卦地竖起耳朵，偷偷向这边听。

路星鸣眼睛威胁性地向一旁瞥去，刘彪虎缩缩脖子，没胆量继续逗留，快速拿上东西离开教室。

刘彪虎走后，路星鸣才问："你不遛狗了？"

云知回复得很快："打扫卫生会快一些，我和爷爷说晚上晚一点遛狗。"

路星鸣拎起包站起来，高大的身体投下的影子瞬间将她笼罩。

路星鸣走向门口。云知小步跟过去，仰头问："学长，那你们家有围裙吗？"

围裙？路星鸣思索几秒。

他周末会大扫除，围裙自然也有，不过对云知来说太大了。想着，他看向云知，小姑娘眼睛莹润，身材娇小，要是穿上他的围裙……

路星鸣强行将脑子里乱七八糟的东西甩出去，喉结动了一下，说：“没有围裙，我可以现在带你去买。”

“不用，不用。”云知摆手，“你没有的话，我可以穿我自己的。”

那你还问什么？

路星鸣觉得这小孩思想奇怪，于是懒散地挎着包，步伐闲散地走在前面。

云知先回公寓把东西放下，又换上常服，然后翻找出自己的印花小围裙穿上，这才敲响了对面的房门。

“门没锁。”隔着房门，少年的声音性感低沉。

云知没有犹豫，直接推门而入。视野中，四肢修长的少年瘫坐在沙发上，手上拎着一罐可乐，正用笔记本看着游戏直播，看上去非常自在。

云知反而感觉不自在起来，她以前来都是有事相求，不像现在，是来工作的。

静默片刻，云知小手抚平围裙上的褶皱，上前几步，嗫嚅着：“学长，我先从哪里开始打扫呀？”

路星鸣半抬起眼睛，顿时晃了下神。

云知身上的小围裙很土，红色小碎花，侧边打了蝴蝶结，裙摆和肩带还镶着蕾丝边。

小姑娘双手紧握着一把扫把，眼神闪烁，有种奇异的萌感，就像是……童话故事里被恶毒的后妈欺负的灰姑娘。

完了，他感觉自己就是那后妈，又想欺负她一下。

路星鸣收回神思，缓缓地移开目光，继续看着直播，伸手一指：“先从洗手间开始，不过，我这里工具全都有，你没有必要带扫把过来。”

“哦。”云知听后，便准备把扫把放回去。

“喂。”路星鸣无奈地叫住她，“既然拿来了，就放在那儿吧，再回去一趟，浪费时间。”

说得也是……云知不好意思地挠挠脸，随意地将扫把放在门口后，撸起袖子进入洗手间。

等她进去，路星鸣立马探过身悄悄张望，只要里面稍有大一些的动静，他便立马坐正身体，目不斜视地盯着屏幕。

云知并不知道路星鸣在暗中观察她，她盛了一盆温水，将抹布打湿，认认真真地擦拭起洗手台。

路星鸣很爱干净，置物架上的洗护用品摆放得整整齐齐，就连挂在上面的毛巾都叠得方方正正，地板很亮，镜子也很干净，就连马桶都一尘不染。

看着这整洁还飘着清新剂香气的厕所，云知顿时对路星鸣升起莫大的好感，接着又隐隐自豪起来。

她就知道，像路学长这样好的人，也会很注意个人卫生，果然，她的眼光一点都不差。她一定要好好打扫，不能让路学长认为她是个不爱干净的懒惰女孩。

想到这儿，云知工作得格外卖力。

路星鸣的家没有过多要清理的地方，没用多少工夫就被打扫整洁。云知总觉得这么快就收拾完会显得随意，更对不起他给的那份工资，见阳台上还晾着两件衣服，便勤劳地去把衣服收好又叠好。

她抱着衣服不知道往哪里放，于是问路星鸣："学长，衣服放哪儿？"

"衣柜。"路星鸣随口回道，打了个哈欠，忽然觉得困倦。

她拉开其中一个衣柜，将衣服放入其中，关门时，手肘不小心碰掉一个小盒子。她弯腰捡起，然而在看到手上的东西时，脸颊上立马布满红晕。

内裤……路学长还没拆封的内裤……

标签上还印着几个小字——轻薄、透气。

云知感觉那东西有些烫手，不由得胡思乱想起来，她努力镇定下来，悄悄瞟了眼路星鸣，见他没注意后，紧张兮兮地把盒子归于原位。

"你鬼鬼祟祟地做什么呢？"路星鸣注意到她的反常，追问的目光投了过来。

云知莫名地心虚，手忙脚乱地去关柜子的门，背过手，眼神游移：“没事，我没干吗，我什么都没干。”说完，她心脏怦怦跳。

路星鸣心觉得有鬼，但也知道她一个小假发做不了什么坏事，于是支着下巴继续看直播，末了说：“差不多了，你先回去休息吧。”

云知看了眼墙上的简欧风挂钟，从她过来打扫到现在才半小时不到，怎么想都觉得太快了。

云知挠挠头，慢步到路星鸣的身前：“你就没其他事让我做的吗？”

路星鸣四处打量，地面擦得雪亮，犄角旮旯也都很干净，玻璃在反光，他就算想找点活儿，也实在是找不到。可是，小姑娘在一旁眼巴巴地瞅着，他要是不指挥她干点什么，好像又说不过去……

路星鸣纠结着，云知灵光一闪，有了主意：“学长，我帮你按摩一会儿吧。”

云知兴冲冲地说：“我师父说我按摩可舒服了，今天你趴在桌子上睡觉肯定累了，我给你按摩按摩，让你放松一下。”

这倒是……很新奇。

路星鸣见她热情上头，不好打击，勉强点了点头，把已经结束的直播关闭，随便点开一部电影看。

他背靠着柔软的沙发，双臂抱了个抱枕，静静地等待小姑娘按摩。云知站在后面，先是活动一下手背，然后双手轻轻放在他的肩颈处。

女孩刚沾过水的小手冰冷，触及皮肤时，瞬间引起他的阵阵战栗。他僵硬着身体，努力让注意力放在电影上。

“学长，你放松点，这样一会儿会很难受的。”

放松……他倒是想放松。

路星鸣闭闭眼，试着让自己紧绷的肌肉重归自然状态，可是，只要她靠近，身体便条件反射地绷紧，控制不住地想要躲闪。

云知知道路星鸣不喜欢人靠近，她先慢慢揉捏，让他放松，等指腹下的皮肤放松后，才一点一点地试着加重力气。

云知手小，指腹使上去的力度刚刚好，只要习惯了，便会让人非常舒服。没一会儿，路星鸣便感觉到享受，渐渐卸下防备。

他半眯着眼，大脑因为这按摩而陷入从未有过的轻松，眼皮子很重，像是马上要闭上一样，电影情节反而一点也没看进去。

“这样的力度可以吗？”云知凑近，声音轻轻的。

“嗯……还行。”路星鸣的回答里带着明显的倦意。

“那我稍微重一点点。”说完，云知试着加重力气。

她按的地方都是穴位，路星鸣很快感受到酸痛不适，困意消失，眉头稍微拧紧。

“学长，痛的话就说，我会轻一点的。”

路星鸣身强力壮，身高一米八五，被五个人按在地上捶打也不会说痛，如今更不会对一个小姑娘说痛，尤其人家只是在给他按摩，要是连这都承受不了，那实在是太丢人。

碍于男人卑微的面子，路星鸣强忍着痛意，咬牙硬撑：“没关系，你可以重点。”

云知一听，自然不会让雇主失望，当下换上手肘，对着他的肩窝一阵狠揉。

那一刻，疼、酸、麻……各种能说得上来的难受感齐齐袭来，瞬间让他神经战栗，脚尖缩紧，就连眼部都跟着胀痛。

路星鸣无法忍受，闭紧的牙关微微溢出一声低吟。

云知毫无觉察，继续按摩，全然不知道她的大侄儿韩厉已经出现在了电梯外。

没一会儿，韩厉就从电梯来到云知的门口。

他在门前徘徊许久，正犹豫着怎么和云知求和时，冷不丁听到后头钻出来一个声音，好像是路星鸣的……

韩厉感觉有鬼，转身来到路星鸣的门前，他的门没有关紧，留了一条小缝，断断续续的声音从缝隙里传出。

“学长，这样舒服吗？”是韩厉那小姑姑的声音。

韩厉眼睛瞪大，呼吸瞬间停了。

“你是不是喜欢我用手呀？”

路星鸣声音急促，甚至带有一丝急切：“嗯，用手好。”

“好，那我用手，要是力气重了，你就告诉我哦。”

“像刚才那样就好。”路星鸣说完，又是一阵暧昧的轻吟。

韩厉的脑袋要炸了，因为这段话而想入非非，紧接着怒上心头。

听听，听听这说的是人话吗！这都是人话吗！

这小子竟然敢对他亲人下手！无耻，没有人性！

韩厉血气从下向上涌，脑子一热，抬脚把门踹开，对着里面咆哮道：“禽兽——你要对她做什么！”

第十一章

晚安，云知

他一个东校区风云人物，
今天要屈辱地气死在这里！

氛围诡异。

韩厉看了看云知，又看了看路星鸣，发现这画面和自己想的不一样后，整个人死机。

他身后的防盗门摇摇晃晃，路星鸣目光暗沉，强忍着怒火："你鬼子进村扫荡呢？！"

云知也反应过来，轻声教训："韩厉，进来前要敲门，你这样很不礼貌。"语气透着明显的不满。

韩厉回过神，咬咬牙，退出关门，曲起手指敲了敲，耐着性子喊："你们好，请问我能进来吗？"

云知低头看向路星鸣："他能进来吗？"

路星鸣："不能。"

云知抬头对着门外的侄儿喊："路学长说不能。"

韩厉暴躁，砰的一声，把大门推开，堂而皇之地闯入客厅。

"韩云知，你给我过来！"韩厉气急，直接对云知大喝。

对于他的急躁，云知丝毫不为所动，甚至在他的注视下，光明正大地看向路星鸣，见少年面无表情，她立刻摇头："我在上班，不能擅自离岗。"

她说得一本正经，韩厉却头都大了。

"你、你给谁上班？"不好的念头油然而生，韩厉指着路星鸣，声音提高几度，"你别告诉我，你在他这里上班？"

云知挺了挺小胸脯，小表情叛逆，小嗓子响亮："路学长是我老板，他让我过去，我才能过去！"然后，她又低头，向路星鸣小声地询问，"学长，我能过去吗？"

路星鸣冷淡着俊脸："不能。"

早已预知的答案，云知看着韩厉，眼神已说明了一切。

韩厉眉心打结，如鲠在喉，一口气提不上来，也下不去，堵在胸口，憋得人火冒三丈。

他清楚这是别人的地盘，就算撒泼，也讨不了好，但不说些什么，总觉得心有不甘。

韩厉冷冷地嗤笑一声，忍不住又是一番嘲讽：“韩云知，你什么毛病，我白给你钱不要，你非要来这儿找罪受。你说说，你一个孤独无依的女孩子，来陌生男人家工作，合适吗？你知不知道你这种行为叫什么？”

云知斟酌着说：“自力更生。”紧接着，她认真地为路星鸣辩解，“路学长是好人，不是什么陌生男人，你不要侮辱他。”

侮辱？他这就侮辱了？他没直接捶路星鸣的脑袋就不错了，还侮辱！

他眼神扫过，旁边的路星鸣双臂环抱，神色中隐约透出几分得意，他隐隐约约感觉自己被亲人联合外人排挤了……

见云知和死敌站在同一条战线上，韩厉不爽，不禁捂上胸口，面容微微扭曲。

云知到底还是关心侄儿的，见他难受，犹豫着问：“你不舒服？”

“我能舒服吗！”韩厉喊，“胸口疼，快死了！”

快气死了！

他一个东校区风云人物，今天要屈辱地气死在这里！

“韩云知，你要是不跟我回去，我今天就死在这儿！我要客死他乡，上演一出‘无人生还’！”说罢，他怒哼，一屁股坐在了路星鸣家那昂贵的真皮沙发上。

这行为令路星鸣眉头微蹙，心生嫌弃：“不要用你肮脏的屁股玷污我家沙发清白的身子。”

韩厉不动如松。

“快走。”路星鸣狠狠地踹上韩厉的膝盖。

韩厉躲闪不及，被踹了个正着。他龇牙，瞪回去：“你有本事再踹我！”

世界上竟然有人会提这种要求？路星鸣哼笑，觉得新鲜，于是又狠狠地踹了过去。

杀千刀的路星鸣。

韩厉咬牙指着他，向云知控诉：“他踹我，你管不管？”

他倒要看看，他们家小傻姑是不是真的冷血无情到这种地步，是不是真的胳膊肘向外拐。

云知小脸皱起，手指头在下面绞了许久，直到韩厉面色不耐，才别过头说：“我……我没看见。”

路星鸣对着韩厉讥讽：“没关系，我多踹几脚，你总能看见一次。”

眼看两人要再次掐起来，云知总算忍不住了。

这怎么说都是别人家，闹来闹去实在不合适，韩厉要是发起疯来把人家的家给拆了，她可赔不起。想着，她解下围裙攥在掌心，上前用力握住韩厉的手腕，在他没有反应过来时，便死死地扯着他向外走去。

韩厉发现云知手劲儿大，竟挣扎不开，回头又想起她踢倒醉汉的英勇画面，瞬间安分如鸡，老老实实地跟在她的后边走。

到门口，云知止步，一副欲言又止的样子。

路星鸣在沙发上静静地坐着，没有阻拦，也没有说任何话，表情平静，宛如深夜的湖水。

斟酌许久，云知才淡淡地开口：“那个……我明天会再过来的。”

她很怕路星鸣会拒绝，匆匆忙忙地走出去，关紧房门，再没有回头。

拉着韩厉回到自己的公寓，云知将围裙挂好。

韩厉心里有气，一屁股坐在凳子上，半天没吭声。他长腿跷起，手托着下巴看向窗外，似是在等云知主动解释。

抿抿唇，云知慢慢走向他的身边，结果，没等靠近，他便抬头质问：“韩云知，你是怎么回事？哪有人把自己往狼窝送的。我之前警告过你，路星鸣他有病，让你离他远点，现在倒好，你直接去他家了，你是不是成心气我？”

韩厉憋了满肚子火，如今没了外人，于是一股脑全宣泄出来。

“我奶奶嘴巴是毒，但也没对你做什么；韩祝祝比你小一岁多，很小的时候就父母双亡，本来就没安全感，她有时候说你，就是图嘴上快活。我说那些话，也只是顺着她，你干吗非要计较到现在，就不能稍微让着点吗？为了赌气，你还去找什么工作，闹不闹心啊？”

韩厉表情烦躁，更多的是不理解。

在他眼里，云知和那些无理取闹、任性妄为的女孩子简直没什么两样。

房间里灯光明晃晃的，散发出的温度却是冷的，面对他不住的抨击，云知双目平静，攥紧拳头，低声说着：“可是，我父母也双亡了。”她从未有过关于母亲的任何印象，在她心里，母亲早已过世。

说这话时，她落寞地垂着眼眸，声音如风一样轻。

韩厉怔住，胸口如同被锤子狠狠地击打，突然剧痛。

云知别过头，抽抽鼻子，胡乱地把涌出来的眼泪擦拭干净，极力维持着表面的淡定：“韩厉，你那天说的话是对的，我于情于理都不应该享受这一切，所以，我会从现在开始少拿大哥大嫂的东西。你奶奶老了，我懂得她的心情，哪怕她真的做什么，我都不会心生怪罪。”

世上都说大人的错不应怪罪到孩子的身上，师父却告诫她，种因得果。因是恶，结出的果也是恶，那么，就怨不得别人说三道四。

从清楚自己身份的那刻起，云知便永远不会记恨韩奶奶对她的冷言冷语。

“但是，你不应该背着我说那些话。”

韩厉好像并不知道错在了哪里，云知忍不住眼眶红红的，一字一句地告诉他：“就算你讨厌我，真的想赶我走，你大可直接告诉我，没必要在背后和别人商量。”

韩厉嗓音沙哑，语气有三分无力：“我那些……都不是出自真心的话。”

云知不依不饶，趁机追问：“你扪心自问，就没有半点真心？”

看着那双泛红的眼，韩厉突然哑然。

他怎么会没有半点真心，在云知后来的很长一段时间里，他都琢磨着怎么把这个“入侵者”赶出去。

他分得清孰是孰非，在这个家里，奶奶照顾他长大，是至亲；云知让奶奶脸面无光，哪怕是他叫一声“姑姑”，都是对奶奶的侮辱。不管什么情况，他都要无条件地站在奶奶身边。

但是……韩厉偷偷瞥向云知，他发现自己根本就讨厌不了她。

“韩厉，背后说人坏话不好的。”云知一边难过，一边还不忘教育韩厉，“哪怕你不是真心的，听在别人耳朵里，那就是真心的。我是你有血缘关系的亲人，你的那些话只会让我伤心，但我不会伤你。可是，日后你这样说别人，能保证别人不会记恨吗？”

韩厉不语，云知继续说：“你答应韩祝祝要赶我走，你是随口一应，但祝祝当了真。可是，如果我没被你赶走，她会不会闹？要是闹到大哥大嫂那里，你要怎么办？”

韩厉嘴唇紧抿，能怎么办，自然是被父母狠狠地教训一顿，教训倒是好说，就怕奶奶因为他而迁怒到云知的身上。

云知看向时间，时候不早，她该去遛狗了。

云知不敢再耽误，转身拿起小包，把房卡、手机全塞到包里，语调比之前平静不少：“你别担心，我不生气的。工作是为了以后考虑，并不是赌一时之气，所以，韩厉，你也不用一直放在心上。”

韩厉颓废地垂着头，他原来可能不会放在心上，可是，自从听完云知的这番话，心里实在难受得厉害。

他天生脑子缺根筋，就连他亲妈都说生他时羊水过少，以至于他长到十七岁还没脑子，做事冲动，不考虑后果。他骄傲自负惯了，从未想过自己的言语、行为会给人带来怎样的伤害。

或者说……韩厉根本不会在乎别人的感受。

见他半天不语，云知咬了咬下唇：“我……我这周就不回去了，你也能对韩祝祝有个交代。我这会儿要出去，你走的话，记得带上门。”

韩厉眼皮一动，有了反应：“去哪儿？”

“打工。”云知没有隐瞒，“这几天我都在给人遛狗，一个小时二十块钱，你……你别告诉大哥他们。”

她长长的睫毛不安地眨动两下，最后背着包离开。

公寓里，只剩下韩厉。

看着房间里小小的桌子、小小的床，还有墙壁上小小的壁画，他突然觉得，他这个傻白甜一样的姑姑可能比谁都要孤独。

清醒过后，韩厉开始后悔。

他总是站在奶奶的立场上对待问题，从没想过云知也是受害者。在整件事里，看似乐呵呵的小姑娘可能比谁都要敏感，甚至在接受他父母的好意时，都觉得那是一种施舍。

在蜜罐里泡大的他无法理解小姑娘的心情，只会高高在上地指责，让本就处于夹层之中的她越发感到不安与难堪。

韩厉死死地揪着一把头发，关上门离开。他又去了对面，脚尖轻轻地踹上对面的防盗门。

很快，房门被打开。

见是韩厉，路星鸣眼睛微垂，当下便要关门。

韩厉长腿迈入，死死地抵住房门，没脸没皮地说道：“我有事找你。”

“没空。”路星鸣臂膀用力，想要关上门。

韩厉被夹得腿疼，索性直接挤了进去。

路星鸣眉眼沉下，环视一圈后，拿起挂在墙上的飞镖，冷声威胁：“你要是不乐意竖着出去，那我只能让你横着出去。”

韩厉不怕死地挑衅：“来啊，你有本事，来啊！”

这人真的没脸吧。路星鸣将飞镖对准韩厉的眉心，直接射出。

红色的飞镖直奔面门而来，韩厉愣了一下，着急地躲开了，飞镖擦过脸颊，带着一抹冷气，只听啪嗒一声，飞镖射在了后面的柜子上，又险险地坠地。

差点去世的韩厉脚底生寒，破口大骂：“路星鸣，你真要弄死我？！”

路星鸣冷哼，又拿起一个飞镖在手上晃了晃。

韩厉脑门簌簌地冒着冷汗，不敢再调皮，急忙叫停：“别、别、别，我真找你有事。”

“嗯？”路星鸣捏紧飞镖，正要射出，便听他说，“你能多给韩云知一点工资吗？钱我来出。”

路星鸣指尖顿住，眼眸沉沉。

因为难堪，韩厉耳朵都跟着发烫。

他从来没有想过自己有一天会找死对头帮忙，可是，除了找路星鸣外，他实在找不到其他办法帮助他那个小傻姑，毕竟她不会再接受他给的钱。

韩厉咬咬牙，想想，不过是一顿嘲笑，嘲笑就嘲笑呗，又不是没有被路星鸣讽刺过。

一番自我安抚后，韩厉强行释然，硬着头皮说：“云知不是在你这儿工作吗，你帮帮忙，多给她点钱，少让她干点活。”

路星鸣挑眉：“凭什么？”

“我奶奶嫌她是山沟沟出来的，不喜欢她。现在你也看到了，她闹着要独立，但是，一个女孩子，一人在外太危险。不过，她好像挺信任你，总说你好话……”

韩厉难免幽怨，老实说，他对韩云知也不是很差，从她进城到现在，很多东西都是他手把手教的，但就是落不了好。

韩厉忽略内心的不平衡：“以后，钱直接转给你，我们暂时就别拉黑对方了，要是有什么问题，也麻烦你告诉我。”

头一遭，韩厉对路星鸣用了“麻烦”两个字。

路星鸣把玩着手上冰冷的飞镖，敛目缄默。

这让韩厉很不好受，更加觉得羞耻，不禁恼羞成怒：“我都过来求你了！你能不能应一声？答应不答应，也吱一声啊！”

路星鸣突然问：“她为什么非要住在你们家？”

韩厉微怔，想了想，还是说：“她……父母都不在了，从小长在山上，抚养她长大的那个人老了，于是拜托我们接她过来。”说完，他拧起浓眉，“我和你说这个干吗，你要是不乐意……”

“乐意。”路星鸣下巴微抬，神色倨傲，眸中却闪烁着玩味，“让你欠我个人情，我当然乐意。”

路星鸣转身将飞镖射入靶心，重新坐到沙发上，说：“不过，钱就算了，给她太多，她会被吓走。逢年过节，我会多加点奖金。”

路星鸣答应得干脆，韩厉反而不习惯，最后吞吞吐吐地说：“那……那就先这样，先说好，咱俩的事是咱俩的，你可不要公报私仇，借机欺负她。”

韩云知性格单纯，好欺负，刚来那会儿，韩厉总会忍不住欺负她，后来被爸妈抓住一顿怼。他再次后悔之前自己为什么就图省事把她丢在西校区，现在可好，人已经转不过来了。

路星鸣一笑，意味深长：“厉哥放心，我不会欺负女孩子的。”

该说的也都说完了，韩厉也不想再继续留在敌人的老巢里。

等他离开，他才意识到一个问题，路狗怎么总是叫他厉哥？按照以往的性子，路星鸣不应该趁机占便宜，让他叫一百声祖宗吗？

见鬼了，真是的，韩厉想不通，迷惑地摸摸脑袋。

不过，这都不重要，路星鸣答应的事儿，肯定会好好遵守，还白捞一个“厉哥”，虽然没赚，但也不亏。想着，韩厉哼着小曲儿离开公寓。

路星鸣懒散地倚着靠枕，云知的按摩好像起了效果，他现在感觉肩颈舒服，全身轻松。

她父母不在了，从小生长在山上。

想到韩厉的话，路星鸣若有所思，不禁扭头看向挂在书包带上的护身符。

小小的护身符垂在书包下方，在阳光下轻轻打着晃。

他上前摸了摸护身符，小心地把书包放好，这才转身去干其他的事情。

云知遛狗到十点才回家。

课堂作业在自习课上就已经写完，随意地冲了个澡后，疲惫的云知立马窝在柔软的床榻上。

她睡不着，躺在被窝里翻看相册。最新的十几张照片都是塞翁和失马，两只大狗狗可爱，一点都不害怕镜头，吐着舌头撒娇卖萌。

云知越看越觉得喜欢，于是点开朋友圈，找到拍得最好的两张照片发布出去。

韩云知：塞翁失马，焉知非福。

附上图片。

这个点，同学们都没睡，齐齐点赞评论。

武晓松：妹妹！公寓不能养狗！

刘彪虎：这狗长得人模人样的。

路学长为你点了一个赞。

云知眨眨眼，狐疑，路学长竟然还没有休息，想了想，她点开私聊。

韩云知：学长。

配上小小的波浪纹，和她说话时的语调一样可爱。

路学长：我在。

路星鸣有样学样，也跟在后面加了波浪纹。

云知用手机遮住下半张脸，悄悄地笑了一下后，才慢吞吞地打字：塞翁和失马好可爱，可惜太晚，不然我都不愿意回来了。

路学长：凑合。

韩云知：以后我独立了，一定养大狗狗，再养小猫猫。

云知喜欢小动物，以前家里有好几只流浪来的猫猫狗狗，全都被她和师父喂养得健康壮实，就连皮毛都溜光水滑的。她出来时，狗狗追着车跑了好久。

想到那只大黄狗，云知不免思念。

此时，路星鸣发来信息，只有三个字：我同意。

云知挠挠头，问：学长，你也喜欢小动物啊？

这句话刚发出去，路星鸣忽然发过来视频通话，云知吓得手抖一下。

她左看看，右看看，一个鲤鱼打挺从床上跳起，快速抓过桌上的小镜子和小梳子，对着镜子仔细地把小寸头来回梳了梳，这才紧张兮兮地接通微信视频。

叮。

路星鸣放大的脸出现在了屏幕上。

云知见他侧躺在床上，凤眼慵懒，正对着她。他过于英俊，哪怕是这种死亡角度，都非常上镜。

这种面对面的近距离感立马让人乱了心跳节拍，云知紧握着手机，半天没敢吱声。

“你不躺下吗？”路星鸣枕着胳膊，半闭着眼说。

云知摇摇头，她可不敢像路星鸣这样压着半张脸躺着。她脸蛋圆圆的，要是这样躺，脸上的肉肯定会挤出褶皱，那样多丑呀，再说了，发型也会乱。

想着，云知拍拍头顶的小短发，路星鸣注意到，微微睁大眼：“头发长了。”

但是，跟其他女孩子的飘飘长发来比，这还是过于短了，只有一点板寸，更突显她五官精致。

小寸头可爱是可爱，就是看着不好摸，路星鸣眼露遗憾。

“我头发长得慢。估计是从小就剃发，头发害怕得不长了。”云知说得认真，一点也不像是玩笑话。

路星鸣没有取笑，很给面子地配合：“那你好好哄一哄，它就长得快了。”

云知没有想到路星鸣会捧着她说，顿时晃了一下神，随后低低地嗯一声，揉了揉耳垂。

有些冻脚，她怕吵到路星鸣，动作很轻地钻进被窝里，身子慢慢下滑，见路星鸣还在看着她，顿时感觉不好意思：“学长，你还不睡呀？”

“失眠。”

云知没有失眠过，但也知道失眠不好受。看着他的黑眼圈，她有一点心疼，便说：“那、那我哄你睡觉。”

“哄我？”路星鸣头扬了一下，表情戏谑。

她脸上一红，忙说：“我给学长数绵羊，数绵羊很快就睡着了。”

路星鸣沉吟片刻，说：“……我以为你会给我唱歌。”

云知改口：“那我给你唱……唱歌。”

唱歌……路星鸣身子一颤，再次想起那日被《森林防火守则》支配的恐惧。

“还是数绵羊吧。”

“哦，那我现在开始。”

“嗯。”路星鸣闭上眼。

云知清清嗓子，缓缓地数绵羊：“一只绵羊，两只绵羊，三只绵羊……”她开始困了，声音渐渐低下去，直至完全消失。

云知手里还攥着手机，眼睛紧闭，呼吸平稳、均匀。

路星鸣睁开双眸，眼中一片清明。屏幕里是云知近在咫尺的小脸，近到能数清她睫毛的根数。

她睡得安静，呼吸声从听筒传来，无端让人安心。

他定定地凝视着她，她的睡颜乖巧可爱，宁静得像是画卷中酣睡的猫咪，无害又恬静。他控制不住想多看两眼，最后生起私心，偷偷用手机截图保存，画面固定在了手机相册里。

“晚安，云知。”

少年的声音似呢喃，睡着的云知睫毛颤了颤，翻过身，手机掉在身边，留给路星鸣一片漆黑。

他关闭视频，对着截下的图片出神片刻，然后直接将它设成屏保图片，看了一会屏保上云知惹人怜的小脸蛋，他才心满意足地放下手机，抬手按灭台灯，室内刹那间漆黑一片。

今夜，他们都会晚安好梦。

云知没有想到给路星鸣数绵羊，竟还能把自己哄睡着。

先前师父说，云知小时候他不在家，她常会用这个法子哄自己睡觉。她本来不信，经过昨天的事，可算知道师父说的不是假话。

她睡觉不老实，喜欢动来动去，滚来滚去，太困时，还会打呼噜。

昨天没打呼噜吧？会不会还磨牙了？

盯着屏幕半天，云知忐忑地发送一条信息——

我昨天睡着得太快了，希望没打扰到你。

现在才五点，路星鸣估计还没醒。云知放下手机，穿戴整齐，洗漱好后，出门去遛狗。

令人意外的是，云知刚锁门，路星鸣便从对面出来。他一身黑色运动服，歪戴着一顶鸭舌帽，身上飘来一股好闻的沐浴乳的味道。

云知嗅嗅，是抹茶味的。

“早、早上好。”想到昨夜，她就连打招呼都变得不自然起来。

“早。”许是刚睡醒，少年清冷的声音更显得富有磁性、喑哑，听起来格外性感撩人。

路星鸣似是还困着，半敛着眼皮，像是马上要睡着一样，直到下楼后凉风吹过，他的眼睛才完全睁开。

“雇你的老爷子住哪儿？”路星鸣回眸细问。

云知愣了一下，伸手一指：“前面那栋，很近的。”

“嗯。”他迈着长腿走在前，云知跟在后面。

天略暗，地上一长一短的两个影子交叠。她走两步，就抬头看一眼，每次看到少年挺拔的背影，嘴角的弧度便向上勾起一点。

“路学长……”云知忍不住叫了他。

“干吗？”

云知紧张地搓手：“我昨天……是不是睡着了？”

“嗯，你睡着了。”

“那我……”云知小心翼翼地抬眼，“我有打呼噜吗？”

路星鸣停下，云知也停下，他盯着她白净的小脸，在她忐忑的视线中缓缓地说：“打了。”

果然，听到回答后的云知瞬间耷拉下脑袋，整个人都垮了。

路星鸣弯腰贴近："骗你的。"

云知还没放松，路星鸣又刻意逗弄："但是，你流口水了。"

小姑娘的表情可谓是精彩纷呈，路星鸣坏坏地扬起嘴角："也是骗你的。"

这个人怎么这样呀！

被连番戏弄的云知鼓了下腮帮："学长，你变坏了，都会戏弄我了。"

变坏？

路星鸣脑子里走马灯一样地过了一遍自己从小到大的种种事迹，最后得出结论——他就没好过。

"在你眼里，我是个好人？"路星鸣很好奇他在云知心里的形象。

他很凶，大部分时间都绷着脸、皱着眉，别人搭讪时，他大多不会回复。

他也没什么素养，虽然不及韩厉，但也好不到哪儿去。相信无论哪个女孩子都不会和他这样的男生接触，可是奇怪，云知给他发好人卡都成了日常。

他观察过云知看他的眼神，充满崇拜之意，就连他都开始怀疑他的性格是不是产生了变化。

"你是善人。"云知回答得毫不犹豫。

"哪里善？"

她脱口而出："你好看。"

路星鸣沉默。

"师父说'相由心生'，像你这么好看的人，心肯定也生得好看。"

路星鸣顿时哑口无言，他总觉得不对，但就是想不出反驳的话。

云知说的不是假话。从见到路星鸣的第一眼起，她就觉得这是个大好人。

尽管路星鸣偶尔很凶，但大部分时间是温和的；尽管他会不耐烦，但从没有拒绝过她提出的任何要求，他时刻在帮助她。

路星鸣在身前时，云知总会生出几分欢喜，就像是今天，感觉有他在，这条普通的路仿佛都开满了鲜花。

热意爬上脸颊，云知腼腆地遮住脸："其实……其实，就算学长戏弄我，我也不介意。"

对话隐隐向奇怪的方向发展，面对着她羞涩的面容与软糯的声音，路星鸣忍不住胡思乱想。

狠狠地鄙视自己一番后，路星鸣收敛思绪，阔步过了马路，到了对面。

他决定了，从今天晚上起，他要专心学习。

——洗涤心灵，从今天开始。

眼看又要到周末，云知本来还犹豫怎么和哥嫂解释这周不回家，结果周五午休，嫂嫂就打来了电话。

她和韩父都忙，因为做的是进口生意，所以一年到头几乎在国外，鲜少在家，这周刚巧有空，就想着领云知出去转转。

电话那头的韩母一直在问云知想吃什么、想要什么，语气中流露出的关切令云知格外愧疚。

若是以前，她肯定不会拒绝，可是今天注定要辜负嫂嫂的一番美意。

等韩母说完，云知才缓缓开口："我这周恐怕不能回去了。"

韩母沉默良久，问："韩厉又欺负你了？"

"不是，不是韩厉的问题。"云知不由得捏紧手上的书本，"我下周要月考，想在宿舍好好复习一下，然后又约了牙医，就在学校附近，回家的话，看牙齿不太方便。"

云知给出的解释很合理，韩母没有怀疑，更没有强求。

"既然这样，嫂嫂就不劝你了，你一个人记得小心点。"她又不放心，"算了，我看还是让韩厉和你一起留校吧。"

云知瞪大眼睛，还没工夫拒绝，雷厉风行的嫂嫂便挂断电话，让她对着暗下的屏幕出神。要是韩厉留下，那她周六是不是就不能和路星鸣一起遛狗了？韩厉在的话，她是不是也不能和路星鸣一起去看牙了？

最重要的是，她还没原谅侄儿呢！他们现在在冷战！

估计嫂嫂正和韩厉通话，电话一直是打不通的状态。

云知苦思冥想，给嫂嫂发了数条微信，找各种理由，半天才只得到一条回复。

嫂嫂：韩厉同意了，我让他陪你去看牙医，然后带你去玩一玩。

云知哭丧着脸打字：嫂嫂，我要复习。

嫂嫂：复什么习，你不要给自己太大的压力，听话，先好好玩。

看样子是没有商量的余地了。

云知握紧手机，愁得头都要秃了。

韩厉和路星鸣本就不和，要是到时候撞在一起，指不定又要打成什么样儿。

她咬咬牙，把韩厉从黑名单里拖了出来，现在，她决定做一个冷酷、无情、狠心的姑姑。

韩云知：嫂嫂给你打电话了吧。你放心，我不会麻烦你的，你自己去玩，不用管我。

韩厉本来想趁机服软，主动联系云知求和，这倒好，她先一步找了过来。

于是，韩厉顺着说：那要是哄你一下呢？

哼，就算哄她也没用，她可是有原则的。

韩云知：哄我也不行，不稀罕。

韩厉：来，接个电话。

下一秒，韩厉拨通语音电话，云知固执地挂断。

韩厉不死心，再拨，云知手一滑，点了接听。

“干吗呀！”云知没好气。

韩厉蹲在学校某个犄角旮旯里，他左右瞧瞧，总觉得会有人暗中偷窥，低声和云知说了声“等一下”。他找到校园后方的一棵老槐树，手脚并用地爬了上去。

——安全了。

韩厉长舒一口气，鬼鬼祟祟地拉起校服领口遮住嘴，对着话筒轻轻喊：“喂，你听着。”

云知听着，听韩厉用极低的嗓音叫了声：“姑姑。”

她整个人都蒙了。

她只有师父一个亲人，师父就是她唯一的依靠。

后来，师父告诉她，这世上还有她的亲人。那一刻，她发自肺腑地开心，结果，她发现这一切是不一样的。她和韩家格格不入，但也好想得到一个认可。

云知眼角微微泛红。

“喂，你听见没？”韩厉脸发烫，死死地扯着一根树枝，“我那天……那天那些话都不是真的，我反省了，是我不对，我道歉，对不起。”他抿抿唇，又艰难地叫一声，“姑……姑姑，你听见就吱一声。”

他从小到大对他父母都没有这么低三下四地讨好过，为了叫“姑姑”，他昨天对着镜子练了一晚上，真是羞耻。

“吱。”

韩厉眼皮子一跳：“让你吱，你就吱啊。我让你喵，你是不是也喵？”

云知想了想后，张开嘴，声音绵软：“喵。”

——竟然真的喵了。

——还这么可爱。

韩厉身子一歪，手一抖，险些没抓牢从树上掉下去，他定定神，道：“你……你能不能正经点，小爷和你求和呢。”

云知揉揉眼，嘟囔：“你求和还这么凶。”

“行、行、行，我不对。”韩厉清清嗓子，尝试用温柔的语气和她说，“你行行好，我们别冷战了，刚才我妈打电话过来，劈头盖脸就是一顿骂，硬是说我欺负你，你说我冤不冤？”

云知早就被一声“姑姑”哄好了，其实韩厉之前去找她的时候，她就已经不是很在乎这件事了：“好吧，我不和你冷战了。”

韩厉松了口气，麻溜地从树上跳下：“那我晚上去找你，不准乱跑，听到没。”

云知连嗯几声，挂断电话。

她攥着手机美滋滋地在原地蹦跶两下，不住地回味着韩厉那声“姑姑”，有些后悔，早知道就让他再叫几声，好录个音循环听。

云知叹息，转身回教室时，与倚靠在门前的路星鸣撞了个正着。

云知完全没想到路星鸣会出现在天台，身子踉跄一下，堪堪站好，大眼睛眨也不眨地看着他。

两人沉默，大眼瞪小眼。

云知睫毛不安地轻颤，率先打破静寂：“你……什么时候出现在这里的？”

路星鸣淡漠的目光直直地落入她的眼底，她听他说：“一只野猫喵呜喵呜叫的时候。”

不知为何，云知感觉他情绪明显低沉下去。

路星鸣视线灼人，令人难以直视。

云知莫名地局促不安，她嘴唇习惯性地抿起。她也不敢问路星鸣有没有听到打电话的内容，不过，看这样子应该是没有听到。

……光听到她一声“喵”。

云知呆立在原地时，路星鸣瞟她一眼，喉间轻轻溢出一声意味不明的冷哼，随即转身离去。

——他好像真的生气了。可是为什么呀？

云知百思不得其解，她刚才和韩厉通话时，并没有谈论路星鸣，更没说一些难听的，或者是别人让学长不开心了？

眼看快上课，云知暂且放下心中疑虑，抱着书本回到教室。

教室里，男同学们都在打闹，叫嚷声沸沸扬扬，时不时有书本在教室上空乱飞，偶尔还有碎纸屑飞到她的假发上。

云知和大部分同学都不熟，自然没有参与进去，安安静静地整理桌上散乱的书本。

她总觉得后脑勺灼热，似是被危险的野兽盯上，可是每次回头，对上的只有少年精致无瑕的侧脸。

“虎子，你水杯上那只小猫挺可爱的。”路星鸣支着下巴，突然说道，云知眼睛微微张大了几分。

被叫到名字的刘彪虎愣了一下后，笑着说：“我妹妹贪玩时贴上的。路哥，你喜欢的话，回头我给你一沓。”

“嗯。”路星鸣斜斜地扫云知一眼，又对着武晓松说，“松子，你圆珠笔上那个小猫笔帽也挺可爱的。”

“这个笔是楼下买的，五块钱一支，哥，你喜欢就送你。”说着，武晓松把圆珠笔丢了过来。

他轻松地接住，指腹微微摩挲着那个小猫脸笔帽，盯着云知的眼神越发灼热。

她呼吸一顿，难不成……学长是因为她的喵喵叫在生气？

直到上课铃声打响，路星鸣才慢悠悠地翻开书页。

少年下颌线优美，光线照在他的侧脸，表情冷冽。

——看起来真的很怨念。

云知杏眼莹润，眼底带着明显的无措，她想不通，只是一声“喵”，为什么他会在意到现在。难不成……

路学长不喜欢她对着别人“喵喵”？

这个念头闪过脑海，便再也无法消失。

她樱红的嘴唇因为错愕而微微张开，半晌，她趴在书桌上开始思考。路学长不喜欢她对别人撒娇，所以生气。他、他是不是只愿意她对着他一个人撒娇？

一堂课后，路星鸣倏然起身，不忘用脚把椅子踢回原位。他面无表情，熟悉他的人都知道这位大佬在烦躁。

“路哥，你去哪儿啊？”刘彪虎冲着他的背影喊。

路星鸣阴沉着语调：“出去撸野猫。”

“……撸啥玩意？”班里的同学都蒙了。

只有云知摸着脑袋蔫蔫地看着门。

嘤，学长好小心眼呀！他不会一直生气不理人吧？

云知总算慌了，马上要月考，她还指望着学长给她补习呢。

不行，她要哄。

可是……男孩子要怎么哄？

云知小脸耷拉，表情满是失落。

“妹妹，你也不开心？”武晓松拉着椅子靠近，神色间写满八卦。

“不开心？”云知目光茫然，“我没有不开心呀。”

武晓松讪讪地笑道：“你是不是和路哥吵架了？我看他从下午回来就那副死德行，你是不是红杏……呸，你是不是背着他找其他人玩了？”

什么乱七八糟的，云知没空理会武晓松，手握着铅笔，一笔一画认真地抄写着笔记。

武晓松见问不出什么好玩的，顿觉无趣，正要走，身后的小姑娘抬起了头：“晓松同学。”

武晓松皮笑肉不笑：“你叫我的名字就可以了。”晓松，晓松，他总感觉她在叫高晓松。

云知充耳不闻，眉宇布满愁云：“晓松同学，你们男孩子生气，要怎么哄呀？”

武晓松一双眼唰地亮了，果然，他就知道这里面有猫腻！

“可爱的转学生外出不归，冷酷的校霸背地里吃醋”——刺激！

自动脑补好剧情的武晓松很快掩藏住内心小小的激动，故作深沉地对云知说：“哄男人，我在行，我就会哄男人。”

身后传来一片哄笑，武晓松不想搭理这群肤浅的莽夫，清清嗓子，撑着桌子，悄悄对云知说：“你要抓住他生气的点，然后对症下药，一般撒撒娇，卖个萌就好。”武晓松上下扫视着云知，“尤其你这么可爱，事半功倍啊。”

小姑娘天生一张可人脸，细眉、大眼、樱桃唇，笑起来酒窝深，恨不得让人给她摘星星、捞月亮。 武晓松连连叹气，拍拍云知的肩，以示鼓励："加油，早日把大哥哄好。"

以后要是他们哥几个惹老大不开心，还能让她帮忙哄一哄。

云知若有所思，最后痛下决心。

好吧，那她也对学长"喵"一个，"喵"一个又不要钱。

因为要月考，老师并没有留太多的作业，放学铃声打响后，班级里的同学作鸟兽散。

云知刻意放慢收拾书包的动作，等只剩下她和路星鸣时，才快速地把笔袋往书包一丢，拉上拉链，人挡到路星鸣的身前，他满脸疑问。

想到稍后要做的事情，云知的脸蛋已经开始红了："学长，你等我一下。"

说完，云知把教室的前后门全部关闭，趴在窗前确定一番不会有人偷听后，才缓缓走来。

"干吗？"她的行为太过奇怪，路星鸣不由得问道。

"你……你站起来。"

狐疑地看她两眼，路星鸣配合地起身。

云知拉上路星鸣的胳膊，让他转过身背对着她。

"喂，你到底要干吗？"路星鸣的眉心微微皱了起来。

云知抚上胸口，掌心处，心脏剧烈跳动，她紧张到口干舌燥，闭闭眼，让自己冷静下来后，才小声说："我给你唱歌。"

路星鸣静默，然后道："唱歌？"语气有明显的玩味。

"我会唱歌的。"云知眼角微红，眸中流转着羞涩。

她在心底把那句简短的歌词默念几遍，却始终没好意思发出声音。片刻后，她总算鼓起勇气。

可是，正准备唱时，路星鸣毫无预兆地回过了头："你怎么还不唱？"

两人脸对着脸，目光相对。

看着少年探究的眼神，云知呼吸一顿，大脑刹那间清空所有，一片空白，她羞耻。

路星鸣看她的鼻尖都带了红色，眼睛一眨不眨，像给人定住身子一样毫无反应。

“你、你、你怎么可以回头！”云知扭扭捏捏地捂住发烫的脸蛋，“你转过去，快转过去。”

路星鸣无奈：“不就是唱首歌，你又不是没唱过。”

“这次不一样。”云知垂眸嗫嚅，“你不转过去，我害羞。”

她低着头，小小的耳朵从发丝里露出，耳垂的颜色显然比周边的皮肤深了一度，粉粉嫩嫩的，像是可爱的小樱桃。

路星鸣猛然失神，竟觉得口中发涩，他喉头蠕动，默然地转过了身。

云知松了一口气，再次不放心地打量他两眼，确定他不会回头后，她也转了过去，和少年背对着背。

她扯着衣角，轻轻开口：“如果我是一只小猫咪，每天只要喵喵叫……”

女孩的声线宛如糖霜，清透、甜糯，却不显得刻意，一切都是刚刚好的可爱、黏人。

路星鸣指尖微颤，沉浸其中竟不知如何反应，下一刻，整颗心都跟着她的声音融化了，他好想偷偷地把她养起来。

“这是一个游戏里的歌，后面的，我不会唱了。”

好、好羞耻啊！

云知捂着发烫的脸，羞得想找个地洞钻进去。

这首歌曲是她那天遛狗时无意听到的，出自一个游戏，她本来也没在意，结果听过一遍就再也没办法忘记，每天在脑袋里洗脑似的循环十几遍。

身后迟迟没有动静，云知按捺不住，偷偷用余光向后瞥，看不见，她又转了一下身，结果立马对上了路星鸣幽邃的凤眸。

云知吓得心尖一缩，不禁放轻呼吸：“学长，你喜欢吗？”

“哼。”路星鸣收起那点涌出来的小心思，居高临下地俯视，“幼稚。”

幼稚……

是说她唱歌幼稚，还是歌词幼稚？

他说的话总是很高深，云知理解不了，索性直接说：“我以后不随便喵喵，你别生闷气。”

路星鸣拎起椅子上的书包，随便往肩膀上一挎，说：“我是那么小心眼的人吗？”

云知委屈：“可是，你一下午都不理我……”

“我……”路星鸣心虚地转动眼珠，最后视线落在别处，“有吗？”

云知点头：“有的。”说完，她又期待地看着他，“我刚才没跑调吧？”

她眼巴巴的，满心想得到路星鸣的嘉奖。

路星鸣端的是从容镇定，掏出手机，点开录音：“我没听清，你再唱一遍。”

有了第一次，第二次要轻松得多，云知手指打着节拍，又轻轻唱了一遍：“如果我是一只小猫咪，每天只要喵喵叫。”

完美。

路星鸣保存，自然地拿过她肩上的书包，脚步轻快，看起来心情颇好：“晚上你想吃什么，我请你。”

晚上……晚上……

云知突然想到，她的侄儿好像还在门口等她呢！

糟了，她不小心把侄儿忘得一干二净。

天快暗了，云知跟在路星鸣的后头慢慢地走着。

校外，韩厉敞着外衣，站姿歪歪扭扭的，偶尔抬手看表，神情不耐。

云知吞咽一口唾沫，心虚地往路星鸣的身旁躲了躲。

“韩云知。”凭借良好的视力，韩厉一眼捕捉到了她，他大步走来。

路星鸣垂眸，表情不咸不淡。

“你干吗呢，让我等那么久。”韩厉说着，眉头紧皱，“你看看现在几点了，我都要等成干尸了。”

云知说不出话，不由得看了路星鸣一眼，小声解释："有点作业没写完……"

"走吧。"韩厉自然而然地无视了路星鸣，长臂捞过她，"我都快饿死了。"

路星鸣盯着她肩上的那只爪子，眼底烧着火。

"书……书包。"

经过云知的提醒，韩厉这才注意到路星鸣左手上粉红的书包，书包上可爱的兔子挂饰和他整个人显得格格不入。

因为路星鸣帮过忙，韩厉没像以往那样冷嘲热讽，直接伸手扯住书包带子。

路星鸣目光一沉，指节收紧。

两人谁都不肯松开，脆弱的肩带承受不了大力的拉扯，隐隐有要断开的迹象。

云知急忙夺过心爱的小书包，牢牢地箍在怀里："我自己背，自己背……"

两人以眼神交战几个回合，最后发出两声冷哼，结束战斗。

"韩云知，吃饭去。"韩厉心情不好，连带着语气都比以往急躁。

路星鸣不说话，只静静地凝视，其中意味不言而喻。

云知抱着小书包站在两人中间，一会儿看看这个，一会儿又看看那个，他们盯得越紧，她的心里越慌。直到被逼得头皮发麻，她才忍不住提议："要不我们一起去吧？"

"不和他去。"二重奏。

"有他没我，有我没他。"又是二重奏。

"你别学我。"两人步调分毫不差。

最后——

"哼！"再次同步。

这情景简直就是网络上的喜剧短视频，无端惹人发笑。

云知鼓了鼓因为憋笑而发僵的腮帮，小声地嘟囔："你们好有默契哦。”话音刚落，她瞬间收获两道阴沉危险的视线。

云知吓得一个激灵，缩起脖子当乌龟。

“她是我妹，她和我去。”韩厉抓着云知的胳膊，开始打亲情牌。

路星鸣不甘示弱，扯上云知另外一条胳膊：“她是我的员工，她和我去。”

忘记这茬了——韩厉狠狠地磨牙，拉着云知就是不肯撒手。

路星鸣本来看他不顺眼，现在更没理由退让。僵持之中，两人沉默地做出决定，一左一右架着她向步行街走去。

云知呆呆地被他们拖着走，夹在两个人中间的她突然想到一个表情包。

——左右两男。

……小姑姑好难。

路星鸣和韩厉是这条街上最出名的两个人，只要认识他们的，都知道两人不和，见面就掐，如今三人行的画面实在太过惹眼，让人想不注意都难。

其中有几个诚南的学生正在街边吃小吃，见路星鸣和韩厉过来，中间还夹了个妹子，惊得臭豆腐都快掉了。

这是个啥情况？

这俩人怎么走一块了？中间还带了个妹子。

当下，有好事者拍了照片，在校园网发起投票。

东校区韩厉 VS 西校区路星鸣：你们支持谁，投票开始！

1 楼：我押路星鸣，他名字比较长。

2 楼：押厉少！先有韩厉，后有天！厉少送你去西天！厉少大胆飞，迷弟永相随！

3 楼：西校区老大路星鸣，名字代表着神话；什么韩厉，什么东校区，统统给我快闪开，老大的腹肌，你攀比不了，老大的长腿，你羡慕不来，老大的绝世容颜饰演主角，你还不跪地求饶，马上为大哥洗脚！喊出我们的口号——

4 楼：西校区不败，对面好菜！

“……”

校园网上掐得水深火热、你死我活，甚至有人开始为大佬做出一首对决曲目。

现实里，云知已被两个人带着来到了餐厅。

人满为患的中餐厅里，只剩下角落一张四人桌。

云知先一步坐在了两把椅子中间，一人占据了两个位子。没办法，路星鸣和韩厉坐在了她的对面。

小机灵鬼云知背地里悄悄松了口气。

“老板，点菜！”韩厉一拍桌子吆喝，很快，老板娘拿着菜单过来。

“给。”韩厉把菜单丢给云知，“想吃什么就点，我请。”

路星鸣睨一眼，神色鄙夷，而后对着云知说：“我们说好的，我请。”

她突然不想吃了，她好难，想回家。

云知随便点了几道菜，三人静静地等候。

菜上得快，云知见对面两人动筷，见他们安分地开始夹菜后，一颗心总算放回了肚子里。看这样子，他们应该是不会掐起来了。

结果，下一秒，两双筷子一同伸到云知的面前。

路星鸣手上夹的是醋熘白菜；韩厉手上夹的是干炸鲜蘑。他们似乎没想到会同时出手，表情都有些愣怔，随即，眼底腾起怒火。

要……要打起来了。

云知耷拉着嘴角，默不作声地把两筷子菜全接到碗里，一同夹起送入嘴里，声音含混不清：“我都吃，都吃，你们别吵架。”

“哼。”齐齐的两声。

韩厉饿了，懒得再和路星鸣计较，可是，正要吃饭时，他用筷子和路星鸣打起了架。

他很烦：“你能不能换只手？”

路星鸣抬眼：“你怎么不换？”

韩厉说：“我不会用左手。”

路星鸣暗暗嗤笑：“呵，只会用右手的弟弟。”

这一刻，整个餐厅的人都感觉自己被冒犯了。

云知脸上羞红，小声地劝解：“你们别吵了，我们好好吃饭，不吵架。”

韩厉梗着脖子：“那你让我坐过去。”

“好、好、好，我让你坐过来。”

云知正要让出一个位子，路星鸣一个眼刀过来：“这周谁给你补英语？”

在这个问题面前，云知屈服了，一本正经：“韩厉，你就在那里吧，听话，啊。”

韩厉咬牙，厚颜无耻的路星鸣，阴险狡诈，没脸没皮，不过……他干吗非要凑过来？

韩厉隐隐觉得有什么地方不对，但具体怎么不对劲，也说不上来。他拧紧眉头，想得心烦气躁，最后不再追究，问云知：“你预约的哪里的牙医？”

云知咀嚼的动作停下，不由得抬头看向路星鸣。

她刚要开口，路星鸣便先一步回答：“我舅舅那里。”

“啊？”韩厉蒙了，下一秒质问，“你干吗去他舅舅那里？”

路星鸣哼笑着说：“你不管，总要有人去管。”他言语里满是冷嘲热讽。

想到不久前的口无遮拦，韩厉自觉心虚，没怼回去：“舅舅……就舅舅吧，那明天我带你过去。”

“不用。”路星鸣说，“你一个外人，过去不合适。”一语双关。

云知吸溜着面条，大气也不敢出，人声鼎沸的餐厅里，她看着路星鸣冷峻的眉眼，刹那间只能听见自己的心跳声。

路星鸣那句话的意思……是不是可以理解为她是自己人？

韩厉是单细胞生物，神经大条的他压根没注意到云知脸上的神情，光想着证明自己不是外人，于是讥讽：“我和小傻姑是亲戚，你这个外人才不应该去。不过，你放心，医药费我会一分不差，该多少就多少，不玩那些虚的。还有，你可不要借着老板的身份搞那些见不得人的小心思。”

韩厉指了指自己的眼睛：“小爷我眼睛雪亮，全盯着呢。”

路星鸣挑眉，没说话。他低头对着手机点了几下，一道突兀的歌声骤然响起。

“如果我是一只小猫咪，每天只要喵喵叫。”嗓音甜腻、娇软，杀伤力极大。

整个餐厅有短暂的静寂，一瞬间，所有人的视线都落在了路星鸣的身上，包括韩厉。

他眼底满是不可置信，要是他耳朵没聋，刚才那道声音应该是韩云知的吧。

他的震惊让路星鸣很受用，神色间是难掩的小得意。路星鸣佯装淡然：“抱歉，接个电话。”说着，路星鸣装模作样地出去接听。

云知现在……现在只想找条地缝钻进去。

羞死人了——

“韩云知！”韩厉反应过来，狠狠一拍桌子，“你给我解释一下，为什么他的手机铃声是你的歌声，你们现在是什么关系？”

云知小手攥紧，嗓音低低的：“同、同学关系？”她的语气明显带着不确定，她还给路星鸣打工呢，或许是……雇佣关系？

但不管怎么说，学长怎么可以把人家的“喵喵叫”设置成铃声。

太羞耻了！

第十二章

不愧是他

等她一哭，他就立马开始哄，
只要他哄得够快，她的悲伤就追不上她。

路星鸣和韩厉硬是把一顿饭吃出了鸿门宴的味道。

云知揉揉肚皮，感觉有些消化不良，但是，想到遛狗时就可以摆脱他们，心情舒畅起来。

“你们回去吧，我现在要去李爷爷那里。”云知迫不及待地驱逐两人。

“李爷爷？”陌生的名字令韩厉蹙起眉头。

“遛狗，你也要一起来？”路星鸣语气促狭，暗自挑衅，他料定韩厉没那个胆子再跟过来凑热闹，韩厉怕狗。

记得小学时春游，韩厉被一只吉娃娃吓得屁滚尿流，哭爹喊娘，就是可惜当时没设备，不然，路星鸣肯定要录好视频每天在大屏幕上循环播放。韩厉连一只吉娃娃都怕，更别提塞翁、失马那两只大型犬了。

路星鸣不慎说起了韩厉不愉快的经历，让他面色白了白，又不肯当着路星鸣的面服软，梗着脖子说：“我不管，我也要去。”

“呵。”路星鸣低笑，“可以，我相信塞翁、失马一定很开心有新伙伴和他玩的。”

路星鸣用词巧妙，“新伙伴”三个字意味深长，韩厉头皮开始发麻，塞翁、失马这是什么破名字。

他们两人打定主意要去遛狗，看着他们走在前面的身影，停留在原地的云知哭丧着小脸，莫名感觉自己被无视了。

怎么没人问问她的意见？

唉，云知重重地叹气，看样子，今天晚上要一直艰难下去了。

三人一路来到李爷爷家。

塞翁、失马听力敏锐，远远听到动静，就知道云知来了，迫不及待地叼着牵狗绳，坐在门口乖乖地等候。

门开之后，失马立马扑了过来。

韩厉走在云知的身侧，突然压过来的黑影让他神经紧绷。等看到狗的全貌时，他的腿骨像是被人打断一样，瘫了。

这狗怎么这么大！

“汪——”失马兴奋地吠着，叫声浑厚。

韩厉哆嗦着后退，想跑。

“失马。”见到喜欢的大狗狗，云知一双眼弯成月牙。

失马又连叫几声，当作回应。

“失马，坐。”

听到命令，大狗立马坐下，吐着舌头看她。

“好狗狗。”云知上手在它的头顶狠狠地撸了两下，进门去拿东西。

路星鸣跟进去，见韩厉还是面色惨白地躲在后面，顿时发出一阵不屑的嗤笑。

被鄙视的韩厉眼皮子一跳，哆哆嗦嗦地进了门，然后看到了坐在门旁眼神警惕的塞翁。

相比起同类，塞翁并不是很喜欢与陌生人亲近，它像是忠诚的守卫，温和只留给自己想守卫的人，面对闯入自己区域的冒犯者，整个身体都写满拒绝。

韩厉鼻孔张大，一动也不敢动。

云知轻轻捏了捏塞翁软乎乎的脸，它这才放下防备，大尾巴在地上来回摆了摆。

“云知来了。”李爷爷转动着轮椅出来，“塞翁、失马等你好一阵，看样子，它们真的很喜欢和你出去。”

“我也喜欢和它们出去。”云知拿起桌上的零食，分别给两大只各喂一口。

“汪！”失马吃了一口，还不满足，强行把毛茸茸的爪子塞到云知的手里，眼巴巴地盯着零食的袋子看。

“不可以再多吃啦。”云知装好零食，给它们套上牵引绳，“爷爷，那我走了，你要是有什么事，就给我打电话。”

“等一下。”李爷爷叫住她，从抽屉里取出一个红包递给她，“这是这个月的工资，你收好。”

云知愣神：“可是好像还没到发工资的时候。”

李爷爷笑得慈祥：“早点发、晚点发没什么区别，拿着，小心别丢了。”

云知羞涩地说了声“谢谢爷爷”，收起红包放在了书包里。

因为又收到一笔钱，云知心情再次转晴，开开心心地牵着两条狗离开小区。

她身躯本就娇小，衬得两条狗的体型更加庞大。韩厉站在十步以外不敢接近，脸上写满警惕。

很快，塞翁、失马要拉臭臭，云知眼明手快地把随身携带的报纸放在它们的屁股下面，待它们解决完后，包好装进垃圾袋里，再丢到垃圾桶。

这一套动作，云知做得面不改色，看样子已经习以为常。韩厉不同，他平常连自己的都不看，更别提狗的了。

“韩云知。”韩厉上前几步，“等进十月天，就降温了，你一个人遛狗不安全，我看，过完这个月，你还是把这份工作辞了吧。”说着，他又看两条狗一眼，越看越发怵。

“不要。”云知拒绝得果断，“我要是辞职，就没人帮爷爷了。”

“那老爷子没儿女吗？”

三人到了一个小公园，见左右没人，云知暂时松开绳子，让它们在脚边玩。

云知摇头，说：“李爷爷的大儿子是军人，半年前牺牲了，塞翁就是李爷爷的大儿子养的；他还有个小儿子，在国外上班，平常都是护工照顾爷爷。我要是辞职，塞翁、失马就要送给别人养了，爷爷会很孤单的。”

这些事也是那天她和老人家闲聊时知道的，大儿子的去世给老人的身心造成巨大打击，此后身体一日不如一日，卧病在床多日后，发现双腿再也没了知觉。小儿子在老人身边陪了一段日子，但他在美国有家，总不能一直放着妻儿不顾，于是把塞翁、失马留在李爷爷身边做伴，日常就由护工照顾他。

老爷子退休前是教书人，温和又慈善，笑起来时总让她想起远在深山的师父。

她知道李爷爷害怕孤单，更不愿意把仅剩的和儿子有关联的宠物送走，除非李爷爷辞退她，不然她是不会离开的。

云知的眼眶又染了一层薄薄的红，狗狗天生敏感，立马感觉到了她低落的情绪。塞翁跑过来蹭蹭她的手背，又轻轻舔了舔，最后锐利的眼睛瞄准韩厉，对着他大叫出来。

韩厉被吼蒙了，下一秒躲到路星鸣的后面，指着塞翁："你、你、你……你叫那么大声干吗！我又没有欺负她！"

塞翁龇牙咧嘴，尾巴奓起，继续嗷呜。

路星鸣眉梢上扬，侧身躲开，将韩厉完全暴露在塞翁的视野中，还添油加醋："他准备让云知抛弃你们。"

韩厉跳脚："你别胡说，我没有！"

那只是建议，建议懂不懂！不过，这狗应该听不懂吧……

韩厉吞咽一口唾沫，战战兢兢地看着塞翁。不知怎的，他总感觉这狗的眼神很精明，好像……好像是听懂了。

经过这么一闹腾，云知的情绪平复不少，她轻声命令："塞翁，坐下。"

塞翁盯了韩厉两眼，慢慢地后退坐到云知的身旁。

"乖狗狗。"云知掏出零食递到它的嘴边，摸摸塞翁的金色大脑袋当作鼓励，吸了吸鼻子，"你们放心，姐姐不会丢下你们的。"

"……谁给狗当姐姐。"韩厉撇撇嘴，暗自吐槽。

路星鸣听不下去，抬脚踹上他的小腿肚子，冷声警告："不会说话就闭嘴，没人把你当哑巴。"

"路星鸣，你再动我一下试试！"

路星鸣毫不客气地又动了韩厉一下，韩厉气炸了，结果还没机会反抗，就见刚刚还在四处疯的失马迎风扑来。它跑得极快，形成一道黑色影子，全身的毛发随着风向一旁飞，整个一只脱缰的野狗。

它跑来了。

它接近了。

它到韩厉的跟前了。

它抱住韩厉的腿失控了。

韩厉两眼一黑，脑袋空白，心海在翻腾。

他……被一只狗冒犯了……

路星鸣和云知僵硬在原地，迟迟没有动弹。

韩厉眼里含着泪花，近乎咆哮："把它弄走——"

路星鸣长睫毛微动，淡定地后退几步，解锁手机，将镜头对准了他，他呆滞两秒："你在干吗？"

路星鸣回复："拍照发朋友圈。"

"路星鸣，我杀了你！你到底有没有人性！你是禽兽吗？"

路星鸣眼底带笑："对，骂，再狂野一点。"

"路狗！"此时此刻，韩厉觉得自己的尊严乃至人格都被这三条"狗"践踏了。

生无可恋，人生了无乐趣。

韩厉面色颓废，只想去世三分钟。

云知目瞪口呆地看着那幅让人尴尬的画面，嘴角不禁向上抽了抽，然后面红耳赤地招呼失马过来。听到呼喊，失马立马屁颠屁颠地跑到云知的身边，围着她打转、翻滚、露肚皮，得以逃脱的韩厉虚弱地瘫在身后的长椅上。

云知摸着失马，安抚侄儿："没事，没事，韩厉，你别在意。"

"我能不在意吗！"韩厉又气又恼，"这狗怎么养的，大庭广众之下，它就没羞耻心吗！"

云知眼珠子转转，见没旁人后，才小声地说："它被割蛋蛋了，估计、估计是玩得太兴奋，才……才那样的，韩厉，你别和狗狗计较。"

脑海中不受控制地想到先前那个画面，尴尬过后，又有些想笑，云知没绷住，扑哧一下笑出了声。

韩厉不可置信地看着她："你笑我？"

糟糕，被发现了，云知急忙捂嘴，摇头否认："我没笑，我没笑。"

"韩云知，家里我对你最好，你还笑我！"韩厉指着路星鸣说，"你是不是和他一伙儿的？"

"……啊？"

韩厉不依不饶："我问你，我和他掉火里，你先救谁？"

"啊？"云知大眼睛茫然，这是……这是吃错药了？

她再看一旁的路星鸣，也是兴致盎然地想得到回答。

夹在两人中间的云知不知所措，她看看韩厉，又看看路星鸣，张了张嘴，呆呆地说："救……救火吧。"

韩厉一路上闷闷不乐，直到回了公寓楼下，脸色才有冰雪消融的迹象。他有话要和云知说，桃花眼死死地盯住站在一旁的路星鸣，沉默着让路星鸣走开。

路星鸣不为所动，韩厉不耐烦地开口："我有话要和我妹说，劳烦你退一下。"

云知生怕两人又发生冲突，忙不迭地把肩上的书包递到路星鸣的手边，柔声拜托："学长可以帮我把书包带上去吗？"

一瞬间，云知看到他眼底闪过不满，又很快掩去，动作粗暴地拿过书包拎在手上。

路星鸣后退到门前，没有进去，面无表情地对着他们，就算是退让了。

韩厉白了路星鸣一眼，为避免他偷听，直接拉着云知往前面走了几步，和他拉开距离。

见云知他们即将说的话超出自己的听力范围，路星鸣表情更加难看。

"你要说什么呀？"云知仰头，长睫毛在眼皮下方落下一小片阴影，她看着韩厉，目光晶莹，"现在路学长听不到了，你可以说了。"

韩厉猛然扭捏起来，焦灼地揉了揉脑袋，眼神躲闪，半晌才小心翼翼地问："你真的不生气了？"

云知没想到韩厉竟还在意这件事，忍不住轻笑了一下："我不生气。"她干脆地回答，"我今天过得很开心，谢谢你陪着我出来。"

韩厉努努嘴，别扭地红了脸："嘁，谁稀罕你谢谢……"

云知没有打趣他这傲娇的脾性，认真凝视着男孩的眉眼："我看出来你怕狗，其实你不用勉强自己的，不过，我还是很高兴。”她抿抿嘴，“你原来说得也没错，我的确有些较真，希望你也不生气……”

也许是生活环境的原因，云知总是一根筋，认死理，有时候的小固执会让人不喜，她要尝试收敛，学会改变。

“我、我没生气。”韩厉不太擅长应对这种局面，“那……我们是不是和好了？”

云知重重地点一下头，韩厉总算松了口气。

他突然想起自己还没有把东西给云知，急忙打开书包，从里面掏出一盒包装还没有拆开的巧克力。

韩厉轻咳，递过去：“喏，送你的。”

他不自在地说：“我也不知道你想要什么，就……就随便买了。”

韩厉寻思着求和总要真诚一点，不带些礼物说不过去，可是，从小到大只有别人给他礼物的份，他根本没有送别人礼物的经验。后来，他找了个好友，听取好友的意见，买了一盒进口巧克力，花了不少钱。

韩厉本来想着见面就送给云知，结果一晚上都在和路星鸣掐架，把这茬忘得干干净净。

云知没想到韩厉会送她东西，很是讶异，半天没接。

韩厉正要催促，忽然想起小傻姑的牙坏了一颗，根本不能吃甜的。他暗骂自己没脑子，当时买东西的时候竟然压根没想到，光听那个导购员忽悠，说这款巧克力是德国出产，女孩子非常喜欢的口味。

傻瓜一个，白买了。

韩厉握着礼盒的手缓缓地收回，苦恼地扯扯头发：“算了，回头送你别的吧。”

他要把手缩回时，云知先一步将那盒巧克力拿过去，牢牢地抱在怀里。

“我喜欢。”云知毫不犹豫地说，“等我治好牙，就吃光光。”

“嗯，那我走了。”韩厉不再多说，步伐轻快地去往自己的宿舍。

等他远去，云知才垂眸看向手上的东西。

盒子十分精致，上面标的不知道是哪国的语言，她一个字都看不懂。但是她喜欢，毕竟这是侄儿送的第一份礼物。

侄儿。

云知嘴角勾起一抹浅浅的笑，眼底暖光四射，她有亲人了。

云知紧紧地把盒子抱在怀里，内心雀跃。她沉浸在这份小确幸中不可自拔，没注意到后头少年不善的神情。

“你到底进不进去？”路星鸣的声音总算让云知从先前的情绪中走出来，她不敢耽误，抱着东西着急地跑到路星鸣的身边。

“你手上拿的什么？”

她抱得严实，路星鸣瞅老半天也没看清上面写的什么字。

云知搂得更紧，语气里带着几分骄傲：“礼物。”

路星鸣不屑：“什么东西都能把你收买，肤浅。”

看那破盒子装的估计是巧克力，要不就是小饼干，这么一盒东西，就让她这么开心……他多多少少有些不是滋味，目光阴沉了三分。

“给，书包。”到了门前，路星鸣把粉红色的小书包递了过来。

云知单手接过，在里面翻找房卡。

“明天十点去看医生。”他不放心地叮嘱，“不要太晚。”

云知连连点头，开门后，身子钻入房中消失不见。

看着那扇紧闭的房门，路星鸣目光低沉，暗暗地吃味。

她今天——没有和他说“路学长晚安”。

路星鸣感觉他的雇主地位不稳，隐隐有种要被韩厉取代的危机感。

云知并不知道路星鸣那复杂的少年心思。

她没说晚安，单纯是想快点回屋拆红包。将巧克力放在厨房的阴凉处后，她迫不及待地打开了李爷爷给的红包，里面装有一沓崭新的百元大钞，她激动地反复数了多遍，结果都是三千五百元。

当初他们说好的是一个小时二十块，按照一天四小时来算，李爷爷给的多了一千不止，这对云知来说绝对是笔巨款。

正当云知为之困扰时，她看见红包里面还夹了一张字条，她取出字条，上面有老人苍劲的钢笔字：

近日照顾塞翁、失马辛苦了，多余的钱给自己买些补品，星期天可以不用过来，你也要适当放松，注意休息。

老人又在后面写下一句：

好好学习，莫惧前路艰险。

落款：李爷爷。

云知捏着字条，逐字逐句地将那简短的留言看了多遍，每看一遍，心里便暖和一分。

其实这里并不糟糕，她有侄儿，有哥哥、嫂嫂，有塞翁、失马，有李爷爷，还有……路学长。

想到总是默默帮助她的少年，她的思绪又混乱几分。

她小心地把字条放在抽屉里的小盒子里收藏，至于钱，明天就去把它存起来，留下一部分就买些好菜，晚上招待大家，作为感谢。

打定主意，云知关灯合眼。

过了一会儿，她又摸索到桌上的手机，迷迷糊糊地找到路学长的名字，编辑信息发送。

云知：路学长，晚安。

确定无误，她又翻身闭上了眼。

云知每天醒来得早，就算周末，也没有赖床的习惯。日常锻炼完收拾好屋子，见时候不早，她便换身衣服，抱着床上的小兔兔去对面敲门。

当当当。她敲了三下。

“路学长。”她喊一声。

当当当。她再敲三下。

“路学长。”她再喊一声。

门开了。

云知抱紧小兔兔，后退两步看着他。

路星鸣握着电动牙刷，睡眼惺忪，嘴唇沾着一圈白色的牙膏泡沫，他身上的条纹睡衣还没换下，胸前的扣子解开了两颗，尽显少年精致的锁骨和性感的胸膛。

云知盯着他裸露的皮肤出神，小姑娘的眼神太过炽热，他低头瞥了一眼胸膛，浓眉上扬，又见她手上抓着自己上一次给买的小兔子，睡意消散。

云知见他一直看着小兔子，思绪回归，不好意思地低下头："我想带着星星去看牙……"

星星？她这还给小兔子取了名字。

路星鸣没说话，转身回到浴室，云知跟着他慢慢地进了他的房间。

路星鸣刚醒，窗帘紧闭，遮挡了一切光线，沙发上散乱地放着衣物，床榻凌乱，深蓝的被子一角掉到地上。

云知看不过眼，又想起自己如今的身份，当下放下东西，挽起袖子开始整理。

从浴室传来哗啦啦的水流声，他在洗澡。

云知不禁朝他所在的方向看去，隔着那扇微微有些透明的房门，少年模糊的身体曲线映入眼底。她耳根一热，匆匆忙忙移开了视线，默念了好几遍"非礼勿视"，才控制着自己不往他那边看。

"学长，你早餐吃了吗？"

"还没。"他清冽的嗓音带着一抹沙哑，更显质感。

云知埋头将被子叠整齐，上前拉开窗帘，让暖光进入，又开了一扇窗户通风，说："那你的冰箱里有面条之类的吗？我先给你煮点面。"

他冲好澡，懒得吹头发，直接穿着浴袍出来。

见到路星鸣的那一刻，云知又开始走神。

少年身上沾染着水汽，湿漉漉的发丝下是一张冷峻淡漠的面容，眼角被热气氤氲出浅浅的绯红，让他的眉眼显得不那么冷淡，微微凸起的喉结还沾着水滴，竟有几分禁欲的美感。

云知急忙背过身，弯腰清理着沙发上的狼藉。

"在家煮太麻烦了，出去吃吧。"

“天天在外面吃不好。”云知小声嘟囔，“马上要考试，吃坏肚子怎么办。”

路星鸣睨她一眼：“随你。”顿了一下，他说，“好像有面包之类的，你去看看。”

“哦。”

云知正要向厨房走去，突然听路星鸣说：“我要换衣服，你别偷看。”

她后背先是一僵，紧接着脸上一烫，随即迈着小碎步钻入厨房，哗啦一声，顺手把推拉门合上，关得紧紧的。

路星鸣眉头微蹙，眼里藏着不满，她竟然真的不准备偷看？

——过分！

云知带着小兔兔战战兢兢地去医院做完治疗，相比上一次，今天的疼痛完全可以忍受。

结束后，医生通知她再做一次，就可以补牙了。想到马上可以结束苦难，她多少松了口气。

从口腔医院出来，韩厉发信息过来，连续几条都是问她在哪儿。

她嘴唇麻得说不了话，暂且让路星鸣照顾着小兔兔，自己打字。

云知：我做完了，你不用过来了。

韩厉：说好的等我呢……

透过那六个点点，云知感受到了韩厉的不满与委屈。

云知：你肯定赖床，我就不想打扰你。

这话说得没错，韩厉昨天熬夜打游戏到三点，本来想着赢一把就睡，结果一把之后是无数把——输、输、输，他一下子上头。

韩厉：那你现在准备去哪儿？

云知：昨天爷爷给我发了工资，我想去给爷爷做一顿饭吃。

韩厉：我也去。

云知：你可以自己去玩，这么大的人不要总想着黏着长辈。

韩厉蒙了，到底是谁黏人啊！明明一开始黏人的是她好不好，现在熟悉这里了，就麻溜地把他抛弃，讲不讲道理啊。

韩厉快速起床换衣，决定去找云知，免得她被路星鸣带歪了。

云知把手机放回书包里，见路星鸣抱着小兔兔玩偶不耐烦地站在一边，顿时不好意思："学长，谢谢你帮我拿星星。"说着，她小手抓上兔耳朵，准备把它重新抱在怀里。

路星鸣手指骤然缩紧，云知见他不准备放开，便困惑地抬起了眸。

"之前我就想问，你这兔子的名字是怎么回事？"

星星长、星星短的，不知道的还以为叫他呢。

云知眼神游移，一把将兔兔重新夺到手上，轻轻摸了摸兔子歪下去的耳朵，低声说："可爱嘛。"就和路学长一样可爱。

路星鸣没有听清，微微弯腰："什么？"

"没什么。"云知快速岔开话题，"我们中午去李爷爷那里，学长，你想吃什么，我给你做。"

路星鸣目光投向她身上，很快收回："火锅。"

他这看似无意实则有意的回答顿时让云知愣住，瞬间，脸色绯红。

她跟在路星鸣的旁边，手指头一下一下地拉着小兔兔身上的红围巾。过了这么久，她早就知道火锅不是一口锅了，不料他还记得这事儿，现在说出来，分明是打趣她。

云知不开心地噘了一下嘴，还是老实地回答："学长不要挑人家不会做的。"

路星鸣的视线懒懒散散地掠过她精致的眉眼："好，人家不挑你不会做的。"少年尾音拉得长，清冽的嗓音无端让她觉得更加窘迫。

云知不吃肉，自然也不会做肉菜。路星鸣想到这点，便去超市买了些熟肉，回头由他煮一下就好，她挑了各种蔬菜、水果，两只手拎着满满当当的袋子去了李爷爷家。

他们前脚刚进屋，韩厉后脚跟来。

他也不是空手来的，还给李爷爷带了两箱子营养品。云知欣慰，看样子，侄儿并不是什么都不懂。

李爷爷本就是教书人，对小辈非常喜爱，三人的到来让他发自肺腑地开心，塞翁、失马更是乐得满屋子打转。

云知去给保姆打了个电话，让她不必过来做饭，见时候不早，一个人挽起袖子去厨房干活。

路星鸣去给她打了下手，韩厉没事做，就陪着老人下象棋。

韩厉棋品不好，见老爷子老眼昏花，左右手利落地把棋子换了位，末了，一脸得意："老爷子，我要将你的军了。"

阳光从窗外洒进来，腿上盖着羊绒毯的李爷爷笑容慈祥，假装没看见韩厉偷偷悔棋："输了，输了，还是你们年轻人厉害。"

韩厉小模样特别嘚瑟。

"韩厉，带爷爷过来吃饭。"

云知的声音传来，韩厉丢了棋子，推着轮椅到餐桌前。

那张小木桌上摆满了盘子，菜色丰盛，香味诱人。

自从大儿子逝世，这个家就变得冷冷清清，餐桌上永远只有一双碗筷，李爷爷已经很久没感受到这种闹腾腾的氛围。

"爷爷，你先吃，我去喂塞翁、失马它们。"说着，云知去给两条狗添饭。

她很快回来，正要在路星鸣身边的空位坐下时，韩厉突然拦住，指着李爷爷旁边的空位："你挨着爷爷坐。"他才不要让死对头挨着他姑姑呢，看着碍眼。

云知没多想，取下围裙挂在椅背上，挨着爷爷坐下。

"我不会做荤菜，这几道都是路学长做的，路学长做得特别好吃，爷爷，你尝尝。"

路星鸣抬眼："我只是用微波炉加热了一下。"都是熟食。

云知顿了一下，不好意思地低头扒着饭。

"云知是不是要考试了？"

她点点头："小月考，不过，我应该考不了多少分。"

她偏科严重，数理化那些还能应付过去，英语想及格都难。

这也怪不得她，小镇封闭，教师稀缺，小学时一个老师教六个科目是常有的事，英文能教会他们ABCD就已经不错了。直到上了初中，才有志愿者来教他们英文。

云知基础差，现在自然跟不上。

在诚南这种贵族学校，学生大多不在意成绩，学校知道这点，于是比较注重培养他们的个人爱好。比起重点高中的学生，诚南的高中生可谓没有一点紧张感。他们靠的是家底，往难听了说，来这儿就是混日子，一旦高中毕业，都要按照家长铺好的路走。

当然，除了特招班。

特招班的学生是诚南高中专门招来提高升学率的，特招班的学生学费全免，住宿费全免，成绩好的，还能得到高额奖学金。

云知想去特招班，但是她的分数远远达不到要求。只要能去特招班，学费免了，她自然也不用再向韩家张口要钱。

“我原来教的是高三，你要是不嫌弃，平常可以过来，我给你补习。”此时李爷爷突然说了这么一句。

云知眼睛一下子亮了：“真的？”

李爷爷点点头，伸手摸了摸她的假发，眼神爱怜：“爷爷一个人也寂寞，你过来，还能陪陪爷爷。”

云知激动得小脸通红，半天才憋出一句“谢谢爷爷”。

见她开心，坐在对面的两个人只是抬了一下眼，并没有阻拦。

午餐结束后，云知直接留在李爷爷家补习功课，路星鸣默不作声地跟着留下，韩厉见他不走，自己索性也不走了。

李爷爷学识渊博，就算退休多年，也会每天看书充实自己。他的解题思路简单易懂，云知也不是真的笨，经他讲解几遍，便会灵活运用。

韩厉本来不爱学习，见老人讲得有趣，于是也跟着听了起来。

路星鸣独自窝在沙发角落，撑着下巴，有一下没一下地抚着塞翁柔软的皮毛。

天色渐暗，不知不觉，他们竟学习到了现在。云知要去遛狗，出门后，她偷偷拍了拍路星鸣的肩膀：“学长，你晚上还帮我补习英文吗？”

路星鸣挑眉，没等她说话，跟在后面的韩厉倒是插嘴说：“你学了这么久不累啊，我听着都累。”他开始还感觉新鲜，后头就有些吃不消了。

云知摇头，弯腰逗了逗狗狗：“我要好好学习，不能对不起师父。”

路星鸣望向她，低沉着嗓音：“你学习只是为了你师父？”

月光清亮，她小手紧紧拉着塞翁、失马的牵引绳，沐浴在灯光下的眸子坚定又清澈：“学习才能赚钱，赚钱才能修山路，等我把路修好，就在镇上开个小学堂，免费教孩子认字。”

路星鸣目光沉了沉：“那你一辈子都要留在那儿？”

她落在远方的目光笃定：“我生在那里，自然要留在那里，除非山倒了，师父走了，不然，我永远不会离开那里。”

她现在离开师父，是为了让师父过得更好，她总要回去，总要回到师父的身边，回到大山里面。她不会自私地留在这里享受安逸的生活，让老人在远方思念她。

路星鸣看着她，脚步慢慢停下，用平静掩盖住的双眸带着连自己都不懂的落寞。

高兴的只有后头的韩厉，韩云知志向伟大，说明不会把路星鸣放在心上。

月考完就是等出成绩的日子，整个十班的学生都对成绩没什么要求，自然也不会有太大的期待。

云知和这帮男生不同，如果她考试成绩出众，就可以和老师提出换班，只要能去特招班，她会得到更优秀的教育，也会拿到助学金。

可是，那对她来说太难了，理综她勉强还有点信心，考不了太好，但应该也不会多差，英语很悬，估计及格都难。

想到英语，云知又是一声沉重的叹息。

放学铃声打响，她看了眼墙壁上挂钟的时间，拿起书包往里面塞着东西。

李爷爷知道她这两天考试，特意交代不用去遛狗，老师也没留作业，她今天可以早点休息。

“学长，你回公寓吗？”云知收拾完书包准备离开，临走时还不忘问路星鸣。

“路学长，打球去啊！”刘彪虎学着云知的语气叫他。

路星鸣轻飘飘地瞪了一眼刘彪虎，缄默地背着包走到云知的身侧。

“你不去吗？”云知仰头问。

“不想去。”说着，路星鸣走出教室，云知没耽误，急忙追上。

云知这几天实在是累了，回公寓后，直接换好睡衣上了床。她用手机放着音乐，一边听，一边对这次月考的答案。

让云知欣喜的是，其中数学两道大题全部答对，这多亏李爷爷前天讲过，不然，她肯定答不出来。她心里有了底，放下书本去厨房倒水。

刚倒好水，就看见一旁的角落里放着一个褐色的圆形盒子，云知茫然思索，想起这是那天韩厉送给她的巧克力，本来想着那天从李爷爷家回来就吃，结果忙着忙着就忘得一干二净。

不会坏掉了吧？云知心里直打鼓。

她放下水杯，上前拆开了外包装。

九月份的天气不算太热，盒子又一直放在阴凉处，里面的巧克力并没有化。

云知数了数，一共九个小格子，每个格子里放了一颗椭圆形的巧克力，她随便拿起一颗，试探性地咬了一口。

——没坏。

微微苦涩的味道在舌尖绽放，很快化成浓郁的香甜。

云知觉得味道极好，又多咬了一口。巧克力里面裹了汁液，她半天没尝出那是什么，酸酸甜甜，微带一点苦涩，像是葡萄的味道，与口中的巧克力混合在一起，形成奇妙的味觉体验。

她舔了舔嘴唇，回味无穷，忍不住吃了一颗又一颗，很快，九颗巧克力被她吃得只剩下三颗。

看着空了大半的盒子，摸了摸还没好的牙，云知依依不舍地对着剩余的巧克力看了好一会儿，内心经历过剧烈的挣扎后，默默地合上盖子。

吃饱喝足，她开始犯困。

她靠着沙发，大脑放空，眼珠子瞪着天花板出神。

那灯光……怎么在转啊？

云知揉揉眼，晃晃头，感觉晕晕乎乎的，最后意识完全混沌。她踉踉跄跄地站起，抱着盒子走出公寓，还不忘把钥匙带在身上。

云知只走两步就到了路星鸣的门前，她趴在猫眼上瞅了两眼，手掌把门拍得啪啪响。

脚步声隐隐约约从房门里传来，咯吱一声，门毫无预兆地被推开，紧贴房门的云知瞬间磕到了脑门。

她疼得呜咽一声，小步后退，路星鸣皱了一下眉："找我？"

云知揉揉脑袋，把手上的盒子递过去，舌头打结："给、给你吃。"

路星鸣没接，眼神狐疑。

她是赤脚出来的，估计觉得地面凉，一只脚丫子踩上另一只，脚指头蜷缩。

路星鸣错开视线，又去打量她的脸，她的假发已经摘了，头发像野草一样乱长，有几根直接在头顶立起。她的眼睛很水润，经灯光一照，透着莹莹的光。

云知与他对视，脸颊绯红，她嘴角处沾了一小点巧克力，他正要提醒，就被她伸出的舌尖舔走，转而继续用湿漉漉的眼睛看他。她的双眸像杏仁儿一样，认真地望着一个人时，勾魂夺魄。

"还有几颗，再不吃就要坏掉了。"说着，云知把胳膊高高举起，巧克力的盒子差点怼到路星鸣的脸上。

路星鸣后仰着避开，单手接过，蹙眉问她："你怎么这样出来，鞋呢？"

云知并没有直接回答，左右看看，突然软绵绵地说："学长，我想上厕所。"

隐隐有种不好的预感，路星鸣的神色更加诡异，斟酌几秒，拉着云知进来，又取下一双拖鞋放在她的脚边。

云知脚丫子半天没伸进去，路星鸣没了耐性，半蹲下，抓着她纤细的脚踝，把那只小脚放进了宽大的拖鞋里。

她扶着路星鸣的肩，一动不动，由着他摆弄，乖巧得像是个娃娃。

把另外一只脚也放进去后，路星鸣长舒一口气起身。此时，他才预感到不对劲。小姑娘这副德行怎么和在娱乐城那天一模一样？

喝酒了？

路星鸣想着，心里一紧，大手捏住她的鼻子和下巴，强行把她的嘴掰开后，凑上去一闻，脸色立马沉下。

——巧克力，还有酒味。

他的目光落入掌心，通过贴在盒子上面的英文标签，依稀辨认出上面的名称。

酒心巧克力——葡萄鸡尾酒风味，酒精过敏症患者禁食。

韩厉！

路星鸣暴躁地把盒子丢在桌上，牵着云知到沙发上让她躺下，紧接着去厨房倒水。她晕得厉害，慢慢抓过靠枕，软绵绵地将脑袋枕在了上面。

“别睡。”路星鸣将人扶起，水杯凑到她的嘴边，轻声诱哄，“来，喝点蜂蜜水。”

云知喝醉酒会变得很听话，别人让她做什么，她就做什么，对于路星鸣的指令自然也没有反抗。她双手抱着水杯，仰起头咕噜咕噜把一杯蜂蜜水喝了个精光，接着把水杯递了过去。

路星鸣接过，轻轻用手抹去她嘴角的水渍，拍拍她的小脸蛋试图让她清醒：“我送你回去睡觉好不好？你拿钥匙了吗？”

云知呆滞的眼神慢慢地移到路星鸣的身上，过了好久，才缓缓开口：“可是……我想上厕所。”

厕所，厕所，她喝醉酒是离不开厕所了？路星鸣腹诽，但还是不住地哄着：“好，你上厕所，上完就回去，可以吗？”

他一个单身男性，把喝醉酒的女孩留在公寓，实在不合适。想到云知不会耍酒疯，让她回去睡觉是最明智的做法。

云知乖乖点头，应和着说了声“好”。

路星鸣怕小姑娘摔倒，直接搀着她到了厕所，等她进去后，小心地把门关上，默默地走到一旁等候。

云知迷迷糊糊地上完厕所，正要出去，眼睛突然瞟到镜子里的自己，眼睛很红，头发很乱，看起来竟有几分陌生。

头发……云知对着一脑袋毛躁的头发出神。

“要剃发……”她低声嘟囔，轻轻扯了扯短短的头发。

以前都是师父给她剃头，长大后，这点小事就用不着麻烦师父了，只要长长，她就会用剃刀剃掉，现在应该是剃头发的时候。

云知环视一圈，在架子上找到了路星鸣所用的黑色剃须刀。

就是这个，她拿起来，用剃须刀在脑袋中央剃了一道，黑色的头发簌簌掉满洗手池。

云知正要继续剃余下的头发，门突然被人推开。她手一抖，停下动作，看了过去。

是路星鸣，他本来想，她这么久不出来是不是晕在里面了，不料一推开门就看到她手握着剃须刀，呆滞茫然地站在镜子前。

路星鸣大脑发蒙，双眸对着那颗脑袋出神。

云知剃得不偏不倚，直接在正中间来了一道，像是条白色马路，笔直地将两边的森林隔开，配着她醉醺醺的小表情，显得滑稽又可笑。

路星鸣眼皮子狠狠地跳了一下。他怎么也想不到，就这么一会儿工夫，她就这么把头发剃了！

“韩云知，你在干吗？”路星鸣又气又恼地质问，大步上前，把剃须刀夺过来放在高处。

云知眨眨眼，看着洗手池里散乱的头发，恍然大悟般“啊”了一声，又低声暗叫：“糟糕。”

云知鼻翼微颤，脸蛋垮下来，因醉酒而软糯的声音带着苦恼：“我把头发剃了。”

路星鸣突然感觉这人是见他生活安稳，故意来给他添乱的。

可她少了一条头发，表情又委屈可怜得不行，就算路星鸣想生气，也生不起来，只剩下无奈与好笑。他上前几步，直接将小姑娘打横抱起离开洗手间，她窝在他的怀里，不吱声。

路星鸣把人重新放在沙发上，一旦挨上柔软的靠枕，云知立马闭上眼，不再闹腾，陷入睡眠。

路星鸣静静地凝视她片刻，不由得蹲在沙发前。

灯光昏暗，整个房间鸦雀无声。

他的视线一点一点地在她的眉眼上缓慢游移，先是那细长的弯眉，接着是卷翘的长睫，还有那秀气的鼻尖下的嘴唇——樱红，莹润似果冻一样。最后，目光滞留在她的头顶，他对着那奇特的发型愣神许久。

等她清醒……一定会哭吧？肯定会哭，还会哭得很大声。

云知呼吸平缓，她揉揉鼻子，狠狠地翻了个身，眼看要从那张单人沙发上跌落，路星鸣眼明手快，一把扶住，这才避免让她与地面接触。

恍惚中，路星鸣想，她果然喝醉了，竟然只穿了件睡衣出来。她要是这样回去，指不定又出什么乱子。

路星鸣舔了一下干涩的嘴角，静静地看云知两眼后，暗自打定主意。

他弯腰，动作轻柔地将小姑娘抱了起来。云知很轻，但是抱起来颇有肉感，小小一团缩在他的怀里动也不动，像软绵绵的猫。

终于到了床边，路星鸣把云知放上去，拉起被子盖了上去。她胡乱地翻过身，脸朝向他这边。

路星鸣坐在地毯上，一条腿伸直，另一条腿弯起，手肘撑在床边，凝视着熟睡的云知。

光影斑驳，深蓝色的被子衬得她皮肤奶白，路星鸣探过手温柔地把沾在她鼻翼上的碎发抹去，指尖动了动，慢慢下滑到她柔软的嘴角。他的目光暗了暗，突然坏心眼地用力在下唇按了一下。

云知似有觉察，眉心轻蹙，一把抓住落在唇上的“罪魁祸首”，而后紧紧地攥在掌心，不再动了。路星鸣呼吸一顿，急忙抽手，可他力度越大，云知抓得越紧，直至他感觉指头发麻，再不敢动弹。

他深吸两口气，视线上移到云知脑壳上。

路星鸣的剃须刀很锋利，平常也会用它剃鬓角的碎发，云知头发又不是很长，剃须刀所到之处剃得干干净净，估计是没控制住手劲，头皮见红，显然是被刮破了。

值得庆幸的是，云知并没有直接剃到脑后，她笔直地剃到头顶正中央，除了这突兀的一道外，其他地方的头发还是很浓密。

路星鸣想了想，拉开床头柜的抽屉，从里面取出一支黑色马克笔。他咬下笔盖，慢慢倾身靠近，对着那片空白开始填色。

很快，墨水替代了刮去的头发，只要不仔细看，肯定没任何问题。

嗯，完美。

不愧是他。

身下一阵窸窸窣窣的响动，云知翻过身，仰面朝天，呼吸里带着浅浅的酒气。

两人近在咫尺，路星鸣垂眸，望着那宁静的眉眼，少年眼中冰雪融化成春日暖光。喉结动一下，路星鸣再也克制不住自己，俯身慢慢靠近……

随着距离缩短，他闻到女孩颈窝处传来的香气，不像是沐浴乳的味道，更像是从她身体里面散发出来的，很蛊惑人。

他眼神逐渐迷离，理智骤然将之拉了回来。

路星鸣猛然起身，呼吸凌乱，拉开距离，不敢再造次。

看着云知安恬的睡颜，想到先前的行为，路星鸣狠狠地唾骂自己两声，脑袋清明之后，他吻上自己的手指，然后慢慢地把指腹触上她光滑的额头。

路星鸣摸了摸她头顶短短的头发，目光深沉。

他想，他应该真的很在意她。

就算她头顶有了一条“高速公路”，他也觉得可爱。

晚安。

默默在心里说了一句后，路星鸣起身走过去躺在了沙发上。

云知的生物钟让她在四点四十分准时苏醒。

今天很奇怪，她的脑袋闷闷地疼，口中干涩，极其想要喝水。她抿了抿干涩的嘴唇，掀开被子下床，等看到眼前的环境时立马蒙了。

这好像……是路学长的家？云知回头一看，瞪大眼睛，倒吸一口凉气。

她……昨天睡的是路学长的床。那路学长呢？

云知站起身找路星鸣，在沙发上看见了他。

少年长长的四肢紧紧地蜷缩，双臂环抱在胸前，身上只盖了一条轻薄的毯子，睡相不安，看起来极其难过。

云知呼吸放得很轻，震惊到半天只眨了一下眼睛。她为什么会在路学长这儿？

云知摸了一下后脑勺，想不明白。

她只记得昨天吃了韩历给的巧克力，巧克力太好吃，于是想给路学长吃……

然后……然后她记不清了。

云知脑中一片空白，难不成是吃的巧克力有问题？她正处于困惑中，路星鸣已经苏醒。

他睁开眼，目光与云知相对，寂静几分钟后，路星鸣哟了一声。

云知反应过来，攥紧十指，局促不安地说了句“早上好”。

路星鸣没说话，一直盯着云知的头顶看。

他看得人发慌，云知缩缩脖子，不禁开口：“路学长，我……昨天是不是打扰到你了？”

路星鸣起身，条件反射地点了下头，见小姑娘脸色发生变化，急忙摇头，否定：“没有。”

云知摸了摸后脑勺，总觉得哪里怪怪的。

“再不去遛狗的话就晚了。”路星鸣提醒。

云知倏然想起自己还有工作，不敢耽误，急忙赤着脚跑回自己家。

看着那扇没有关严实的门，路星鸣瘫在沙发上。

他在等，等云知哭。

估计十分钟内，她就会过来，路星鸣已经准备好了。

等她一哭，他就立马开始哄，只要他哄得够快，她的悲伤就追不上她。

第十三章

我这是充满知识的大脑袋瓜子

“别叫我小假发。”
她自暴自弃，“……叫我凹凹。”

回到房间，云知利落地收拾起自己。

她快速去浴室洗脸、刷牙，流动的凉水泼洒在脸上，让大脑逐渐清明。可是，洗着洗着，她就感觉到了不对。

这水怎么是黑色的？

云知抬起头茫然地看着镜子里满脸黑墨水的自己，微微凑近，赫然发现那颜色是从头上掉下来的。

云知更加错愕。这头发……还会掉色？

云知定睛一看，骤然惊了。

头中间的那片黑色很突兀，像是被人画上去的。

云知莫名心慌，把脑袋凑到水龙头下面冲洗一遍，随后拿起毛巾胡乱地抹去水珠。再看向镜子时，她如同被惊雷劈了，全身动弹不了丝毫。

她嘴唇哆嗦，指尖颤巍巍地去抚摸中间秃了的一片——没有头发，只有青色的毛茬，估计是因为刚剃过，有些扎手。

远远看去，她的脑袋就像是个“凹”字，滑稽可笑。

呜……怎么会这样。

云知咬唇，抽了抽鼻子，拼命把眼泪憋回去，随后直接冲到路星鸣家。

路星鸣好整以暇，看了眼时间，不多不少八分钟。

“学长，我头发……头发少了一块。”云知站在他面前，委屈巴巴的。

她很想不哭，很想忍住，但是……但是……忍不住了。

“呜……”云知哭出了声，哽咽道，“好奇怪，我头发怎么没了？”

路星鸣沉吟片刻，开始解释：“你昨天吃酒心巧克力吃醉了，然后用我的剃须刀把头发剃了一道，拦都拦不住。”

这么一说，云知可算是有了印象。昨天晚上好像是用了路学长的东西，她晕晕乎乎的，看见剃须刀，条件反射地想把头发剃掉，剃到一半，才想起自己已经不用再剃头发了。

云知本来以为只是一场梦，谁想到……竟然是真的。

云知越想越难过，越想越觉得自己是个傻子，自责与难受一同袭来，一时间涕泗横流，大声啼哭，掉下来的每一滴眼泪都诉说着浓浓的委屈。

路星鸣做了一晚上的心理建设，此刻很是平静。他轻咳，低声安抚：“别哭，我送你一顶假发。”顿了下，他说，“七顶。”

一天戴一顶，一周轮换着戴，完美。

“假发”两个字让她的哭声按了暂停，很快，她哭得更加大声：“我不要、不要假发，我要真的……我要真的头发。”她好喜欢她好不容易才长出来的头发，就连做梦都会对着镜子和头发说“好好长大”。

结果……她的头发还没长大，就被她这么弄得早夭了。

云知痛心到站不稳，整个人蹲在地上，抱头痛哭。

路星鸣嘴唇动了动，商量着说：“要不我们接发？”

不行，头发太短了，估计托尼老师都不会给她接。

路星鸣皱眉，一时间也没了其他安抚的好办法。

云知抽抽噎噎，好半天后，哭声低下去，她揉揉脸，泪眼模糊地从地上站起来，摇晃着向外走。

路星鸣心里一咯噔，急忙叫住：“你去哪儿？”

云知背对着人，抽搭着说：“遛、遛狗……狗。”

路星鸣一时语塞。

云知满含着哭腔，固执又忧郁：“等我回来，回来再哭。”

路星鸣默然，小孩儿还挺敬业。

天有些阴，雾蒙蒙的，和她此刻的心境一样，云知全天处于乌云笼罩之中。

她忧郁地学习，忧郁地吃饭，忧郁地上厕所。

就连放学回家，她都没再叫路星鸣一起，背着书包，背影失魂落魄。等人走后，全班一半人的目光都投在了路星鸣的身上。

他目光阴沉：“看我做什么？”

武晓松语气果断：“你肯定欺负云姐了。”

路星鸣咬紧后槽牙，懒得和这些人计较，拎起书包大步离去。

刘彪虎在背后喊：“哥，周末出去聚聚啊！”

得来的是路星鸣轻飘飘的两个字："不去。"

校外人群熙攘，云知埋头走路，神情恹恹，就连身后有人叫她，也没在意。对方没了耐性，指尖一钩，扯着书包带子将人拖拽住。

云知被拽停，无精打采地抬了抬眼皮。

"我叫你呢。"路星鸣松手，环视一圈。

他们站在门口很惹眼，不少人的视线都落了过来。路星鸣不想太引人注意，扯上云知的胳膊走离人群。

她没有挣扎，慢吞吞地跟在他的背后。

路星鸣眼角往旁边扫了一眼，看着小姑娘那双还肿着的杏眼，顿时心烦意乱。

"喂，小假发。"他叫了声。

不料"小假发"三个字一下子戳到云知的泪点，她眼圈又红了，表情委屈得很："别叫我小假发。"她自暴自弃，"……叫我凹凹。"

路星鸣愣了一下，脑海中不由得浮现出她的发型，没绷住，喉咙里溢出一丝笑意。见小女孩眼神幽怨，他深吸一口气，急忙压住笑意。

"要不都剃光？"路星鸣完全是商量的语气。

他一个男孩子，不理解女生对长发飘飘的渴望，只是单纯地觉得云知光头的时候比有头发时可爱多了。

云知摇摇头，嗓音沾上哭腔："我不，我要头发……"

眼看她眼泪决堤，路星鸣急忙哄："好，我们不剃光，你别哭。"

"我不哭。"云知咬牙把眼泪忍回去，看向他说，"路学长，你别在意，谢谢你关心我，我没事的，等我回头哄哄自己就好了。"头发而已，总能长出来的。

云知揉揉酸涩的眼睛，假装释怀。

路星鸣浓眉上挑，不语，拉上云知的手腕走过马路。他领着她去了上一次路过的商业街区，在街区的角落，他找到一家不太起眼的假发店，推门而入，她低头跟在他的身侧。

假发店很小，货架上摆放着各种款式、各种颜色的假发，假发长短不一，有好有坏。老板在柜台后抽烟，说了句“随便选”后，继续低头打手机游戏。

路星鸣拿起一顶短短的假发在她的头顶比了比，又拿起一顶长长的在她头顶比了比，还拿了一顶粉红色的在她头顶比了比。她四处看了一圈，拿起一顶绿色的正要比一比，却被他面无表情地夺去，放在货架最高处。

云知哀怨叹息，不再有所动作。

最后，路星鸣选了两顶轻巧的短款假发，麻溜地结账，拎着袋子离开。

“喏。”路星鸣把袋子递了过去，云知半晌没有接。

“两顶换着戴。”然后，他又安抚，“头发用不了几天就长出来了，不用哭。”

云知接过袋子，依旧落寞：“可是，我这样子好丑。”丑得连镜子都不想照。

“没有。”他用轻柔的嗓音说，“还是很可爱。”

云知捏紧袋子，不由自主地抬头看去，他目光深邃，眸中似有星辰。

云知心中微动，想了想，当着路星鸣的面摘下头顶的假发，拿出路星鸣新给她买的戴上，调整之后，她转了个圈给他展示自己。

“可以吗？”

路星鸣不语，眉目沉沉。

短短的黑色假发包裹着娇小的鹅蛋脸，刘海很薄，细眉下的一双眼漆黑、湿润。短头发显得她更加温顺，路星鸣定定地看着，慢慢伸手把贴在她脸上的一根头发拨弄到耳后，然后才开口：“很适合你。”

他原本只喜欢她的小光头，现在竟迫不及待地想看到她头发长出来的样子。

短头发显得她温柔可人，长发的她也一定是明媚、活泼的。不管长成什么样，一定都是最适合她的样子。

这个回答让云知心头悸动，睫毛眨了又眨。

路星鸣始终在看她，双眸似是幽邃的旋涡，不住地吸引着她沦陷。

少年落在她脸上的手半晌都没有离开，微凉的指腹贴着她白皙柔软的皮肤。她见他弯腰，缓缓向她逼近。她瞪大眼睛呆呆地看着那张越发靠近的英俊面庞，她垂落下来的双手攥紧。

路星鸣更近了，云知屏息凝神，牙关打战。

就在这时，一道突兀的手机铃声从她的书包里传来。

路星鸣动作停下，身体打了个激灵，思绪骤然停滞，快速后退拉开两人之间的距离，侧过身默然不语。

云知跟着惊醒，不由得松了口气。

电话铃声已经持续响了很久，云知手忙脚乱地翻找出手机，看了眼路星鸣后，背过身接通。电话里，韩厉气急败坏："你在哪儿呢？放学这么久，怎么还不回来？"

她又悄悄侧过头瞄了眼路星鸣，压低声音说："我马上就回去。"

"那你快点，我有事和你说。"

云知嗯了一声，挂断电话。

"学、学长，我要先回去了。"云知结结巴巴地说，不敢直面路星鸣，眼睛始终盯着脚尖看，肩膀微抖，完全出卖了她不安的内心。

"嗯，我有些事，就不和你一路了。"路星鸣表面平静，实则躁动难挨。

路星鸣小心地瞟向她，她一直低着头，饱满的下唇被牙齿咬到发白，可见她很无措。

小姑娘胆小，他知道自己刚才的行为太过唐突，如果不是那通电话……他不禁有些庆幸。

不管电话是谁打过来的，他都由衷地感谢对方。

"我先走了，学长，你一个人注意安全。"云知匆匆忙忙说了声"再见"，拎着袋子小跑着离开。

目送云知的身影消失，路星鸣恋恋不舍地收回视线，转身朝相反的方向远去。

云知一路跑到小区门口才停下，她放缓步伐，轻轻喘息。

回想刚才路星鸣的行为，她不明白他为什么忽然靠近。眼前骤然浮现出他好看的双唇，他唇瓣偏薄，但是唇形好看，弧度优美。

云知狠狠地把那些乱糟糟的想法赶出脑海，过了好久才让自己冷静。

云知告诉自己，她是守山人，现在只是暂时待在这儿，山林才是她永久的归宿，她不能被眼前的人和事所迷惑。

可是，她还是有点失落，说不清、道不明的失落。

“韩云知，你怎么才回来！”公寓楼外，韩厉已经等到失去耐性，见到云知后，噼里啪啦一顿抱怨。

“我给你发微信，你也不回，你干吗呢？你怎么不说话？”

“眼睛那么红，是不是哭了？”韩厉声音冷厉，“有人欺负你？”

他注意到云知眼睛红肿，情绪也不像原来那么积极，明显是有心事，自然联想到她是不是被人欺负了。

“没有，你别多想。”云知刻意避开韩厉探究的视线，和韩厉一起上楼，然后掏出房卡开了门。

进入房间，韩厉懒洋洋地把自己甩坐在小沙发上，二郎腿跷起：“我妈给我转了零花钱，让我把其中一部分给你。”

云知换好拖鞋，拿起抹布细细地擦拭着桌椅、板凳，低头说：“不用，你先帮我拿着，等明年高中毕业，再一起还给哥嫂。”

韩厉皱眉：“你还真准备一直不要钱？”

“李爷爷给的工资很多，路学长一个月也给得不少，加起来几千块钱，够我吃喝了，再多也用不上。”

没等韩厉说话，云知继续说：“我准备进特招班，差不多五百五十分就能考进去，到时候就能申请助学金。”

她表情认真，不像是说大话。

韩厉哑口无言，好半天才说：“就凭你那成绩？”

韩母之所以让她跟着自己而不是韩祝祝，有很大一个原因是她的成绩与资历不够上韩祝祝所在的高中。刚巧，诚南由私立男子学校改成男女混合高中，缺少女生，于是就让她跟着自己进来，等混到大学毕业，随便在公司安排个岗位，让她一辈子高枕无忧。

她倒好，竟然做起了异想天开的美梦。韩厉看过她的卷子，比他多不了几分，学渣一个。

特招班，他有所耳闻，里面都是一群麻木的学习机器，就算是最差的一个学生，成绩也能碾压普通班的大多数，就靠云知那点小头脑，十有八九不行。

云知铁了心要进去，丝毫不在乎韩厉的嘲讽。

韩厉晃着脚，目光上移，这才注意到她头顶的假发似乎和以前不太一样：“你换假发了？”

云知捂着脑袋不说话。

“怎么突然换假发了，拿来，我瞅瞅。”说着，韩厉起身过来。

云知神经紧绷，警惕地后退。

“欸，你捂得那么严实干吗？”韩厉感觉有鬼，更想把那假发摘了一探究竟。

“你别过来，我不给你看。”云知缩在角落，后背紧紧地抵着墙壁。

“别那么小气嘛，姑姑。”韩厉没皮没脸，佯装撒娇，自从叫过一次“姑姑”，现在已经变得轻车熟路，连半点羞耻心都没有。

云知不吃这套，死死地抱着脑袋不撒手。

韩厉仗着身高臂长，轻而易举地拉下她的胳膊，手指那么一钩，假发落在了他的手上，然后，他看见了她那奇异的发型。

他说不上来，就是……有一种微妙的感觉。

韩厉当下怔住，定定地看了几秒后，两个字脱口而出：“太君？”

好不容易释然的云知眼眶再次泛红。

云知毫不留情地把韩厉撵了出去，独自抱着星星在沙发上哭。韩厉站在门外，对着那扇紧闭的房门愣神片刻，旋即将门敲得哐啷哐啷响：“你怎么又生气了？”

“我开玩笑的，你的发型挺可爱的，真的。”还“此地无银三百两”地加了一句，“一点也不像月代头。”

韩厉声音不断，云知紧紧地捂着耳朵，就算如此，也摆脱不了他一声接着一声的叫喊，不过，她从他的话里面抓取到了重点，她抹干净泪水，拿起手机百度“月代头”。

然后她哭得更伤心了。

“我再也不理你了！”云知气恼地流着眼泪，哽咽着说道，“在我头发长出来前，我都不理你了！”

“你……你不能说不理我就不理我呀。”韩厉瞪大眼，“我这次也没说错啥呀？”

云知固执地哼了一声，抱着星星不再说话。

见她的确没有要开门的意思，韩厉无奈地耸耸肩，转身离去。

屋外没了动静，云知抽搭一阵可算累了，抱着星星小心翼翼地走到门前。她耳朵紧贴着房门，轻轻叫唤：“韩厉？”没有回应，她小心地打开门，微微探出头。

空无一人。

她抹去眼泪，狠狠地扯了一下兔兔红色的围巾，再次回到房间，随便收拾了一番后，出去遛狗。

等回来已经是十点左右，身心俱疲的云知一出电梯就看到盘腿坐在她家门口的韩厉。

少年不知道等了多久，这时正靠着门，手指在屏幕上飞快地移动。云知视线一转，看到他身旁放了个白色袋子。

“这么晚了，你怎么还在这里玩儿。”云知恢复情绪，语气除了比以往颓唐外，并没什么不同。

一局游戏结束，韩厉起身，胡乱地拍拍屁股上的灰尘，把白色袋子递到云知的眼前：“喏。”

云知辨认半天，也不知道那里面装着什么，于是问：“这是什么？”

“生发剂。”韩厉说。

云知噎了一下，迟迟才说：“生发……剂？”

“长头发的，以前我爸就用的这个牌子，保你一周长出头发。”

云知愣愣的，半天没回神。韩厉不由分说地把白色袋子塞到她的手上：“拿好。”他自嘲般地轻哼一声，“省得又不理我。”

云知捏着袋子，听他这样说后，反而不好意思起来。

她往袋子里面瞧了瞧，普普通通的小瓶子，看起来也没什么不同。

云知很不确定地问：“真的能长出来？”

“真的。”韩厉耐着性子说，“都说了，我爸的秃顶就是这个牌子的生发剂救回来的，你就放心用，保证没事。”

云知依旧狐疑，以前她在镇子上看到过有人卖生发剂，可卖生发剂的老板自己都是秃子，想来也知道生发剂没什么效果。

可是，见韩厉一脸笃定，云知立马打消疑虑。

小镇子里的东西肯定比不上大城市，她见到的牌子没效果，不代表韩厉买的没效果。侄儿见多识广，肯定不会骗她，他说有用，应该是有用的，何况韩大哥也用了。

想到韩大哥那人到中年还很浓密的头发，云知不再怀疑：“那我试试。”

死马当作活马医，总比一直当“凹凹”来得强。

韩厉挑眉：“用完，我再给你来几瓶。”

见时候不早，韩厉准备回去，临走时不忘叮嘱：“现在坏人多，你晚上不要给陌生人开门啊。”想到对门那只豺狼，他咬牙切齿地加重语气，“认识的也不行。”

“嗯。”云知重重地点头，脸上重新绽出一抹绵软的浅笑，“谢谢韩厉。”

韩厉嘁了一声：“等你好了再谢吧，省得又怨我。”

云知红着脸不说话，目送韩厉离开。她洗漱完，迫不及待地按照说明使用生发剂——上面写着“七天生发护发，打造浓密美发，是斑秃患者的不二之选”。

云知摸了摸头上的“斑秃”，继续看说明。

说明让使用者清洗头皮并晾干，将适量生发剂涂抹在头皮上，每次不超过两毫升，下面还标注着“建议夜间使用”。

云知取下瓶盖闻了闻，有一股薄荷的清凉气息，再仔细嗅，还有其他药物的味道，感觉还挺靠谱。

云知把头发吹干，挤出一小点生发剂慢慢涂抹在头皮上，有点凉，还有些刺刺的，上面说是正常反应，不碍事。均匀涂抹完生发剂，她心满意足地去复习功课，静静等待七天后的浓密秀发。

生发剂貌似起了效果，一晚上，她都感觉头皮微痒。睡得迷迷糊糊的她暗想，头发应该有在好好生长。

天亮后，云知做的第一件事就是去看头皮，不知是不是错觉，她感觉头发真的长出那么一点点，她顿时乐了，看样子韩厉选的东西是有效果的。

头发变长让人心情舒朗，就连遛狗时给塞翁、失马铲屎，她都觉得愉快不少。

天亮得很快，云知在七点前将两条狗送回李爷爷家，哼着小曲儿回公寓拿书包，出来后，照例与路星鸣撞了个正着。

“路学长，早上好！”云知元气十足，哪里还有昨日的黯然神伤。

路星鸣熬了一晚上，状态不甚清明，听到云知叫他，硬是把打到一半的哈欠憋了下去。他强撑开眼皮，视线里，她头戴着新买的小假发，酒窝浅浅的，双眸湿润，笑容明媚得和小太阳似的。

但是，路星鸣发现了不对劲，他皱眉，上下打量云知几眼，斟酌着说：“你的头是不是变大了？”

也不知是假发衬的，还是昨天没睡好导致眼花，路星鸣总感觉云知的头围大了一圈。

云知不以为然，下巴微扬，小表情难掩骄傲：“我这是充满知识的大脑袋瓜子，你不懂。”说完，她背着书包雄赳赳地跑下电梯。

她胡说什么呢？

充满知识的大脑袋瓜子？

云知全天都在认真听课，路星鸣全天都在观察云知。

他几乎可以确定，小姑娘的脑袋的确变大了。

为了证实猜测，路星鸣特意用尺子偷偷比对了一下——大了，大了一圈。

“虎子。”自习课上，路星鸣往刘彪虎的桌上丢过一个纸团提醒，小心地瞥了眼云知，见她在专心复习，便放心地和刘彪虎交谈起来，“你有没有觉得云姐有点不对劲？”

刘彪虎轻拍桌子，低吼：“早就发现了！”

路星鸣目光闪烁，果然不只有他一个人这样觉得，下一秒，又听刘彪虎愤愤地说道：“短发的云姐真可爱！”

路星鸣怒从心起，狠狠地踹过去一脚：“闭嘴。”

面对着全班同学注视的眼神，路星鸣不动声色地坐好，托腮继续当一名“云知的观察员”。

阳光在她的身侧流转，小姑娘充满知识的大脑袋瓜子一会儿歪向左边，一会儿歪向右边，时不时还摸着假发叹息两声。

嗯，真可爱。

路星鸣收敛目光，可是她的头真的变大了。

晚上回了公寓，云知继续使用生发剂，这是第二天，距离检验头发效果还有五天时间。

把生发剂按量涂抹在头皮上后，云知对着镜子开始期待七天后的样子。她不指望头发真的长得乌黑浓密，只求摆脱“月代头”。

“好好长呀……”云知对着镜子低声打气，随后走出浴室，上床休息。

夜色静谧，在整个城市陷入睡眠时，云知却被难忍的窒息感弄醒。

她半睡半醒，探出手摸索着打开床头的小台灯，昏黄的灯光照亮整个房间，让习惯黑暗的她很难适应。

她的鼻子不舒服，像是有石子堵住一样出不了气，喉咙灼烧干疼，症状像是感冒。

她小时候就身体不好，感冒发烧那是常有的，后来爬山、挑水什么活儿都做，身体免疫力渐渐有了提高，不再像小时候那样动不动生病起不来。现在她之所以这样，一定是因为换季，或者是最近学习太累了点。

云知并不放在心上，穿上拖鞋找了两颗感冒药吃了，上床继续睡。

然而，感冒药并没有起什么效果，症状还加重几分。她脑袋发胀，隐隐的灼烧感从头皮上传来，她难过地皱眉，半睁开眼，发现眼皮子也跟着疼，她很快意识到这并不是普通的感冒。

这么一闹腾，让人彻底没了睡意，云知再次开灯下床，摇摇晃晃地进入浴室，透过墙上的镜子，看清了自己的全貌，顿时傻眼。

她的头……真的变大了！

脑门又红又肿，就连脖子都一起变粗，看起来就像是电视剧里那头大身小的外星人。

云知的大脑一下子失去思考能力，空白一片，她四处环视，对着空荡荡的房间慌了神。

现在深更半夜，韩厉的电话又打不通，她无措地踱步，握着手机根本不知道找谁。眼瞧着脑袋越来越大，她再也控制不住，泪眼婆娑地冲到对面。

“学长。”云知拍打着房门，无力地喊叫。

一连叫了四五声，脚步声才不紧不慢地传过来，没等路星鸣把门打开，云知便哽咽出声：“学长，我的头……头真的变大了。”

“嗯？”路星鸣还没睡醒，就连眼睛都没睁开，听到这话，沙哑着嗓音嘟囔一句，“你那不是充满知识的大脑袋瓜子吗？”

云知抱着头，眼泪一个劲儿地掉：“不是，不是，没有充满知识，我的脑袋真的变大了，学长，怎么办……”

她气息不稳，哭得又怕又急，路星鸣半眯起眼，眼前的模糊感渐退，她的模样映入眼帘。

路星鸣被她这副样子弄得惊了一下，睡意瞬间消散，紧接着眼睛瞪大，失去了以往的冷静。

“你给自己弄什么东西了？”路星鸣太过急切，就连语调都比以往急促。

他捧起云知的脸蛋仔细看看，短短几分钟又肿了点，再看头皮，赤红一片，显然是被化学物质灼伤的。

云知喉咙疼，含混不清地说："生、生发剂，韩厉给我的……"

顿了一下，路星鸣直接骂出声："他是猪脑子吗！"他就知道那个蠢货做不出什么好事。

"你站在这儿别动，我马上出来。"

云知乖乖地点头，靠着门框一动不动。

路星鸣没有开灯，借着落进去的微弱月光，她看见他动作匆忙，表情着急。

——他在紧张她。

云知靠着门框，心里突然被温暖填满，发涨发暖。

她不太明白为什么会这样，但是……每当路星鸣这么关心她时，她都好开心。

路星鸣装好手机、钱包，还有车钥匙，没来得及换睡衣，只披了件风衣，便慌忙出来，顺手捞起一条毯子把云知裹严实后，拉上她细细的胳膊将人背起。

云知趴在那不甚宽阔的后背上，冰凉的躯体不住地吸取着从他身上传来的温度，很暖和，一点都不觉得怕了。

云知咬了咬下唇，不由自主地紧紧环上他的脖子，他侧眸看了眼，没说话，默然加快步伐。

他背着云知一路抵达地下车库，车库很冷，灯光忽明忽暗，四周静悄悄的，没有一点声响。云知难受到极点，喉咙完全堵塞，呼吸时带有粗重的喘息。

路星鸣感觉到她体温升高，更是慌乱几分，眉心蹙得越发用力。

终于来到一辆黑色轿车前，他开了车门，弯腰将云知放在后座。

"未成年不能开车。"即使到了这个时候，云知还惦记着行为合不合法，眼睛半闭，声音含混着提醒。

路星鸣无奈地垂下嘴角："我十八岁，成年了。"

云知双眼已经肿成了两颗核桃，在听到这话时，还是微微张开一点，露出黑色的瞳仁。

"我比你们大一岁，特殊原因，上学晚。"他尾音收得很淡，说这话时，刻意避开了云知的视线，像是藏着心事，眼中的情绪一下子被淡薄所掩盖。

云知定定地看了他好一会儿后，又嗫嚅着："……没驾照也不行。"

路星鸣似是叹了口气，从钱夹里摸出驾驶证递给她看。

云知费力地睁开眼皮，依稀看清上面的小字，对着生日那栏静默几秒，小声地问："路学长是五月份生的？"

"不是。"路星鸣把驾驶证收好，"十一月生的，户口本上的生日填写错了。"

十一月……云知算了下日子，好像快到了。

"十一月几号呀？"

"十一。"

十一日……他和韩厉同一天生日。

云知暗暗记好，裹紧身上的毛毯，支撑起身体想要下车。

"你做什么？"

"我想去前面。"云知声音小小的，"在后面，我害怕。"

空气静止了两三秒，路星鸣妥协，弯腰把她抱到了副驾驶位。

车子被放置许久，又是深夜，车厢带着凉意，路星鸣害怕小姑娘再被冻得感冒了，于是开了充足的暖气，见她没力气抬手，便俯过身，亲自把那安全带扣上。

两人挨得很近，头顶鼻息凌乱，路星鸣微微抬了一下眼眸。

云知没有先前的生气，一动不动地靠着椅背，呼吸急促，头顶大片的红色十分骇人，她紧紧地皱着眉，身上冒汗，直接打湿领口的衣服。

路星鸣紧抿薄唇，伸出手轻轻在她的脸上摸了一下，滚烫的温度让他不敢再耽误，急忙发动引擎，朝最近的医院驶去。

现在是午夜，白日里车水龙马的宽敞马路空无一人，一路都是绿灯，他们抵达医院，共用了十分钟不到。

路星鸣挂了号，领着云知去做检查，这个点没多少病人，检查起来也快。诊疗室里，云知晕晕乎乎地坐在椅子上接受诊断，路星鸣站在身后，神色严肃。

“刺激性接触性皮炎，小姑娘接触过什么药物或者其他刺激性的物品吗？”医生取出体温计，三十八摄氏度，属于低烧。

云知不由得看向路星鸣，实在不太好意思告知原因。

他揽着云知的肩膀，让坐在凳子上的她靠着自己，摸了摸她的大脑袋给予安慰后，轻声说：“她用了生发剂。”

医生这才注意到云知那奇特的发型，配上因重度过敏而红肿的整个头，就像是加了特效的滑稽演员一样，格外有喜感。

医生愣了好几秒，出于医德，并没有直接笑出来，后面的护士还年轻，没忍住轻笑一下，然后在主治医生警告的目光中硬生生地把笑意咽回去。

云知更落寞了，医生轻咳一声道：“那种东西都是骗人的，要是生发剂有用，世界上也没那么多秃子了。”

医生说得越多，越让云知无脸见人。她索性直接背过身把脸埋在了路星鸣的怀里，五个手指头紧紧地扯着他的衣襟，一脸难挨。

路星鸣垂眸，揽紧她，低沉着嗓音问：“需要住院吗？”

医生颔首：“她过敏症状严重，最好住院观察一下，你先去办理手续，随后我让护士给她做脱敏治疗。”见路星鸣满眼的担心，他不禁安慰，“不用太担心，身体素质好的话，明天情况就会缓解，这种突发性过敏症，一周左右就能痊愈。”

路星鸣点点头，接过单子去大厅缴住院治疗所需要的费用。为保证云知休息，路星鸣直接要了一间单人病房。

云知被护士带到病房，坐在床上由护士给她清洗头部。

护士手法温柔，可是头皮传来的刺痛、烧灼感还是让人难以忍受。云知一动不动，咬牙忍耐，浑浑噩噩中，她听到护士小姐用温柔的语调说：“毛囊都被药剂灼伤了，发根受损得很严重，最好把头发剃掉再上药。”

护士能看出云知很珍惜自己的短发，不然也不会用生发剂，所以语气尽量轻柔，免得又让她难过。

果然，护士说完这话的下一秒，云知的眼神便暗淡下去，低垂着头，眼中写满失落。

路星鸣皱皱眉：“不剃不行吗？”

护士很为难：“头发上还残留着过敏原，剃掉是最好的，不过她要是不愿意……”

“我愿意。”云知沙哑着嗓子，“……剃掉吧。”反正都这样了。

云知抬手轻轻触了下头皮，摸到一片凹凸不平，她扭过头，透过玻璃，看见自己面目全非，彻彻底底地变成了一个大头怪。

她双眼赤红，唇瓣紧紧地抿在一起，差点没忍住被自己丑得哭出声。

路星鸣背过身拉紧窗帘，见云知表情难过，思索两秒说：“我帮你剃，好不好？”

云知坚强地憋回眼泪，点点头。

护士很快拿来了推子，路星鸣挽起衣袖，让云知低头，动作轻柔地给她剃头发。

这是路星鸣长这么大以来第一次给女孩子剃头，不得不说有点紧张，还很激动，当然最多的是心疼，毕竟他真的很想看见小假发不戴假发时长发飘飘的可爱样子。

但是，注定要心愿落空，只能多等几个月了，想着，路星鸣把她耳边的碎发剃了个干净。

“路学长……”

“嗯？”

推子吱啦吱啦响，黑色头发往地上掉。

云知说：“我怎么感觉你很开心。”

路星鸣眼皮一抽，矢口否认：“没有。”

她明明感觉到了，他在窃喜。

路星鸣很快把云知的脑袋剃秃了，就连边边角角也没放过，最后用毛巾把她脸上的碎发擦拭掉，随手摸了把自己的成果，如果不是上面起了丘疹，手感应该会更好。

“看看。”路星鸣把镜子递了过去。

云知望着镜子里的自己，路星鸣帮她剃得干干净净，一点点都没留下。她对着过敏的小光头不禁悲伤，真是好好的脑袋说秃就秃。

剃发后，护士在云知的过敏处上了药，打上点滴又叮嘱几声，转身离开病房。

冰凉的液体顺着输液管进入身体，发胀发痛的头部也因为药物而得到显著的缓解。她盯着白色的天花板，很快昏昏欲睡。

眼皮子正要垂下，云知想到了路星鸣，顿时清醒，扭头看过去。

他就坐在床边，长腿交叠，骨节分明的大手放在膝盖上，清冽的眸因睡眠不足而布上血丝，看起来很疲惫。

云知心里一颤，表情染上心疼：“学长……”

“嗯？”路星鸣嗓音暗哑。

“我好麻烦呀。”她垂着眸子，自我嫌弃。

“知道就好。”那条本裹在云知身上的毯子已经到了他手上，他把毯子盖在被子上，自己半闭上眼，“睡吧，明天就好了。”

云知慢慢把身子转了过来，水肿的一双眼一直盯着路星鸣出神。他靠着椅背，头向后仰，喉结凸起，偶尔上下蠕动，说不上来地性感，她突然不困了。

“学长。”云知又小声叫他，“你说我是不是傻乎乎的？”

路星鸣眼皮子动了动，没睁开，半晌，勾了一下嘴角：“你很有自知之明。”

只要是个人都不会听信韩厉的话，路星鸣很想敲开云知的脑袋，看看她对韩厉的滤镜到底有多厚，才可以这么信任他，信任他买来的生发产品。

这样想着，路星鸣突然不是滋味起来，随后自嘲，深更半夜，他干吗要胡思乱想这些东西，专门给自个儿找醋吃。

云知见他不说话，自己也不再说话。喝下去的药物开始生效，无法抵抗的困意渐渐袭来，她缓缓闭上眼，沉沉地睡去。

悬挂在墙壁上的钟嘀嗒作响，病房外偶有脚步声，紧接着是漫无边际的寂静。路星鸣坐一会儿，站一会儿，困得厉害，就低头玩一会儿手机，但是不敢睡去，见药瓶见底，按响呼叫铃，让护士过来换药。

云知睡得很熟，一丁点都没被吵到。

护士换了药液，再次给她上了一次药，见路星鸣直勾勾地看着，不由得打趣："你真是个好男人呀，对她这么照顾。"

他眼眸闪烁，不置可否。

"好了。"护士笑了笑，"你去沙发上睡一会儿吧，我会看好时间过来。"

路星鸣嗯了一声，依旧没动，护士没说什么，带上门后静静地离开。

病床上的云知踢了一下被子，路星鸣俯身给她盖好，正要抽手，她突然抓住他的手指不松开。

路星鸣静止两秒，没有抽离，慢慢地坐回椅子，握紧她的手凝视着那张因为过敏而变得陌生的容颜，依稀还是能辨出几分精致可爱。

路星鸣眉心舒展，心中涌出一汪春水，疲倦的眉眼骤然温和下去。他没有甩掉那只滚烫的略带薄茧的小手，趴在床头，闭目小睡。

云知清醒时已是第二天的八点。

病房安静，外边却是嘈杂一片，她半眯着眼左右扫视，除了放在窗台上的那盆多肉外，再没了其他生命的迹象。

云知慢腾腾地从床上爬起，摸到放在桌上的小镜子照了照。

头已经秃了，脑袋看起来没有昨天那么大，但是密密麻麻的红色疹子并没有消退多少，长时间盯着，令人直犯恶心。

两个字就是——很丑。

云知丧丧地放下镜子，此时护士进来，见她起床，冲她温和一笑：“你醒了啊，今天好些了吗？”

“好些了，谢谢你们。”说完，云知又向门外张望。

护士看出了她的小心思，笑了笑：“昨天送你来的那个男孩子回学校了，他给你留了字条，在水杯下面压着呢。”

云知转身把被压在水杯下面的字条拿了出来，上面是路星鸣凌乱有力的字迹：

塞翁、失马我帮你遛，上午会替你向学校请假，我午后过来，星星先陪着你，好好休息。路星鸣留。

云知视线一转，看到枕头旁边乖巧地坐着的白色小兔兔。

云知走神，又把那短短的一句话反复咀嚼了多遍，嘴角慢慢向上扬起，她将字条和心中的小雀跃一起收好，抱着星星看向窗外晴朗的天空。

能来这里真好，能认识路星鸣也真好。

云知把脸埋在星星的身体上，眼角滑下一条泪痕。

云知一上午都待在医院里，无所事事地等路星鸣过来，结果没等到他，倒是等来了韩母、韩厉，后面还跟着一身小礼服的韩祝祝。

对于他们的到来，云知很是愕然。

韩母更是愕然，最为震惊的还是韩厉，他的眼睛死死地瞪着云知，僵硬在原地，半天没作声。

云知头肿了一圈不说，还没了头发，患处起满红疹，眼皮跟着发肿，导致那双大眼睛变成了两条缝，哪里能看出之前的白嫩、漂亮。

韩母眼前一黑，忽然觉得眩晕。

“韩厉，嫂嫂……”云知着急地把兔兔藏在后面，从床上下来，表情无措，“你们怎么来了？”

她本来不准备把这件事告诉家长，免得他们担心，没想到从晚上到现在还不到一天的工夫，人就来了。

真是事与愿违。

云知拧着眉，紧张、忐忑。

过了许久，韩母才平复下情绪：“祝祝今天有个钢琴比赛，离你们学校不远，结束后想过来看看你和韩厉，顺便一起吃个饭。”

毕竟一周没见，她也很担心云知的情况，今天刚巧顺道，就来看看。

没想到刚到学校，就撞见了匆匆忙忙往医院跑的韩厉，韩母见韩厉目光躲闪，就知道这小子没干好事，抓住一问，才知道云知进医院了。

他们本来以为过敏顶多是皮肤起疹子，哪能想到这么严重——头发都没了！

“怎么变得这么严重？”韩母皱眉，“出这么大事，都不想着给家里打个电话，我要是今天不过来，你是不是还想一直瞒着我们？”

云知不吱声，韩母意识到自己语气有些重，深吸一口气调整好情绪后，上前几步：“医生怎么说的？过敏原找到了吗？”

没等云知开口，一边的韩祝祝对着她的小光头嘲笑：“别是用的什么生发产品。”

韩母柔声呵斥：“别胡说，云知哪会那么想不开。”

韩祝祝撇了撇嘴，见云知样子可笑，忍不住用手机偷拍了好几张，暗暗分享给小圈子里的姐妹们一起取笑。

云知抬了抬眼，嘟囔一句：“就是用生发剂过敏的。”

韩祝祝怔住，不可置信。

韩厉左眼皮跳了跳，不好的念头油然而生。

应该……

大概……

不能吧……

韩母惊诧万分，硬是没说出一句话来。

云知瞥了韩厉一眼，在对方紧张的注视下缓缓地说：“我想长头发，就去小药店买了生发剂，没想到会这样。”

韩母回过神，气急败坏：“你多大啊，就用生发剂，好好的，头发又不是长不出来。”

云知低着头：“我……我听说大哥也用这款生发剂，所以就也买来试试看，没想到会这样。”

韩母哭笑不得：“你大哥那会儿是头皮过敏引起掉发，朋友故意送他生发产品刺激他的，他放在那儿压根没用，不过那个牌子很出名，也有些效果，国内有很多仿制品，你买到的有可能是假货。”

云知不说话，只是偷偷用哀怨的眼神看着韩厉。

韩厉别开头，简直想找条地缝钻进去。

他就说，他爸怎么也不会用三五百块一瓶的生发剂，当时光想着哄云知开心，他压根没琢磨出不对劲，现在可好，出事了，自己真是个猪脑子。

韩厉狠狠地在脑门上拍了一巴掌，暗自唾骂两声，眼角余光瞥向云知，见她凄凄惨惨，没有头发。就算这样，她也没供出自己，他心里格外不好受。

“嫂嫂，我没事。”云知故作坦然，“你们先回去吧，别耽误工作。”

韩母叹了口气：“待会儿我再问问医生，出院后需不需要回家休息一段时间，看你这样子，是不能再上学了。”

听到不能上学，云知心一沉，忙说：“能上，能上！不用回家。”

之前只有周六周日两天在家，她就够痛苦了，要是休息一段时间，那不得憋死过去，更别提还有个韩祝祝等着看她的笑话。

“这件事我做主，不需要讨论。”韩母态度强硬，说完就出去找医生，病房里只剩下了三个小辈。

韩祝祝拍了足够多的照片，见长辈离开，迫不及待地吐露心声：“大头怪，生发剂也信，你可真行。”

她说的是云知，刺激的却是韩厉。

韩厉本来心情难受，听她这样说，彻底炸了，目光阴沉：“你能闭嘴吗！”

韩祝祝一怔：“你让谁闭嘴？”

“我让你闭嘴。”韩厉神色不善，“不会说话就别说话，看别人痛苦，你很开心？”

韩祝祝气得直鼓腮帮，狠狠地瞪了云知一眼后，坐在沙发上不再吭声。

韩厉扯了两下头发，对着云知那颗光秃秃的脑袋暗自愧疚，正想着如何道歉时，门突然被打开。

应该是他妈回来了，他扭过头，看见的却是路星鸣。

两人的视线对了个正着。

第十四章

靓仔有点蒙

妹妹？
你还有哪个妹妹？

“你还敢过来。”路星鸣推门而入，眼神充满讥讽。

韩厉不爽：“我家人病了，我凭什么不能过来？”

路星鸣冷笑：“看你的样子，好像没一点愧疚之心，不愧是你，脸皮很厚实。”

他越说越过分，韩厉紧咬着牙，想直接冲上去揍一拳。

“路星鸣，你干吗这么说我哥。”韩祝祝听不了哥哥被这么怼，当然扬起头质问，“她自己把自己弄成这样的，关我哥哥什么事？你阴阳怪气个什么劲，她自己作死，我哥干吗愧疚。”

“我让你说话了？”路星鸣锐利的目光扫向韩祝祝，满是冷厉无情。

韩祝祝一愣，心生恐惧，条件反射地缩起脖子躲到韩厉的身后，战战兢兢地看着他，不再说话。

她自小害怕路星鸣，没韩厉那个胆子和他对着干，每次宴会见面，能避开就避开，避不开就往韩厉的后头藏，反正不会和他正面接触。

每次哥哥吃瘪，她想替哥哥出口气的时候，都会被路星鸣吓回来，今天也不例外。

路星鸣见韩祝祝老实了，轻飘飘地收敛视线，随手把东西放在桌上后，垂眸看向一直静默不语的云知：“好些了吗？”

他表情依旧浅淡，语气、眼神却比先前温柔许多，锋芒收敛，只剩平和。

云知乖乖地点了下头：“好多了，谢谢你把兔兔带给我。”她抱紧星星，勉强冲他露出一个笑脸。

路星鸣不说话，伸手在她的额头试了下温度，不烧了。

两人旁若无人的互动令一边的韩祝祝彻底看呆。

从六岁起到现在，韩祝祝从来没见过他温柔地和女孩子说过话，不打女生就是他的绅士风度了。

因为他太过冷漠，眼神又凶恶，韩祝祝一点都不喜欢他，每次被他怼哭，总是暗暗地诅咒他一辈子娶不到老婆。

现在竟然给女孩子带兔兔？这个女孩还是韩云知？

“你说话就说话，别动手动脚。”韩厉看不下去，动手将人拉开，眼神满是警告。

“喂。”路星鸣目光掠过韩厉，直勾勾地落在韩祝祝的身上，被这么一盯，韩祝祝又害怕了起来。

“你刚说她是自己把自己弄成这样的？”

韩祝祝大着胆子迎上路星鸣的视线：“她自己说的！”

路星鸣垂眸看向云知，云知肩膀一颤，眼珠来回转了转后，心虚地低下头，刻意避开他灼灼的目光。

大哥很凶，即使在韩家没多久，云知也能看出哥嫂对韩厉是严苛的，同一个错误放在韩祝祝的身上可能得到原谅，甚至是安慰。但韩厉不同，他将会受到最严厉的惩罚。

明明大哥大嫂对谁都温柔和善，唯独对他似乎是抱有偏见。如果这事儿被哥嫂知道，估计他又免不了挨一顿责骂。

怎么说也是亲侄儿，云知不舍得韩厉被骂。

“韩厉，你可真行，屁大点事都不敢扛。你再和你这个妹妹说一遍，生发剂是谁买的？”

路星鸣咄咄逼人，云知拉了拉他的衣袖想要他停下，他充耳不闻，双目冰冷。

韩厉本就愧疚难挨，路星鸣的这番话更是火上添油，他再也受不住，当着死敌的面直接承认：“是！我买的生发剂，我以为，在药店买的，应该没什么毛病，谁想到……”他抿抿唇，面向云知，却不敢直视她的双眸，微弱无力地说，“我、我真不知道会把你害成这样，对不起。”

韩厉道歉是发自内心的。他只是一门心思想让云知开心点，对于其他后果根本没考虑过，尤其父亲用的瓶子和这个一模一样，他就认为不会出现什么问题。

韩祝祝惊讶地瞪大眼，那她刚才讽刺了半天，岂不是讽刺的都是韩厉？

韩祝祝不由自主道：“哥，你才是那个傻子呀？！”

韩厉耳根赤红：“我傻！我就是个傻子，行了不！”

韩祝祝看向云知泛红的脑袋，嘟囔：“……用的人也傻。”

话音刚落，她又收到路星鸣阴鸷的目光，她身子一个哆嗦，再也不敢继续和路星鸣待在同一个房间里，攥着小包包，逃也似的离开病房。

“祝祝怎么走了？”韩母刚巧回来，见房间里多了个人后，一怔，待看清对方的眉眼，了然一笑，“原来是小路啊，你怎么来了？”

“我来给韩云知送东西。”路星鸣余光掠过云知，“既然您来了，那我就先走了。”

路星鸣知道再留在这里不太合适，深深地看了眼云知后，径自离开。

云知不禁追随上他的背影，目光是难掩的牵念、不舍。

“奇怪，小路不是西校区的吗？”韩母皱眉，下一秒，表情冷了下来，眼神慢慢移动到韩厉的身上。

……糟了。

韩厉眼一闭，心一沉，眼瞧着这事儿瞒不住，索性直接说了：“我把……把韩云知……”

韩母冷着脸：“韩云知是你叫的吗？”

韩厉吞咽一口唾沫，改口：“我背着你把小姑姑转到西校区了，我的错。还有——”韩厉指了一下云知，“生发剂也是我买的……”说完这话，他垂着脑袋，再也不敢面对韩母。

空气骤然凝固，韩母妆容精致的一张脸凝结成冰霜，神色之间满是对韩厉的失望。

“我找过校长，想重新把她转到东校区，但校长说每个班级的学生都确定好了，现在再转，不利于学习，就把我搪塞过去了。”

韩母半晌不语，韩厉越发紧张，活像是耗子见了猫。

“我现在在西校区挺好的。”云知打破沉默，“韩厉每天都会来看我，嫂嫂，你别责怪韩厉。这次是我们俩不小心，没经验才上当受骗，也不全是韩厉的责任。”

云知紧绷着小脸，韩厉是好心办坏事，出发点也是为了哄她开心，她盼生发心切，不小心就变成这样了。

韩厉桃花眼委屈地垂着，绞着手指在云知身后大气也不敢喘一下，这要是搁在以前，他妈早上来拧他的耳朵了。

韩母闭眼，揉了揉太阳穴，疲倦地叹气："那家店的地址告诉我，回头我让律师处理。还有，你后半年的零花钱都没了。"

韩厉虽然肉痛，但这个处理方式已经算是温和。

"医生那边，我问过情况，你现在状态稳定，在家治疗也可以，一会儿我去办理出院手续，家庭医生已经联系好了。"最后，她指示，"韩厉，你帮着收拾一下。"

韩厉乖巧地颔首，韩母再次离开，一直神经紧绷的韩厉总算松了口气。

云知昨天来得匆忙，就连手机都没带在身上。

她拿起旁边的袋子看，里面放着手机、房卡，还有洗漱用品，看样子路星鸣特意去了一趟她的公寓，最下面还压着两套崭新的棉质睡衣，标签都没来得及取下。

云知突然感觉暖烘烘的，路星鸣是个细心的人，即使是为了给她准备东西，也没有随便打开她的衣柜。

"喂……"韩厉在叫她，她看过去。

"你头痛不痛？"少年低沉的嗓音带着一抹厌弃，"对不起啊，你昨天晚上给我打电话，我没接到……"

他玩到太晚，手机自动关机后，也没来得及充电，直到早上才看到云知发过来的信息。

"路星鸣送你来的？"韩厉问。

云知点了点头。

韩厉胸口堵得慌，照顾云知本来是他的事儿，结果他一点都不靠谱，反倒是看不顺眼的死对头把他应该做的都给揽下了。

烦。

韩厉深深地厌烦，烦自己，也烦路星鸣。

“我不疼的。”云知见韩厉一直低着脑袋，可怜兮兮的样子和金毛犬失马犯错时的神态一模一样。

她不禁想伸手摸摸那蓬乱的头发，可是，在触及时，立马停下，讪讪地将手收回。

倏地，韩厉握住她的手腕，用力按在了自己的头发上，撇嘴说：“想摸就摸嘛，反正你的头发被我害得没了，以后，我的头发就是你的头发，随便摸。”

为了让云知摸得舒服，韩厉直接蹲在了地上，下巴抵在床沿，往日上挑的桃花眼蔫蔫地半垂着，瞳孔湿润，简直是人形失马。

云知笑容温柔，眼神越发慈爱。

韩厉的头发很软，也多，发梢带着不明显的自来卷，乱糟糟地生长着，衬着英俊的眉眼，像是一头桀骜难驯的野兽。

云知轻轻揉搓着那头蓬松的发丝，眼神里的羡慕简直要溢出来了。

……她也好想有头发。

云知姿态落寞，眼看着要哭，韩厉咬牙痛下决心：“你等着，我现在就去找个推子。”

云知一愣：“你要干吗？”

“剃了！”韩厉神色坚韧得宛如要上梁山的好汉，“以发还发！”

云知十分感动，然后拒绝：“天快凉了，剃了很冷的。”

她没忍心告诉韩厉，他长得实在是太像不良少年了，要是再剃个头，简直像是刚刑满释放的少年犯。

此时韩母办理完了各项手续，过来带云知离开。云知穿好鞋，拎上包包，不放心地叮嘱：“不准剃头发哦。”

韩厉没点头，也没摇头，低声道：“你回家休息，我奶奶去A城看望老同学，估计下周才回来。”顿了下，他说，“狗……狗我帮你遛。”

云知抿唇笑笑，打趣他：“你不怕了？”

韩厉硬着头皮说："堂堂男子汉，怎么、怎么会被区区两条狗吓走，你放心，我肯定会安顿好的，绝对不让塞翁、失马受苦。"

云知倒是不怕塞翁、失马受苦，怕的是韩厉受苦。毕竟……失马对韩厉真的很热情。

"云知，快点。"韩母又在身后催促。

云知不敢再耽误，拿着东西过去。

"把嫂嫂的围巾裹上，医生说不能受风。"韩母一边说，一边把自己米白色的围巾裹在了她的大脑袋瓜子上，然后接过她手上的东西，领着她离开医院。

护着云知上了车，韩母扭头看向跟在后面吊儿郎当的韩厉："你好好上学，别再给我惹是生非，知道吗？"

"知道。"韩厉懒散地应，目送车子远去后，他拐了个弯，直接进了街对面的理发店。

进门后，韩厉喊的第一句话是："托尼，我要剃光头——"

语气豪迈，充满男儿的气概。

云知不敢落下学习，在家休养四天后，不顾韩母的阻拦重返学校。

经过几天的治疗，头部红肿已经彻底消退，可是，由过敏引起的红疹还没有痊愈，医生叮嘱要每日内服外涂药物，还要注意通风，保持毛囊干燥，尽量不接触刺激性的物品，也就是说，不能再继续戴着假发生活。

也就是说她还过敏的小光头极大可能会遭受同学们的嘲笑。

周一，云知换上校服，坐上车来学校。

她坐在车内，看着校门外熙熙攘攘的人群，迟迟没有下去。

开车的司机好像看出了她的忐忑，透过后视镜对她笑着说："云知小姐还是很可爱的，相信同学不会取笑你的。"说着，司机又打量她两眼。

座椅上的女孩穿着裁剪合体的秋季校服，身形单薄，细颈白皙，笔直的两条腿合拢，手心交叠放在膝上，安安静静地坐着。她虽然没有头发，但并不影响她天然的气质。

云知瘦了，下巴尖尖的，侧眸看向窗外，轻咬嘴唇，眉心中竖起两道浅浅的褶皱。

她缓缓吸气，拉开车门，慢腾腾地从座位上挪了下去。

风有些凉，头上没了毛发遮挡，让人直接感觉到冷意。云知埋头走，只是短短一条路，却收获数不尽的视线，如芒在背，伴随的还有低低的交谈声。

“好像是十班的韩云知。”

“噗，她怎么好端端的就秃了？”

“听说过敏了。”

“很惨，但是好好笑啊，哈哈哈……”

云知紧抿嘴巴，加快步伐到了自己的班级。待她推门而入，满教室的嘈杂戛然而止，随之而来的是愕然的叹息。

云知忽略那几十双眼睛，抱着书包闷闷地坐回座位，过了一会儿，武晓松过来搭话：“云姐，你的头发呢？”

他们是听说云知头部过敏很严重，但没说头发会不见啊。

云知整理着课本，尽管心情低落，还是轻声回答：“我本来就没头发。”停了一下，她道，“以前戴的都是假发。”

他们就说她以前那头发看着不太自然，但也没有多问，不料竟是假的！也就是说，云姐一直是个秃子！

不会是有什么隐疾吧？武晓松担心地向她的头顶盯了两眼。

云知头皮泛红，远看还好，近看就能发现那片红色是因过敏长起的小疹子，虽然看着不舒服，但武晓松也没有正面说出来。

毕竟这事儿发生在一个女孩子身上会让她不好受，他要是再嘲讽，实在说不过去。

“没事！”武晓松安慰，“云姐还是我们班的班花，大家说对吧？”

周围一片应和。

“对、对、对，云姐是我们班永远的班花！”

“云姐最可爱，不接受反驳！”

“云姐别伤心，很快就好了！”

男孩子们你一言我一语，叽叽喳喳个不停。

云知睫毛轻颤，不由得抬眸看向大伙，他们紧张又笨拙的安慰让她心底涌过一道暖流，嘴唇抿了抿，嘴角慢慢向上挑起一个小小的弧度。

她笑得腼腆又温柔，像四月时绽放的花。班级里的男同学瞬间觉得没头发怎么了，他们云姐就算没头发，也是最可爱的！

吵闹中，一道修长的身影从外走入。云知立马感觉到是路星鸣，迅速看过去。

视野中，少年双手插兜，似醒非醒，清俊的眉眼透着一股慵懒。

见到他的那一刻起，云知清澈的眼中满满都是他。

“发什么愣。”路星鸣不知何时走到她身边，撂下这句话后，曲起手指在她的脑门上轻轻弹了一下，又看了眼她的脑袋，见恢复了原本的大小，彻底放下心。

云知捂上脑门偷笑，不禁又回头悄悄瞄他。

路星鸣抬眸，目光相对没过一秒，云知便匆匆转过身，脊梁挺得笔直。

他扬唇，眉心舒展，心情颇好。

今天是月考成绩公布的日子，十班的同学对自己都有数，压根没指望拿到高分。

班主任将打印好的成绩单发放下来时，一伙人互问分数，得知对方也没及格后，齐齐握手。

云知安静地坐在椅子上，忐忐忑忑地盯着那张薄薄的成绩单。

——总分四百八十分，在全年级属于中等偏下的成绩，在十班名列前茅。

云知暗自松了口气，仔细地看着卷子。

她的数学对了两道大题，这多亏李爷爷，如果不是他给她补习，她很可能只考个四百出头。

只要她努力，考五百五十分以上一定没什么问题！这样想着，她顿时铆起劲，对未来充满无限期望。

她放好卷子，又回头看向路星鸣，成绩单被他压在手肘下，她没有看清分数，不过，以他的聪明头脑，肯定能考六百分以上。

“路哥，你考了多少？”

云知正想着，路星鸣手下的成绩单被抽出。刘彪虎对着上面的分数“哟嗬”一声：“二百六十分，比上次高出十分，不愧是我大哥。”

路星鸣毫不谦让：“一般，常规水平。”说完，他的目光轻轻扫向云知，似笑非笑，“没我们云姐厉害。”

面对着明显的调侃，云知默默地回头，又默默地藏好了成绩单。以路星鸣的聪明头脑来看，这次成绩不好肯定是有其他问题，她要小心点，别打击到他。

嗯，她可真善良。

班级里对成绩的讨论热度并没有持续多久，话题很快偏到了体育方面，云知听不懂，独自对着卷子上的错题。

“奇怪，今天好多人都过来我们班。”方正话一出口，其他人也都注意到了。

十班在楼道最里面的教室，班级里又都是恶霸，往日压根没几个人过来，但今天不同，平均每一秒都会有一个外班的学生拿着手机出现在门口，对着他们拍照。

刘彪虎乐了：“咋的，我们是火了？”

武晓松推搡他一把，向云知的方向示意。

她安静地趴在桌面上，竖起书本遮挡，正极力躲避着外面的人的视线和讨论。

武晓松害怕云知听到，小声嘟囔：“早上有人拍了云姐的照片，还放在了论坛上，现在都过来看热闹了。”

网上的言论都不好听，含着歧视与取笑，换谁看见都不好受，尤其秃顶的还是个漂漂亮亮的女孩子。

“唉，估计出去又要被说了。”

刘彪虎恶狠狠地比了比拳头："谁敢乱说我们云姐，我打爆他的脑袋。"

一旁漠然的路星鸣皱了下眉，用手机登录了校园网，进去立马看见那个飘红的帖子。

"十班的韩云知真的秃了，有图为证！"

帖子下面出现了一堆评论："真让人'秃然'。"

"哈哈，楼上，你怎么还做起表情包了，笑死我了。"

"表情包，哈哈哈。"

……

路星鸣找人删了帖，不动声色地瞟向云知纤细的背。她要是看见这些言论，估计又要哭了。

路星鸣敛目，暗暗有了主意。他起身，在谁都不注意的时候，独自从后门离开，径自来到门卫处。

看门的老大爷正在看书，瞥见路星鸣的身影，立马放下书，站了起来："是小路啊，到我这儿有事吗？"

路星鸣面无表情地说："我记得您这有剃头发的电推剪？"

门卫大爷先是一愣，接着点头："是有，你要用？"

他头发长得慢，也懒得去理发店花那二十块钱，于是自己买了个电推剪，长了就自己剃一下，方便得很。

"您帮我把头发剃光吧。"路星鸣指了指自己那头浓密的发丝，"全剃光。"

门卫大爷的眼神分明是茫然的，路星鸣没顾及对方的眼神，直接拉过门口的小马扎坐下，静静地等着大爷给他剃头。

男人剃平头也不是什么大不了的事儿，尤其是路星鸣还帮过他不少忙，这点小事情自然没有拒绝的道理。

大爷找了条毛巾围在路星鸣衣领里，从抽屉取出电推剪，让路星鸣低头，几下就把头发剃了个干净："用毛巾擦擦。"

路星鸣接过毛巾，随意地扫去脖子上的碎发，侧眸扫了一眼镜子——

干净利落，依旧英俊，就是看着凶恶，不好接触。

“谢谢。”路星鸣收敛视线，踩着铃声返回教室，从进门的那刻起，得到满堂惊愕。

从书本上抬眼的云知瞪着他，惊讶得合不拢嘴。

迎面走来的少年眼神凌厉，没了头发，却越发显得五官立体，眉浓目深，也更显得气质不羁，难以接近。

他身形逼近，云知视线抬得更高，她这才发现，他是有美人尖的。

老师已从外面走了进来，云知匆匆把注意力从路星鸣的身上移开，佯装平静地看着讲台，可她再怎么按捺，也控制不住胸膛里疯狂乱跳的心。

云知和路星鸣两个光头突出，非但学生们学不进去，老师们讲课也有点受影响。好不容易挨到下课，刘彪虎几人立马起身团团围了过来：“路哥，你的头发呢？”他问出了全班同学都想问的问题。

路星鸣懒散地回复：“剃了。”

一群人看着前桌的云知，了然于心。刘彪虎眼珠子转了转：“找谁剃的？”

“还用想吗，肯定是门卫大爷给推的，上次我放学就看见他在门口给自个儿剃头。”武晓松说完，一拍桌子打定主意，“我决定了！我也去剃！看他们谁敢嘲笑我！”

刘彪虎摸了把自己本来就不长的寸头，直接跑到讲台上吆喝一声：“我看我们陪着路哥和云姐一起当光头算了！那群人不是想看光头吗？我们让他们看个够！”

刘彪虎的提议得到热烈的响应，十班的同学都爱凑热闹，虽然学习不咋样，但个顶个有情有义，尤其云知是班里唯一一个女生，他们珍惜都来不及，哪能容忍外人嘲笑、欺负。

“走！剃头去！”一群人风风火火，说干就干，当下准备去找门卫老大爷。

云知看愣了，回过神，急忙阻拦：“别、别、别，没头发不好的。”

她光头完全是逼不得已，可是别人的头发都好好的，哪能为了她说剃就剃，就算是男孩子，没了头发也不好看。

云知急切："不用剃，真的，不好的。"

刘彪虎嘿嘿一笑，满不在乎："没事儿，现在剃了，过两天就长出来了，不碍事。"

"就是。"就连和她不是很熟络的方正、方圆这对双胞胎也跟着说，"我们男生不像你们女生，剃寸头是常事。云姐，你别有心理负担，我们完全就是一起剃头玩，就像你们女生喜欢手拉手去上厕所一样。"

云知愣了，这是可以相提并论的？

她劝说不了，不禁看向路星鸣。他托着下颌，饶有兴趣地看着这一切，完全没有要阻拦的意思。

云知耷拉着肩膀，没辙了。

刘彪虎此时又提议："找大爷一个一个剃，太麻烦了，不如我把电推剪借来，两分钟一个，我们一个一个来！"

云知震惊得说不出一句话。

刘彪虎很快借来了推子，先给自己剃了个干净。

他本来就胖，脑袋也比别人的大，比别人的圆，这么一剃光，更像是一颗圆溜溜的鸡蛋。

云知摸了摸自己的小光头，看看路星鸣，又看看刘彪虎，最后趴在床上，无法直视这一切。

男生们接连剃头，看那模样，非常热忱，没有半点不乐意的样子，一颗颗光脑袋接连面世，云知阻拦不住，便不再阻拦。

到了上课，还没剃头的人两两结伴，以上厕所的名义跑出教室，隔一会儿再回来，出现的便是两颗崭新的光头，台上的老师一脸错愕。

四节课上完，班级里四十个同学一大半都变成了光头。

"吴征，说好一起剃光头，你不能偷偷熄了油。"

现在只剩下吴征，方正、方圆一左一右地按着他，刘彪虎拿着电推剪在前面一阵威逼利诱："大家都是男人，爷们儿点！"

被按在下面的吴征不服气："我不剃！"他还记着上次掰手腕那事儿，直到现在，卫生都是他打扫。本来就和云知结仇，他怎么可能会凑这种热闹。

话刚说完，刘彪虎像没听到一样，毫不留情地对着他的头发推了上去。

听着那吱啦吱啦的声音，吴征咬牙，只得认命。然而，就在这时，他听到刘彪虎"啊呀"一声。

吴征心里咯噔了一下，不好的感觉油然而生。

"没电了。"刘彪虎上下拨弄着电推剪的开关，又看了看吴征脑袋上的"楚河汉界"，顿了顿，直接让人放开他，拍拍他的肩膀，"算了，既然你不愿意，我们也不勉强了。"

吴征愣住，一摸脑袋，怒了："刘彪虎，你玩我？！"说完，他冲上去，两人旁若无人地扭打在一起。

周围的男生都爱看热闹，现在打气的打气，起哄的起哄，就是没有人过去拉架，一片混乱。

云知静静地看着，眼睛莫名其妙地涌上热意，她害怕被他人看到自己哭鼻子，于是背过身，胡乱地用袖子擦拭着刚流下的眼泪。

外面天高日暖，晴空万里。

这一刻，她真正融入了这个集体，成了这个班级的一员。

云知真的好想告诉师父，她过得很好，有同学，有老师，有坐在后面默然守护着她的少年。

一切安好，无须挂念。

上午课程结束后，一群人吵嚷着去食堂吃饭。

云知还是有些犹豫，身形未动，直到一只手落入眼底，才缓缓仰起头。

"走吧。"路星鸣幽邃的眸映着她的眉眼，平静的眼神给予她些许鼓励。

"云姐，和我们一起去啊。"刘彪虎和武晓松也凑过来，"人多，拉风。”说着，他摸了一下自己的新发型。

云知看看这个人，又看看那个人，最后生出勇气，挺胸抬头走在了路星鸣的身侧，跟着十班的同学离开教室。

如武晓松说的，他们很拉风，让其他学生看见就躲。一个光头是新鲜，两个光头是有趣，要是四十几个光头，那就是惊悚了。

不，中间还有一个没完全剃光的。

吴征成为全场的焦点，云知反而是最不起眼的那一个。

十班众人浩浩荡荡地向食堂拥去，点好餐，占好位，丝毫不在意四面八方的视线。

“你们十班疯了吧？”此时，一个别班的学生忍不住吐槽。

“你们懂个什么！我们这是潮流。”

方正跟着附和：“就是！我们成为光头了，也变强了！”

一嗓子响彻食堂，再没人言语。

立马，新帖面世论坛，标题大写加粗：“请问光头现在是潮流吗？”

“谢邀，人在十班，刚剃光头，感觉良好，就是有点凉。”

“我心动了，妈妈，我也要剃头！”

“不得不说，有了这群辣眼睛的人衬托，那个光头妹子反而是最可爱的。”

“前面加一，韩云知是西校区的校花，谁接受反驳？”

……

人满为患的食堂里，在一群光着脑袋的男生当中，白嫩娇小的云知当真是格外可爱的一个。

其他班的男生偷偷向云知的身上瞟，看着那颗比其他人要精致的光脑袋，都觉得女生光头并不奇怪。

“我决定了！我要摸韩云知的光头！”论坛里，有人叫嚣。

闲来无事，偶然一瞥论坛的路星鸣面色一沉，动手回复：你在做梦。

他悄悄地看向埋头安静吃饭的云知，抬手在她的后脑勺上摸了一把。

——手感极好。路星鸣心满意足。

“学长？”云知歪过头看他，模样不解。

“没事。”路星鸣面不改色地收回手。

云知挠挠后脑勺，水盈盈的眼睛闪烁着光。

学长是喜欢摸她的小光头吗？她偷偷向路星鸣的侧脸瞄了一下，没了头发，他的五官显得更加立体，她指尖动了动，大着胆子在他的头顶碰了一下，还没体会到手感，就快速缩回，捧起碗咕噜咕噜地喝着汤。

偷偷摸摸的小模样，和干了天大的坏事一样。

路星鸣挑眉，腹诽：胆子这么大，怎么就不多摸几下？他是那么小气，不给摸的人吗？

“喂。”路星鸣突然靠近，压低嗓子用只有两人能听见的声音说，“我那里很久没人打扫了。”

云知想起自己的工作，重重地点头：“等晚上回去就打扫。”

李爷爷说他的小儿子这两天回来，让她不要操心塞翁、失马，刚好，她可以借着这两天时间把自己和路星鸣的公寓好好收拾一下。

路星鸣眼中带笑，不再说话。

时间过得很快，转眼到了放学的时候。

云知先和路星鸣去了一趟超市，准备买些菜晚上回家做，吃完再打扫卫生。

在两人逛超市的这段时间里，云知并不知道韩厉正往她那里赶。

韩厉背了个书包，里面鼓鼓囊囊的，装满零食、饮料，沉重的背包压得他的背微驼，步伐迈得越发慢。

他吊儿郎当地走走停停，时不时看看手机里的信息。周围有人路过，畏惧地看他一眼后，便匆匆跑远，隐约传来几声交谈。

“那人好凶啊。”

“小声点，别被他听见了。”

韩厉拧眉，抬眼，左右看看，半天也没找到一个“长得好凶”的人。

韩厉放下包，好沉，早知道就不给小傻姑买这么多东西了。他长舒一口气，正要继续走时，突然一个矮小的中年男人从街对面走了过来。

“你可算来了。”对方上来就是这么一句。

韩厉满脸疑问，那人看了一眼韩厉身后的背包，眼珠子转动，压低声音，鬼鬼祟祟地说：“货都带来了吧？人多眼杂，我们去里面再谈。”说着，他拉上韩厉的胳膊，向对面的小区走去。

韩厉：靓仔有点蒙。

接到警局的电话时，云知刚刚打扫完她和路星鸣两人的屋子。

电话那头，警察言简意赅：“请问你认识韩厉吗？”

打电话过来的人是警察就够让人惊悚，提及韩厉的名字，云知整颗心都沉入谷底，短短一瞬间，她脑中生出无限可能。

尝试着静下心后，云知捏紧手机：“我认识。”她小心翼翼地问，“他是犯什么错误了吗？”

“这倒也不是，总之，你们快点来一趟吧。”对面挂了电话。

云知呆呆地抬头，半天没有动静。

沙发上正在检查云知的卷子的路星鸣眼神扫过，见她愣怔在原地，问：“怎么了？”

云知握着手机的手慢慢垂下，呆滞几秒，张开嘴，沙哑着声音说：“警察局的，他们让我过去一趟，好像是韩厉出了事……”

她眼睑垂着，嘴唇在短短一瞬间变得苍白，低落忐忑得像是马上要哭出来一样。

要是以前，路星鸣才不会管韩厉的死活，可现在不同，因为云知和韩厉的关系，他不能放着不管。

路星鸣静默不语地拿起一件外套穿上，将车钥匙从抽屉里取出，开门后冲她轻抬下巴：“走吧。”他平和地说，“带你去找他。”

路上，云知一直看着窗外霓虹的碎影走神。她相信韩厉不会是做坏事的人，那么就是因为别的事……

会不会是被别人欺负了？

她缄默着，眼底流露出所有情绪。

正值高峰期，车辆川流不息，路星鸣慢慢跟在前面一辆车的后面，等红灯，余光不禁放在云知的身上。

女孩娇娇小小的身体整个都窝在了座椅上，斑驳的光影在她瓷白无瑕的脸蛋上跳跃，睫毛时不时颤动，像不安地飞舞的蝴蝶。

路星鸣凤眸稍沉，指尖动了动，稍稍抬手，慢慢伸过去，最终又把手收回。

路星鸣发动车辆，沉吟几许，说："你放心，韩厉有分寸。"

他和韩厉相识多年，深知彼此的性格。

韩厉傻归傻，但做不了多大的坏事。初中的时候，韩厉一边和他拌嘴打架，还一边抽空扶了个老奶奶过马路，因此被手下的兄弟取笑"家里有矿"。

韩厉这次进警局，估计就是打架被抓，或者是和别人起了冲突，犯不着太担心。

云知点点头，感受到他语气里的镇定，躁动不安的情绪逐渐归为平静。

不觉间，他们已到了警察局门口。车子还没停稳，云知便开门跳下车，像风一样跑到了里面。

大厅里人声嘈杂，一旁椅子上坐着犯了事的小混混，云知环视着寻找韩厉，可是半天也没找到那道身影。

好半天，身旁传来一道熟悉的声线："韩云知，你乱瞅啥呢？"

云知顺着呼喊看了过去，在一群贼眉鼠眼的混混中间，少年大大咧咧地坐着，身上的黑色 T 恤被撕破，裂开的袖子挂在肩上欲掉不掉。他没有头发，五官英俊，脸上数道伤痕更显凶狠。

如今他正看着云知，一副玩世不恭的样子。

云知不可置信地叫他的名字："韩、韩厉？"

韩厉对着她痞笑："小爷帅不？"

结果，他还没嘚瑟多久，路星鸣便从外进来，两人视线撞了个正巧。

见到韩厉时，路星鸣表情一凝。

见到路星鸣时，韩厉笑容僵住。

两人对着彼此的同款光头陷入长久的沉默。

“你们是韩厉的家人？”警察拿着资料，招呼他们去办公室坐下。

三把椅子，三人各占一把，云知坐在正中间，大眼睛紧张兮兮地瞅着警察。

警察看了看云知的小光头，又看了看韩厉和路星鸣的大光头，不由得调侃：“三胞胎？”

“我不认识他。”韩厉把云知的椅子往自己的身旁挪了挪，“我们俩是一起的。”

路星鸣睨一眼，低哼，没说话。

“警察姐姐，请问韩厉怎么了？”她攥紧拳头，特别紧张地发问。

云知胆战心惊，那声不安的“警察姐姐”直接让女警笑出来：“别紧张，他立了大功。”

“啊？”云知惊讶。

韩厉下巴微扬，难掩满心的小骄傲。

“有一个犯罪团伙一直在凌城活动，对方打一枪换一地儿，狡猾得很。”说着，警察姐姐看了韩厉一眼，“也巧，这位同学和团伙的接头人有几分像，那边的人没搞清，错认成了他，多亏了这位同学，不然，我们也抓不住那么重要的犯罪嫌疑人。”

云知听蒙了，回神打了个激灵，扭头上下打量着韩厉。他脸上挂了彩，胳膊上有一道伤口，像是被刀子割的，不是很深，血已经凝固。

云知看他狼狈又满不在乎的样子，心疼又后怕，眼眶一下红了。

眼见着她要落泪，韩厉一慌：“我没事，你别哭啊，你哭了，我可不哄你。”

“我不哭。”云知擦掉泪水，乖巧地坐好，继续听着警察说话。

警察姐姐觉得这两人很有趣，当下笑得更加温柔：“现在已经没事了，你在这里签个字，留下你的联系方式，就可以和家人回去了。”

韩厉麻溜地签好名字，之后起身：“我的货……不对，我的背包可以给我吗？”

警察把沉甸甸的背包递了过来，韩厉抱着那个装满零食的背包，不禁感慨，就是这玩意让他进了警察局。

三人一同离开警察局，韩厉见路星鸣开了自己的车过来，很不愿意上去，但是他这个样子，打车实在不方便，然后撇了撇嘴，忍辱负重地坐上后排。

“韩厉，我们去医院吧。”云知跟着坐在他的旁边，靠得很近，手指头轻轻碰了一下他嘴角青紫处，又快速缩回。

“不用。”韩厉闭眼，“一点小伤，哪有那么矫情。”

他不愿意，云知也强求不得，过了一会儿，忍不住问：“你是怎么把犯罪嫌疑人抓住的？”

“我也不清楚……”韩厉困惑地摸了一把光溜溜的脑袋，“他一上来就拉我，我又不认识他，然后就被我揍了。”

当时他好端端地走着，莫名其妙过来一个男人纠缠他，他被纠缠得烦了，直接把人按在地上一顿猛揍，直到对方掏出刀子，他才感觉事情不对。

从被男人搭讪到进入警局，韩厉整个人都处于大脑放空状态。直到警察给他看了团伙接头人的照片，才反应过来——那男人认错人了。

想到照片里一看就不是好人的光头男，韩厉狠狠地磨牙。

他这么帅一个靓仔，哪里像犯罪嫌疑人！过分！

不过，这也提点了韩厉，以他现在的生长方式，以后就是一个普普通通的霸道总裁，继承家业过完一生，他不想一辈子那么没有追求，只做一个有钱人，该多无聊。

“你说，我以后考警校，出来当个警察怎么样？”韩厉细细琢磨，以他今天的英勇表现来看，抓捕歹徒的能力绰绰有余。

云知身为长辈，自然要大力支持小辈的梦想，握拳鼓励说：“我觉得可以！”

“我也觉得可以。”路星鸣突然说，“你可以当个卧底，保证没人怀疑。”

面对这种暗暗的讽刺，韩厉并没有像以往那样怼回去。他不就是剃了个头显得凶吗，脸还是帅的，同样是光头，他帅多了。

想到这儿，韩厉的视线投向正在前面开车的路星鸣的身上，伸出脚踹了一下椅背：“喂，路狗，你那个发型是怎么回事？莫不是想学我？”

路星鸣朝后瞥了一眼，从喉咙里溢出一声不屑的嗤笑，没说话。

“路学长是为了我才剃光的，我们班的同学全剃了。”说着，云知的眼神不由自主地向路星鸣所在的方向移动。

从这个角度，她只能看见少年放在方向盘上的手指，白皙修长又透着力度。

莫名被隔空剽窃创意的韩厉心有不甘，闭着眼睛，再也没说话。

韩厉不乐意去医院上药，伤口也不能放任不管，云知暂且决定带他回家上药，免得感染。他这次没拒绝，抵达小区后，一瘸一拐地下了车。

韩厉扭了脚，走得极慢，云知害怕他摔倒，上前拉住他的胳膊架在自己单薄的肩上，搀扶着他慢慢往前走。两人身影紧贴，亲密无间。

路星鸣跟在后面，眯眼看了两人几秒，大步上前拉开云知，在小姑娘不解的视线中拉住韩厉的胳膊：“我来。”两个字，平稳也有力。

云知怔了怔，路星鸣语调平缓，似笑非笑：“厉哥今天是大功臣，我来扶你上去。”

韩厉一愣，下一秒，路星鸣强行架住韩厉，走进电梯。

抵达六楼，路星鸣开门进屋，不由分说便将韩厉粗暴地丢在了沙发上。韩厉没坐稳，屁股一滑，从沙发上面滚到地上，脑门狠狠地磕在矮几脚上。他伤上加伤，痛上加痛，哼唧着半天没爬起来。

路星鸣居高临下，毫无愧意：“抱歉，没注意。”

“路星鸣！你故意的！”韩厉捂着额头从地上爬起，怒气冲冲。

“随便你怎么想。”路星鸣随手将车钥匙丢入抽屉，侧过眼眸，见云知还站在门口，眉头稍微扬高一些。

“学长，我还是带韩厉回我那里吧……”云知神情犹豫。

韩厉小伤口不少，上药也要用一会儿时间，云知不想打扰路星鸣休息，加上他们两人不和，要是再留韩厉在这里，指不定闹出什么麻烦。

她正紧张地等待路星鸣点头时，却听他声线淡淡：“我这儿有药箱，方便些。”

云知一想，也是，指尖拽了拽衣角，慢吞吞地挪进房间。

路星鸣把药箱取出，放在桌上后，抽出一本书独自坐到沙发的另一头，视线时不时往云知的脸上瞟一眼。

她没有注意到路星鸣正在偷看，一直专心给韩厉涂药，神情认真，动作轻柔，时不时往伤口上呼呼气，嘟起唇的样子可爱又吸引人。

路星鸣越看越觉得心里堵得慌，眼底隐隐有一团火在烧，不觉间加重指尖的力度。

“好了吗？”韩厉半眯着眼，开始犯困。

“好了，好了，马上就好。”云知把韩厉的脑袋摆正，继续往他脸上抹着药。

韩厉忍耐着，过了半天，说：“我饿了。”

“上完药再去吃，你乖哦。”云知哄了哄韩厉，动作又轻柔几分。

药水引起的刺痛感，让他更加难受，他拧眉，不自觉地想要躲开。

就在此时，口袋里的手机震动起来。

——是韩母。

云知正在给他眼皮上涂药，他看不清屏幕，手上一抖，直接按了免提。

“一直不接电话，做什么呢？”

韩母的这句话让路星鸣按捺许久的醋意暴发，手上翻过一页书，讥刺着：“正和妹妹撒娇呢。”

路星鸣无心说出的话，被韩母听了个真切。

“妹妹？”电话那头，韩母的语气带着明显的诧异，“祝祝在家啊，除了祝祝，你还有哪个妹妹？”

话音落下，房间里的三人齐齐抬头，神情各不相同。

路星鸣紧盯着云知，目光晦暗不明。

特别预告：

她走过泥泞的山路，也蹚过湍急的河流，她遍体鳞伤，无依无靠。她原以为会在荆棘中沉睡，未承想迎来了鲜花遍布，日月相伴。

从此以后，云心知我意，前路有星明。

天上的星星有多少，她对他的喜欢就有多少。

“她的悄悄话”系列完结篇：《她的悄悄话 2》，即将全国甜宠上市。